은하수의 저주

銀河的詛咒

A NOVEL

金貞吟 著　　陳品芳 譯

김정금

序

那天晚上，神不在任何地方。接近午夜的漆黑夜裡，海秀坐在白色燈塔之下，遙望黑暗降臨的海面。海面十分平靜，宛如鋪上一層烏黑的柏油，橫越海面的銀河大橋下，僅留下燃燒的黑色物體冒出黑煙。煙霧覆蓋沒有一縷風的夏夜海面，緩緩朝防波堤逼近。嗆人的惡臭與海水味撲鼻而來。稍早下過一場濛濛細雨，潮濕悶熱的空氣使濃霧與氣味久久不散。一切濡濕且陰森，令人感到不快。此刻，海秀還不知他的人生將如何改變。他年僅十六歲，還沒有能力想像剩下的人生。

海秀將臉埋入雙膝之間。雨水沿著他的後頸流過臉龐，背後是警車上的警示燈閃爍。警報與無線電的聲音，與在海面盤旋的直升機螺旋槳混雜，將海浪聲吞噬殆盡。四處都能聽得見人們哭喊的聲音，與透過無線電傳來的焦急指示。

就在他沒有得到任何人的關注，獨自度過那段孤單時光之時，他聽見遠方傳來腳步聲。腳步聲越來越近，最後停在他面前。海秀抬頭，看著眼前的兩條腿。那人瀰漫著陰冷的氣息，他渾身的寒毛瞬間直豎，緊接著，男子低沉的聲音在空中迴溢。

「成為醫生，去拯救人命吧。這是神給你的懲罰。神不允許你獲得幸福。在你最幸福的時候，你所愛的三個人將會在你眼前死去。」

海秀抬頭望著男人。瞬間雷聲大作，一道閃電照亮天空，大雨傾盆而下，雨水毫不留情地打在沒有雨傘保護的他身上。他抵抗著強力的雨柱，睜大了眼看著男人，眼睛卻被不知是淚還是雨的水氣所模糊，使他看不清男人的形體。

就在這時——

嗶嗶嗶嗶……嗶嗶嗶嗶……

幾近撕裂耳膜的吵雜鬧鈴聲響起，海秀瞬間坐起身來。那是場夢，他似乎睡著了。他擦了擦額頭上的汗珠，看了一下月曆。今天是二月二十九日。

每到盛夏夜，他總會做這一個相同的夢。每一次從夢裡醒來，他都決心明年一定要看到那個男人的臉。然而，今天仍然沒能成功看清他的長相。最初幾年，他只把這當成是一個荒誕無稽的夢，並沒放在心上。接下來幾年他開始感到奇怪，怎麼總是做同一個夢？又過了幾年，那個夢令他感到害怕、恐懼，甚至有好一陣子無力得什麼都做不了。後來他真的成為醫生，他卻分不清自己之所以成為醫生，究竟是被那個夢所洗腦，還是憑藉他自己的意志。

目錄

詛咒的開始

這天運氣很好。有的日子會有許多人被送進來，讓人忙得暈頭轉向；有的日子只有急性闌尾炎的患者來到急診室。今晚，也就是直到稍早前，都只有腹痛與輕微外傷的患者前來。沒有酒醉的病患，也沒有大吵大鬧的患者。但即便如此，也不能說這是個悠閒的日子，因為湧入急診室的患者，確實要比平常多上許多。

忙碌地度過一整晚，不知不覺天已經亮了。清晨，自窗戶照進室內的陽光，對苦撐過暴風雨席捲之夜的人來說，宛如一縷救贖的光芒。下班時間就要來到。

海秀坐在醫護站裡，查看要交接給早班醫護人員的患者病歷紀錄。

「醫生，今天早上……」

第三年住院醫生玄武嘻嘻笑著走過來。海秀微微皺起眉頭，因為在急診室裡有幾個不能說的禁語，例如很閒、很安靜等等……每每說完這種話，立刻就會有急診病患被送進來，好像有誰在旁邊偷聽到他們沒事可做一樣。

玄武口無遮攔的發言後又過了十分鐘，遠方便傳來救護車的警笛聲。海秀明明已經告誡玄武小心自己的嘴，距離下班時間也不到一個小時，真不曉得這究竟是哪來的莫非定律。

警笛聲越來越近令他繃緊了神經，開始計算救護車與醫院的距離。救護車以極快的速度朝醫院疾駛而來，他有不好的預感，因為不光是海東市的居民，鄰近的西川市工業園區若發生意外，也會送到千明大學醫院來。如果是工業園區發生意外，那大部分都是非常嚴重的外傷，因此絕不能鬆懈。

海秀來到急診室的門口，病患候診區共有三扇自動門，一扇是他所在的急診室出入口，一扇是對面的救護車專用出入口，一扇則是右邊通往醫院內部的連通門。救護車專用出入口的門外，就是救護車每次送病患來時停靠的地方。

警笛聲變得震耳欲聾，車子似乎已經停在救護車停靠區。急診室一下變得無比忙碌。

哐啷——哐啷——哐啷——

推床越過鋁製門檻的聲音，混雜著幾個腳步聲往門口方向靠近。載運患者的床被推進了急診室大門口。海秀吞了下口水，床不止一張，而是兩張。推床進到急診室內，一股刺鼻氣味也跟著散播開來。

「是爆炸意外。」

穿著橘色防水衣的救護隊員著急地大喊。海秀趕緊上前查看傷患的狀態，兩人衣不蔽體地躺在那，身上所穿的衣服似乎都被燒毀了。是男人。兩個男人躺在床上，雙手雙腳向前伸直且不斷顫抖。他們的皮膚已經被火燒毀，無論碰到什麼都會帶給他們極度的痛苦。

帶著兩名因痛苦而不斷呻吟的男子，海秀趕緊想往處置區走，但救護隊員拉住了他，似乎還有話要說。

「那個，醫生。」

海秀停下腳步，轉頭看著救護隊員，卻見到這名隊員眼眶泛紅。

「怎麼了嗎？」

「那是我們的同事。我們因為西川工業園區的火災而出動，才剛要進去建築物裡面就發生爆炸。拜託你了。」

救護隊員語帶哽咽地說。海秀點點頭，便趕緊進到處置區。兩名男子帶進來爆炸的煙霧，瞬間讓處置區的溫度升高。他們身上沾滿了黑色的煤灰，完全分辨不出他們的長相。只有眼白的部分，還能夠證明這是兩個活生生的人。海秀該做選擇了，他該先救誰才好？

「你能說話嗎？」

他先跟右邊的那個男人說話。

「呃……呃……呃……」

男人以呻吟回應。他還有意識，太好了。

「請準備插管，找出C-line[1]也把林格氏液準備好。」

在他的指示之下，玄武立即衝出去。海秀戴上白色的乳膠手套，接著說：

「拿波塔波過來，準備抗生素跟破傷風注射。」

這次是第二年住院醫生往外衝出去。

「用溫水跟肥皂水把污染物洗掉，準備抹上燒燙傷軟膏，然後上敷料。」

連最後的崔護理師都在這道指令之後衝了出去。獨留在處置區的海秀，開始在腦海中安排接下來要做的事情。必須在沒有一點差池的狀況下迅速處置，才能夠救活這兩名傷患。他能聽見秒針的聲音在耳邊響起，心也跟著焦躁了起來。不知不覺，穿上醫生的白袍已經十年過去，但每每面對因火災而送進來的燒燙傷病患，他總會重新變回夢中那個在銀河大橋底下的十五歲少年，害怕地看著眼前燒得只剩點點火星的焦黑物體。

稍後，完成準備的住院醫生與護理師紛紛回來。玄武與元曉在傷患身旁，以肥皂水清潔傷口時，他則確保這兩個男人的呼吸道暢通，並為他們植入中央靜脈導管❶。地面上瞬間積滿了一整片黑水，病床上的兩人痛苦掙扎著。

這時，右邊那名痛苦呻吟的男子，以沙啞的聲音說：

❶ 中央靜脈導管。

「請……讓我死了吧。」

海秀嚇了一跳，無論如何都得讓傷患維持意識清醒，因此他以不帶任何情緒的語氣說道：

「……請千萬不要放棄，我會盡力把你救活。」

他話還沒說完，男人的手腳便瞬間失去力氣，無力地癱倒在病床上。是心驟停。

海秀趕緊交疊雙手，對著男人胸口正中央用力按壓。一旁的玄武為男人裝上甦醒球，替他灌入氧氣。心肺復甦術越慢施行，心臟停止的時間就越長，男人存活的可能性也就越低。即便好運活下來，也很有可能產生後遺症。但即便可能會有後遺症，也必須要把男人逐漸遠去的意識給拉回來。這是他的工作，也是他的義務。此刻，處置區裡只有逐漸死去之人，與渴望拯救生命之人。男人的生命就握在海秀手裡。

替男人施行心肺復甦術後不久，海秀閉上眼睛，突然感到渾身癱軟，他就像陷入沉睡一樣逐漸失去意識。睜眼一看，發現眼前是一座不見任何光線的漆黑隧道，他在隧道裡不斷徘徊，沒過多久便看見遠方有一道針孔般大小的隱約光線。他像被迷惑一樣追著那道光線走去，接著被一股不知名的力量所牽引，一下被吸入光線之中。

不知過了多久。醒來一看，他發現自己正站在一座沙灘上。他安心地鬆了口氣，開始找起回去的路，但就在這時，他看見不知從哪冒出來的一名男子，坐上並發動了救生艇。除了男人之外，救生艇上還有另外四人。從服裝來看，他們都是救護隊員。

「我們會盡可能靠近那艘船，請救助那些漂浮在水面上的待救援者。」

看上去像是隊長的男人來到救生艇邊鼓勵救護隊員。很快地，男人與載著同事的小艇往銀河大橋方向駛去。救護隊員看著銀河大橋下的意外現場。

「應該會很危險吧？」

男人的後輩站在一旁，神色擔憂地說道。救護隊員們彷彿都失了神，沒有人回應。他們就像看著一幢倒塌的大樓起火燃燒一樣，望著海面上燃燒的船。他們接獲六千噸級的郵輪發生火災的通報，隨即出動來到這裡，卻做夢也沒想到會是這麼巨大的一艘船。郵輪不知究竟有多大，即使在距離數百公尺以外的地方，都還能感受到郵輪噴發出來的熱氣。

救護隊員打起精神來環顧四周。郵輪旁滿是四散的火苗與掙扎的人群，貿然靠近也會有危險。據說上頭共載了三百五十二人，但穿著救生衣在水面上的頂多只有百餘人。男人十分焦急。

「無法再靠近了，從這裡開始就游過去吧。」

在前輩的指示下，救護隊員們趕緊準備跳入海中。

就在這時，無線電傳來組長的聲音。

「全員撤退，現在立刻撤離現場。」

所有人面面相覷，不敢相信自己聽見了什麼。

「組長，這是什麼意思？我們看到海面上有許多待救援者。」男人手拿起無線電說道。

「中央搜救本部下令要我們撤退，現在立刻撤離。」

「為什麼？那這些人怎麼辦？現在海面上都是耶！」男人激動地說道。

「對，我也知道，但能怎麼辦？海警說他們要去救，不要我們，要我們消防廳先撤離，所以你們快離開。」

組長語帶不耐地回答。男人緊皺著眉頭，默默看著海面，隨後低聲說：

「走吧。」

就在這時——

「醫生。」

一個熟悉的聲音令他瞪大了眼睛，他眼前是稍早那名乘船的男人，如今全身被燒得焦黑躺在床上。海秀調整呼吸看了看四周，似乎沒有人看見稍早的景象。所有人都帶著與平時無異的神情，專注地觀察傷患。那麼，他看到的畫面是什麼？

這時，玄武露出略帶尷尬的表情說：

「醫生，已經過了四十分鐘了。」

在他看到幻影的期間，已經四十分鐘過去了。海秀略顯慌張，趕忙做出死亡宣告。

「尹海秀，三月一日上午七點三十九分死亡。」

海秀看著那個與自己同名的男人。稍早的痛苦神情已然消失，如今他看起來無比平靜。對患者來說，他是在死亡的第一線、在生命的最後陪伴他們的人。領悟到這點之後，海秀更感覺到身上那件白袍的重量。

他來到左邊那名尚待治療的男子身旁。男人的眼角泛著淚水。海秀替他塗抹上厚厚的燒傷軟膏，並替男人裹上繃帶。恰巧要將男人轉送到其他醫院的救護車抵達，住院醫生們有條不紊地將男人送上了救護車。稍後，載著男人的救護車發出警笛聲，出發前往鄰近的燒傷專責醫院。看著救護車駛離院區的畫面，一旁的玄武以若有似無的聲音嘟囔道：

「神啊，拜託至少救活那名傷患吧。」

海秀哼了一聲。他不相信神的存在。若世上真有神，為何每晚都會有這麼多人遺憾地死去？為何他不回應人們迫切的祈禱？神這種東西根本就不存在，這是他堅持已久的信念。

海秀走過玄武身旁，重新回到處置區。處置區裡，男人還沒能去到地下的太平間，而是依舊躺在病床上，一旁的元曉正在準備將男人送去太平間。他看著男人被燒得焦黑的臉孔，他剛才看到的畫面是怎麼回事？他憶起在幻影中看見的男人長相。那男人看上去雖比現在年輕，但的確是這名死者。

就在這時，他感覺到某處有人正看著自己。轉過頭去，發現是落地窗外，一名穿著白衣的女子正在看著他。那是陰間使者嗎？還是女鬼呢？他甩了甩頭，肯定是徹夜值班讓他看到了一些幻象。

海秀離開處置區往護理站走去。護理站裡，尹護理師正坐在電腦前面。

「呼，一人死亡，一人生死不明……」

尹護理師的視線固定在螢幕上，嘆了口氣。

「同一時間在同一地點遭遇同樣的事故造成同樣的外傷，一個活下來了，一個卻死了。這會是為什麼？是我們的錯嗎？」尹護理師問。

「我們盡力了，這應該是他們的命吧。」

不知何時來到護理站的玄武代為回答。三年前，海秀到一座島上去當公衛醫生後，玄武便以實習醫生的身分來到這間醫院，現在則成了住院醫生。結束公衛醫生的派駐生涯，海秀在一個月前回到這間醫院，跟玄武相處的時間不超過一個月。這一個月相處下來，他所認識的玄武醫生，有時會自言自語說些意義不明的話，也有著傻氣的一面，就像是從另一個世界、另一個次元過來的人。

海秀靠在護理站的牆邊，用眼睛掃過躺在病床上的患者。三十張待觀察病床，隨著病情的嚴重程度分為三區。海秀與同事們不是用姓名，而是用寫在床上的編號來記住患者，例如：「六號床，腸炎患者」。當然，就連這點特徵，都會隨著時間流逝而逐漸模糊。他們大多數人在結束治療後就會轉到院務科手上，同時從急診室的電腦螢幕上、從醫護人員的記憶中消失。

「醫生要怎麼救活已經踏進棺材裡的人？醫生又不是神。所以只是他剛好要死而已。」玄武補充。

「這句話的意思是說，救人一命是神的工作。」

尹護理師回嘴。靜靜聽著兩人對話的海秀感到疑惑，那自己努力救人，是不是侵犯了神的領域？

「我認為這是個人的意志，取決於想活下去的意志與希望。」

尹護理師認真說，海秀再同意不過。

「人之所以能夠得救，是多虧了歷經多年發展的醫學。」他這一句話，讓護理站瞬間安靜了下來。在他還是住院醫生時，他便領悟到對病患的感情只會妨礙診療，因此他的所作所為都只是遵照醫療守則，不會對患者的情況寄予任何情緒。

「那醫學繼續發展下去，人就可能永生不死嘍？」尹護理師問。

「死亡是人類的宿命，要是違逆這個道理，就可能會遇到災難。如果人類不死，地球會進入飽和狀態，這樣就會發生很多問題。因為有人死，地球才得以維持平衡。」

玄武說得沒錯。生與死就像光明與黑暗，若沒有死亡，生命便不能維持。

「醫生，這個。」

元曉走了過來，拿出一隻鞋子。

「這是剛才那名患者穿的鞋子，我想家屬或許會要找。」

燒得焦黑的鞋子，還不斷滴著黑色的水。

「就丟了吧，反正最後都要燒掉。」玄武冷漠地說。

「但這好歹是他生前穿的最後一雙鞋子，對家屬來說應該很有意義吧？」元曉不情願地說。

「這有什麼用？反正那個男人最後也會燒掉啊。」

玄武滿不在乎說出口的話，讓海秀皺起了眉頭。他想起那男人痛苦的臉。他是因火而死，死去之後還要再被火燒，火與他的生命，難道真的怎麼也分不開嗎？

突然一陣倦意來襲，距離下班還有十分鐘。他進到護理站旁的休息室，想坐在沙發上休息一會兒，卻透過牆上的鏡子，看到一個男人，身上穿著被鮮血與煤灰弄髒的醫生袍。他為何會在這？這個沒有答案的問題，他已經自問了好多年。

一直以來，他都將家中最權威的父親所說的話奉為圭臬。他的青春期曾經叛逆、曾經闖禍，但在他意識到無法為自己的所作所為負責後，他便屈服了。此後，他開始服從父親的話，父親要他讀書他便讀書。但叛逆依舊在他心裡，父親要他讀法學院，他卻選了醫學院；父親要他報外科，他卻選了急診醫學科。但他能做的反抗也就這樣了。即便成年之後，他也沒能逃離父親的手掌心，只能繼續父親成天掛在嘴上的「讀書」。大學六年、實習醫生與住院醫生五年，他讀書讀到生厭，最後在三年前考上了專科醫生，本以為從此能擺脫讀書。至少在當公衛醫生的那三年，他是這麼想的。但在結束公衛醫生的生活後他重新回到醫院，與其在二級醫院的急診室工作，他決定回到大學醫院選個專攻的科別。這個決定，也反映了父親未明說的想法。父親希望他成為臨床講師，接著是助理教授、正教授……就這麼循序漸進地向上爬。即便已經年逾三十五，他仍是父親的傀儡。他經常好奇，他的人生究竟是否屬於自己？依照父親的決定、依照父親的指示去活，這樣的人生真屬於他嗎？身為父親的傀儡，深深左右他人生死的「醫生」這個職業，他似乎擔當不起。

不知不覺來到下班時間，他走進會議室。會議室裡，準備與他交接的醫生正在等待。他將那些還沒能回家的病患交接給下一班的醫生，接著便趕緊離開會議室。睏意湧現，他滿腦子只想躺在床上。才想離開急診室，玄武卻拉住了他。他在心裡驚呼了一聲糟糕，他忘記今天要指導第一年的住院醫生。說是指導，在忙碌的急診室裡，也就只是打個招呼，相互認識彼此的長相罷了。

海秀回到會議室，很快地，兩名住院醫生便走了進來。這是從今天開始，要跟他一起守在鬼門關前的臉孔。這些新面孔先向他問好，但隨著寒暄的內容越來越長，他的意識也逐漸飄向遠方。

就在他的意識快要進入其他世界時，第二名住院醫生向他走近一步。那是一名仍稚氣未脫，雙頰像水蜜桃一樣泛著紅暈的女醫生。一看到這名醫生的臉，海秀立刻醒了過來。她就是稍早在處置區透過窗戶看見的那個女人。看來，他當時所看到的並不是什麼幻象，也不是鬼。像個少女一般留著短髮的住院醫生，朝氣蓬勃地向他問好。

「您好嗎？我是住院醫生韓蓮花。能這樣遇見您，真的是很有緣。為了成為獨當一面的醫生，跟您一起在千明大學醫院急診室任職，我未來會更加努力。」

韓蓮花。

本來覺得她長得像水蜜桃，但聽到她的名字之後，才發現她就像朵蓮花。蓮花就像才剛踏入社會的新鮮人，沒有沾染一絲髒污，看上去乾淨且純粹。

「你們只要記住這一點，急診室是攸關生死的地方。既然進到急診室，患者要不是自己從那扇門走出去，就是通過那扇門下到地下的靈堂去，沒有別的結果。」

海秀用食指指著通往地下靈堂的那扇門。

「對我們來說，患者是怎樣的人、是誰、來醫院之前從事什麼工作都不重要。我們只需要想兩件事：患者為何會來急診室？該怎麼做才能救活他？」

新來第一年住院醫生蓮花與東赫點頭。

「你們就盡力接受訓練，讓自己能夠堅持到最後吧。」

海秀說完最後一句話，便離開了會議室。

＊＊＊

蓮花離開會議室，用手摸了摸掛在胸前的名牌。

「急診醫學科韓蓮花。」

她心中百感交集。對她來說，名牌就像勳章。是象徵她沒有父母的陪伴卻始終沒有放棄，終於能實現夢想的勳章。為了取得這塊勳章，她艱苦的過往，有如跑馬燈一般從她腦海中閃過。

黃昏時分，雲已經降到幾乎要碰觸海面的高度。從雲朵之間透出的光線，將四周染成一片金黃，填滿了海天之間的空隙。從山上的貧民區看過去，這海景宛如一幅裱框的畫作那般美麗。此刻，貧民區裡的一名女子正流著淚跪坐在院子裡，她身旁則站著一名白髮蒼蒼的老人。

「妳怎麼從沒想過要回玉皇宮去？」

白髮老人質問。他的聲音無比響亮，響徹了整片海灘。

「我弄丟了羽衣，沒有辦法回去。」女人語帶哽咽地說。

「什麼？被男人迷得神魂顛倒不說，竟連羽衣都給弄丟了？」

老人奮力一拍，手上的扇子啪一聲收攏了起來。下一刻，一道彷彿要將天空劈裂的閃電劃過天際。

「妳可知道妳愛的那個是什麼人？」

老人皺著眉頭問道。女人一邊搖頭，一邊用戴著玉戒指的手擦著眼淚。

「那妳為何為愛上他？」

「我只求我們真心相愛。至於在跟我相遇之前他是什麼樣的人，那一點都不重要。」

「在跟他生下三個孩子之前，妳別想要回到玉皇宮。若妳改變了心意，就在生下第三個孩子的那年，在陰曆七月七日的晚上，戴著玉戒指抬頭看看北斗七星吧。不過，只有妳手裡牽著的人才能跟妳一起到玉皇宮，所以妳務必要牽緊妳愛的人。沒有羽衣也能返回玉皇宮的日子就只有那天，妳要記清楚了。」

老人緊皺著眉頭說。而聽完老人的話，女人毫不遲疑地在心裡下了決定，她甘願接受與丈夫相愛所應付出的代價，她將會永遠跟心愛的丈夫在人間生活。

「萬一我沒在那天返回玉皇宮呢？」

「那妳就永遠無法回來，只能以現在這個模樣，永生不死地活下去。」

「永生不死嗎？」

「憧憬人類世界的神，就必須承受終生不老不死的懲罰。」

就在這時，天空降下一道刺眼的光芒，眨眼之間，老人便消失得無影無蹤。女人的丈夫躲在一旁，親眼目睹了這一切。

蓮花打了一個大大的哈欠並闔上書。爸爸每天晚上都會唸童話書給她聽，而她非常喜歡入睡之前爸爸唸童話的時間。爸爸不僅會唸童話書給她聽，更會帶她去任何想去的地方。多虧了爸爸的愛，蓮花無論去到哪、無論做什麼，都不感到害怕。因為她相信，爸爸總會在身邊保護她。

隔天下午，蓮花興沖沖地推開大門進到家中。

「我回來了。」

家中沒有一絲動靜。她放下書包往房間走去，越過沒關緊的門縫看見了爸爸。爸爸不曉得蓮花回到家，埋頭不知專注在什麼東西上頭。

「爸爸在幹麼？」

蓮花透過門縫看著爸爸。爸爸伸手從衣櫃深處拿出一個大盒子，深吸了一口氣並將盒子打開。盒蓋一開，盒子裡便發出輝煌燦爛的光芒。那光芒不知有多刺眼，蓮花忍不住緊緊將眼睛閉上。後來不知是眼睛習慣了光芒，還是那光芒減弱，蓮花才能一點一點地睜開眼。爸爸將盒蓋攤開，並把盒子放在地上，拿起放在盒子裡的某樣東西。

「哇，是羽衣。」

那燦爛光芒的來源正是羽衣。爸爸似乎沒聽見蓮花的聲音，只顧著撫摸那套羽衣。蓮花被不知名的力量吸引，往那套羽衣走去。

就在這時，被蓮花的動靜給嚇到，爸爸急忙將羽衣塞進盒子裡，轉身看著蓮花。

「蓮花回來啦？」

蓮花看著爸爸的眼睛。就在那一刻，她忍不住渾身打顫。爸爸的雙眼變得像蛇一樣又尖又細，還發出詭異的光芒。

「那是……羽衣嗎？」

她用顫抖的聲音問道。爸爸的臉上瞬間閃過一抹慌張的神色。

「蓮花，妳別驚訝，聽爸爸說。」

爸爸遲疑了一會兒才繼續開口。

「其實啊，媽媽是從天上下來的仙女。」

「那童話裡的故事，就是媽媽的故事嘍？」

蓮花嚇了一大跳。腦海中的童話，竟與現實交錯在一起了。

「妳看到羽衣的事情要對媽媽保密。要是她知道有羽衣的存在，媽媽就會離開我們。」

爸爸緊抓著她說。蓮花注意到，爸爸的眼睛不知何時已經恢復原狀。趁著爸爸不注意，蓮花偷偷將手掌心的汗擦在褲子上。

「一定要保守秘密喔，知道嗎？」

爸爸伸出了小指，蓮花勾住了爸爸的小指。從爸爸小指傳過來的陰冷氣息，順著手指傳遍她的全身。

「只要遵守約定，等蓮花生日的時候，爸爸就帶妳去又大又氣派的船上看煙火慶典。」

蓮花開心地笑了。以前只能在院子裡看煙火，現在竟有機會近距離觀賞，光想就讓她覺得興奮。

「但媽媽去哪裡了？」

「對了，今天早上蓮花的弟弟出生了，從今天開始妳就是姊姊了。」

她這才想起來，今早看見媽媽肚子很痛的樣子。

「來，我們去看弟弟吧。」

那年生日，爸爸確實遵守約定，為蓮花辦了永生難忘的派對。那天，媽媽飛上了天，而爸爸則在她面前跳進海裡。就在那天，她成了孤兒。

此後，她的人生便有如破碎的木筏，隨著海浪在海面上四處漂泊。無父無母的她看盡人情冷暖，生命中沒有任何能自己決定、自己選擇的事。她只能靜靜活在角落，盡量避免引起人們的注意。她一年一年長大，自我意識也逐漸抬頭，她逼迫自己必須擺脫這支離破碎的人生。若要擺脫這令人厭倦的貧困人生，唯一的方法只有讀書。

大學入學考試前一晚，蓮花這輩子第一次坐在涼床上，雙手合十禱告。

「媽媽，如果妳在天上看我，請讓我明天大學入學考能順利吧，拜託。」

這時，綠色大門嘰咿一聲打開，蓮花微微睜開眼往門的方向看去。開門進來的人是叔叔，過去十年，是他收養了無父無母的蓮花。叔叔每晚都會喝得醉醺醺地回來，那對蓮花來說是有如地獄一般的時刻。

「蓮花，妳這賤女人，正好。」

蓮花小心翼翼地站起身，並不著痕跡地後退。

「家人都死了，只剩下妳這個賤女人，還不快去拿錢來？把你們家人死掉的保險金、賠償金全都拿來給我，快！」

不知不覺，蓮花已經退到了玄關門口。

「十年來供妳吃穿供妳住，辛辛苦苦把妳養大，妳就該拿錢來孝敬我啊！」

看。

她趁著叔叔重心不穩就要跌倒的時候衝進房裡。房間裡，年幼的弟弟正盯著她

「蓮花，妳這賤女人。」

外頭傳來叔叔的叫罵聲、白鐵臉盆摔在地上滾動的聲音。她感覺後腦一陣刺痛。受不了弟弟的注視，她小心翼翼地穿上外套，悄悄將房門打開一道縫隙。叔叔倒在地上拚命掙扎著。蓮花看準了這個時機，便套上運動鞋奪門而出。她頭也不回地跑著，直到好不容易衝出了巷子，再也聽不見叔叔的叫罵。

她喘著氣，坐在巷口雜貨店前面的涼床上。

「又來啦？」

負責顧店的千熙走出來，遞了瓶可樂給她。蓮花靜靜接過可樂，打開大口喝了起來。

「喝慢一點。真不知道陰間使者都在幹麼，這麼愛發酒瘋的混帳，還不快去找他索命？」

千熙代替她抱怨。

「別這樣，他其實是個好人。」

蓮花露出一抹苦笑。雖然會發酒瘋，但也不能改變叔叔收養了失去父母的她，

還供她吃穿的事實。
蓮花枕著自己的手躺在涼床上，仰望夜空中閃爍的星星。
「我們真的能當上醫生嗎？」她像在自言自語地說道。
「考上醫學院會有獎學金嗎？」千熙躺在她旁邊，語帶挖苦地說。
「只要考上，我無論如何都要去讀。我會去當家教，還要拿獎學金。」
「韓蓮花，我覺得妳真的很了不起。有這樣的決心，妳一定做得到。」
看著星空，蓮花下定決心，無論如何都要成為醫生，擺脫這貧困的現實。她這輩子，有大半的時間都被「我是誰」這個問題所折磨。她希望能藉著進入人群之中，一舉解決這個自我認同的問題。因為唯有跟他人相處，才是證明她是人類的唯一方法。
原本也仰望著天空的千熙，這時拿起一旁的書。
「這是什麼書啊？」她看了千熙一眼後問道。
「《螭的愛情》。」千熙露出一個略帶深意的笑容答道。
「妳十九歲了還在讀童話故事喔？也太童心未泯了吧。」
蓮花這樣挖苦自己，千熙卻不為所動，只是低聲說道：
「很久很久以前，螭化身成人生活在這個世界上。如果在他來到人類世界生活滿五百年的那一天，他帶著心愛的女人所擁有的如意珠回到龍宮，他就能夠飛升成龍。但有一個條件，那就是他若被人發現自己是螭，便再也無法成龍。某一天，螭發現自己心愛的女人是天上下凡的仙女。為了不讓仙女返回天界，他將仙女的羽衣藏了起來，於是仙女便無法離開。他以為只要這樣，仙女就會永遠留在他身邊……」

一聽到「仙女」這個詞，蓮花不禁頓了一下。她問：

「然後呢？螭怎樣了？成龍了嗎？」

「我也不知道，我還沒讀到那邊。」

千熙搔了搔頭，尷尬地笑著。

「什麼啊，太掃興了！」

蓮花猛地坐起身來。雖然她不想相信媽媽可能是存在於童話書裡的仙女，但她不能否認媽媽離開那天她所看到的景象。

「啊，我不知道啦。總之，如果希望明天考試考好，那妳最好現在就回去。」

千熙趕緊結束話題，蓮花只能看著千熙乾笑。千熙這個朋友對她來說就像人生中的一座燈塔，是讓她在九歲成為孤兒以後，能夠活過孤獨人生的動力。蓮花認為，能遇上千熙這樣的朋友，就表示她命不該絕。但這樣的想法還持續不到一天，便立刻支離破碎。

隔天下午，考完試後回到家，眼前難以置信的景象令蓮花啞口無言。早上還與平時無異的房子，此時卻已經不見叔叔一家人的蹤影。不光是屋內的物品被搬空，整間房子甚至像許久沒有人住一樣積滿了灰塵。

「到底是跑哪去了？」

蓮花失魂落魄地在屋內查看時，屋外傳來動靜，大門被人推開。

「快進來吧。」

一名中年女性帶著看上去像新婚夫妻的一對男女走進來。

「妳是誰？」

蓮花驚訝地詢問那名女性。

「那同學妳又是誰？」

對方似乎也同樣感到吃驚。

「我是這裡的住戶。請問原本住在這裡的那戶人家去哪了？」

蓮花努力讓自己的語氣維持冷靜。

「同學，妳會不會跑錯地方了？這是沒有主人的房子耶。」

蓮花揹著書包、拿著行李箱，被絕望拽了一把，跌坐在門前的馬路上。就像十年前一樣，她覺得自己彷彿獨自被留在漆黑的大海上，眼前一片茫然。死亡隨時都在她身邊打轉。

幸好，在千熙的幫助之下，她在海東市租了一個小房間。眼前最大的問題是生活費和大學的註冊費。享受無人看管自己的自由，對她來說是一種奢侈。連續三個月她每天只睡五個小時，日以繼夜地打工，存下來的錢仍不夠繳大學註冊費。但這一次，又是千熙伸出了援助之手，她欣然把打工存下來的錢給了蓮花。要是沒有千熙，別說是上醫學院了，她恐怕還得流落街頭呢。

進入醫學院後，她的生活仍沒有改變。她的確領了獎學金也兼差當家教，但還是比別人多花了一年才畢業。但不管怎麼說，成了實習醫生後，至少解決了住的問題。醫院提供的實習醫生宿舍，比她自己的小房間還要舒適。她努力不去想過去的事，全心全意專注在醫學的訓練上。就這樣過了一年，她成了住院醫生。現在，她的家是千明大學醫院的值班室。

＊＊＊

結束新人訓練之後，海秀搭著電梯來到位於十二樓的值班室。回到醫院之後，他一直住在值班室。十二樓的走廊一片冷清，連隻螞蟻也沒有，讓人不禁好奇那麼多的醫生究竟都去了哪裡。他往走廊盡頭的急診醫學科值班室走去，安靜無聲的走廊上，只能聽見他的腳步聲。

值班室裡，靠牆的位置放了三組雙層床架，中央則有一張圓桌。他走到角落的床邊，像躲進秘密基地一樣躺了上去。一躺下，他的眼皮隨即閉上。走廊上穿梭的腳步聲、開關門的聲音、喇叭傳出的廣播聲……那些穿透耳膜的聲音逐漸消失，他的呼吸逐漸平緩，四周也變得平靜下來。他的身體有如盛夏裡掉落柏油路面的冰淇淋，與床鋪融為一體。

就在他正要走進無意識的世界時，一個不快的畫面硬生生闖入他的腦海。是剛才施行心肺復甦術時看見的幻影。他猛然睜眼，當時看到的畫面似乎是那男人的過去。男人出動去救的那場火災意外，是他也非常熟悉的意外。是十九年前發生在南荷島近海的郵輪失火案，男人似乎就是當時出動的救災隊員。

他是做心肺復甦術做到一半睡著了嗎？不然怎麼能看見患者的過去？各式各樣的念頭抓著他的意識不放，令睡意頓時消失得無影無蹤。希望他能別再胡思亂想，趕快睡覺的心在這時跳出來安撫他，告訴他說那是患者的私生活，你不需要知道，你只需要為他治療。海秀被自己的心說服了。他說服腦袋，再度嘗試入睡。好久沒有值夜班，他很累，需要睡個覺。接著他感覺心逐漸平靜，他再度走入無意識的世界。

＊＊＊

蓮花成為住院醫生不知不覺已經半個月過去，急診室時時刻刻都有患者送進來，她整天都忙得不得了。身為第一年住院醫生，她要做的事情非常多。一天頂多只能睡三、四個小時，三餐就用休息室裡的簡單食物果腹。偶爾有個空檔她會想吃個杯麵，但才剛把水倒進去便有患者送進來。

「蓮花醫生，妳聯絡OR❷了嗎？」

「蓮花，妳去確認ICU❸還有沒有床了嗎？」

「蓮花醫生，趕快來看一下二十三號床的患者，他突然說肚子很痛。」

「韓蓮花，妳在幹麼？還不快來扶住這裡。」

要做的事情越來越多，她就像掉在河面上的落葉，一下被沖到這、一下被沖到那，就這樣在急診室裡漂流。就在她意識到，這樣下去或許今晚她就會被沖到地下室的時候，跟她一樣忙碌的玄武扶住了她。

「蓮花，妳有放過C-line嗎？放過吧？那邊那個六號床的病患，去放個導管。」

不等她回答，玄武便離開了。蓮花慌亂地愣在原地。實習的時候，確實經常看學長姐放中心靜脈導管，她也在YouTube上找過影片來看。也曾經在學長姐們的觀看之下親自放過，她在腦海中模擬過許多次，只為了迎接這一天的到來。可是一想到自己真的要為病患放中心靜脈導管，她便感到害怕不已。她想起學長姐曾經說過，要是一個不小心就可能導致氣胸，最糟的情況更可能導致敗血症而使患者喪命。

但她還是不能逃避。蓮花來到醫護站，拿了中央靜脈導管組、麻醉用的利多卡因、生理食鹽水、十毫升的量筒，還有消毒藥水、消毒布等植入中心靜脈導管所需要的物品前往六號病床。床上躺著一名滿身酒氣的中年男子。她一靠近，男人便抬眼看了她一下。蓮花畏畏縮縮地查看男人的鎖骨，男人懷疑的眼神令她有些退縮，但面對把生命交給自己的患者，她也不能明顯擺出「對，我就是新手」的態度，因此只能故作自然。最重要的是，除了植入中央靜脈導管之外，她要做的事情可是比

---

❷ operation room，手術室。
❸ Intensive care unit，加護病房。

沙灘上的沙子還多，她沒有時間能拖延。

蓮花「呼」一聲吐出一口重重的氣，替男人的鎖骨進行消毒後蓋上消毒布。現在她要避開胸肋骨，從男人鎖骨三分之二處將長十公分的粗針平躺著往胸部的靜脈插進去，而且必須一次就成功。她感覺口乾舌燥、雙手發抖。做好心理準備，她拿起那根針，小心翼翼地往男人的鎖骨靠近。這時，突然有人過來一把握住她的手。她嚇了一跳，猛然抬頭，發現是海秀皺著眉頭站在那。

「妳過來一下。」

海秀拉著她離開。蓮花不明所以地被拉進休息室。

「妳在幹麼？沒搞清楚狀況嗎？」

海秀睜大眼睛瞪著她，蓮花感到困惑。

「妳現在在做什麼？」

「放……C-line。」

她的回答幾乎是擠出來的。同時她也不斷思考，自己究竟做錯了什麼。

「為什麼要放？」

「玄武學長說六號床的患者要……」

蓮花抬頭看海秀，緊張地吞了口口水。

「妳剛才在幾號床？」

蓮花這時才想起剛才自己站的地方，該死。

「五號……床。」

蓮花低下頭，她無話可說，她感覺自己像被鬼遮眼，怎麼會這麼不清醒？

就在這時，海秀手捧住她的臉，直直看著她的雙眼。一跟海秀對上眼，蓮花便感覺自己呼吸有些困難，心跳劇烈且雙頰燒燙。

「韓蓮花，妳清醒一點。」

蓮花沒有回答，而是眨了眨眼。

「妳如果不打起精神來，躺在那邊的人可能會死。所以妳要冷靜點，知道嗎？」

海秀把要說的話說完便離開休息室。蓮花呆站在那，開始回想稍早發生的那些事。雖然被罵了，但她並不傷心。醫療行為不容許失誤，任何一次失誤或誤診都會影響患者的生命。弄錯患者該做的檢查或處置，導致患者有生命危險的案例，她早就已經熟讀，也因此她很清楚海秀的話是什麼意思。

即使沒有她，急診室也運作得很好。蓮花走到救護車專用入口外，站在救護車停靠的區域。她只是穿越了一扇門，卻覺得儼然來到另一個世界。她深吸了一口氣再重重地吐出來，整晚黏在鼻腔裡的各種氣味消散在空氣中，清晨新鮮的空氣取而代之。本以為通過醫生資格考正式成為醫生後，她就已經通過終點線，沒想到如今她再度回到起點。

這時，她身後的門打開，玄武走了出來。

「妳被罵啦？」玄武來到她身旁。

「沒關係，一開始不都是這樣嗎？」

蓮花是真的沒關係。自從九歲失去父母後，她好不容易撐到現在，不可能會因為這種事而意志消沉。

「要是有父母陪在身邊應該會好一點吧？妳都不覺得寂寞嗎？」

蓮花頓了一下，轉頭看著玄武。玄武怎會知道她沒有父母？她有些慌張，但又覺得玄武或許是透過她提交給人事科的資料得知這件事，便沒有多想。

「聽說去西川市的西川公園，就能遇到命中注定的愛情。」

玄武露出一抹別有用心的微笑。

「命中注定的愛情？」

「反正也沒有損失，妳就去看看吧。誰曉得呢？搞不好妳會遇到白馬王子喔。」

丟下這樣令人摸不著頭緒的一句話，玄武逕自返回急診室。蓮花一個人站在外頭，心裡忍不住笑了一下。命中注定的愛啊，命中注定……無可避免的、一定會實現的愛，世上真有這樣的愛嗎？

她搖了搖頭，便跟在玄武後頭進去了。這時，才剛踏進急診室的玄武皺著眉頭轉頭看她。

「感覺有點奇怪喔。」

急診室裡瀰漫著一股緊張感。不尋常的氣氛催促著蓮花的腳步，地板上黑紅色的血跡一路連到急救間門口。

蓮花站在拉上簾子的急救間外頭，她能從簾子間的縫隙看見海秀。海秀正在為一名渾身是血的男子做心肺復甦術。男人是昨晚喊肚子痛的患者，應該是他稍早吐血又心跳停止了。蓮花看向海秀，海秀非常專注地施行心肺復甦術，連身上的白袍都被汗沾濕。蓮花專注看著閉著眼睛的海秀。

＊＊＊

不知不覺，已經是三月的最後一天。一到春天，急診室便擠滿了病患，海秀也再度適應急診生活。

星期五晚上九點，他會下意識讓自己帶著些微的緊張感。替吞了一整罐安眠藥試圖自殺的男人洗完胃之後，他才想喘口氣，那名恢復意識的男子卻抓住了他。

「為什麼要把我救活？我連死的自由、死的權利都沒有嗎？我只是希望獲得自由，為什麼要把我救回來？為什麼？」

男人撕心裂肺地咆哮，他的行為令海秀忍不住打寒顫。即便是有意自殺的患者，但只要進到急診室，就絕不能夠放任他們死去，海秀只是遵循這個原則救治他而已。他建議男人接受精神健康醫學科的診治。男人離開之後，他正想喘口氣，這次卻是蓮花找上了他。

「我問奶奶她哪裡不舒服，但她沒有回答。她的確是說了什麼……但我聽不太懂。她外表看上去很正常。」

海秀跟著蓮花來到候診區的患者分類區，便看到一名老奶奶坐在椅子上不斷喃喃自語。他站到奶奶身旁，趁著奶奶喃喃自語空檔提出問題。

「奶奶，妳哪裡不舒服？」

奶奶雙眼失焦，嘴裡唸唸有詞說著意義不明的話語。聽起來像是「救命，救救我」，但海秀覺得那只是沒有意義的「聲音」。奶奶不僅喃喃自語，有時更會像是在跟誰說話一樣，會舉起手來跟對方互動，甚至還會笑。這是很反常的行為。因為是星期五晚上，很快會有酒醉患者、渾身酒氣且滿身是傷的患者湧入。他們卻無法解決奶奶的問題，只能僵持在這，讓海秀感覺如鯁在喉。

果不其然，稍後一輛救護車停在急診室門前，自動門打開，兩名救護隊員推著一張床衝了進來。辦完相關手續後，一名男性家屬也跟著進來。看了看四周，蓮花跟元曉都忙著確認患者的狀態、為患者進行分類。於是他停下手上的工作，來到這名患者身旁。走近一看，發現是一位即將臨盆的產婦。產婦渾身扭曲，就像一條被人狠狠擰乾的抹布。

「已經能看到孩子的頭了。」

救護隊員喘著氣說。不需要預診，已經能明顯在產婦的雙腿之間看見孩子的頭。這時元曉恰好經過，海秀叫住了他。

「去呼叫 OBGY[4]。」

海秀將產婦移到婦產科的區域。沒過多久，婦產科的值班醫生便衝了進來。值班醫生叫來了幫手，幫忙把產婦移動到分娩室。既然婦產科的值班醫生接手，那海秀就不需要再去管產婦的事。才剛送走產婦，海秀便看到元曉、玄武與第四年住院

[4] obstetrics&gynecology，婦產科。

醫生世亨，共三位住院醫生衝往六號床。

「發生什麼事了？」

海秀從住院醫生之間擠進去，發現是一位老奶奶昏倒了，就是兩小時前有譫妄症狀的那位奶奶。海秀不知何時忘了這位奶奶的存在，但剛剛人還好端端的，現在究竟發生什麼事了？他開始回想奶奶剛才的模樣，是不是他錯過了什麼症狀？如果是他的處置延誤，導致奶奶心跳突然停止……他感覺眼前一陣暈眩。他提心吊膽，擔心可能是自己的失誤釀成大禍。就在這時，原本在確認奶奶生命徵象的玄武急著大喊：

「心驟停。」

他趕緊按壓奶奶還留有溫度的胸口。他覺得眼皮越來越重，一閉上眼，便又開始看見幻象。漆黑的隧道、隧道盡頭刺眼的光芒，被光芒吸進去之後，奶奶就在那裡。那是奶奶，卻是中年時的模樣，是奶奶的過去。

奶奶衝到餐廳外頭，餐廳前聚集了許多人，都看著銀河大橋。銀河大橋下方，有一艘巨大的船正在燃燒。

「這究竟是怎麼回事啊！」

奶奶無奈地感嘆。接著人們開始騷動。

「那裡，救助隊好像來了。」

人們的聲音此起彼落，奶奶踮起腳尖，往白色燈塔的方向看去。寫有「海洋警察」的小型快艇，正朝白色燈塔處的防波堤方向靠近。人們屏息看著海警。海警船靠岸，一名少年走了下來，另外還抬下了一張擔架。四處都是嘆息聲。少年癱坐在地，岸邊焦急等待的家屬發現不是自己的家人，便開始哭天搶地。

「我的孩子怎麼樣了？拜託救救我的孩子！」

哭喊聲逐漸成了熟悉的聲音。

「救命啊，救命啊……」

奶奶的臉在他眼前浮現，是兩小時前他見過的那張臉。奶奶對著他說：

「救命啊，我想活下去。」

與剛才不同的是，奶奶的聲音十分清晰。

「救命啊，我想活下去……」

奶奶的聲音在他耳邊繚繞，那是他極力想忽視的聲音。就在這時，有人抓住他的手。

「醫生。」

海秀一驚，猛然回頭一看，玄武與世亨一人一邊抓住他的手。他回過神來，才發現奶奶脆弱的肋骨早已全被壓斷，整個胸口已經塌陷。

「醫生，你沒事吧？」

玄武擔憂地問道。海秀喘著氣查看奶奶的狀況，依然沒有意識。

「她已經簽署了DNR[5]。我看了病歷，她去年被診斷為肺癌末期，三個月前就被建議住進臨終病房。但家屬說希望她最後能跟家人一起度過，所以就帶她回家了。DNR就是在那時簽的。」玄武面有難色地低聲說。

「這怎麼現在才說？」海秀低頭看著奶奶斷裂的肋骨問。

「我們叫了你好多次，但你一直很專注在做CPR。」玄武緊抿著唇。

「Expire[6]。金敬熙女士，於三月三十一日二十三點五十九分死亡。」

海秀雙眼緊閉，做出了死亡宣告。這時，不知哪裡傳來貓叫聲。他看了看四周，發現婦產科值班醫生正走出處置室，緊接著護理師從新生兒監控室推來一張嬰兒床。看來產婦沒能撐到分娩室，直接在處置室裡把孩子生下來。海秀走了過去，看著躺在嬰兒床上的孩子。同一時間，這邊在迎接死亡，那邊則在迎接新生命。無論醫學再如何發達，來到這個世界的新生兒依然不會知道自己的生命已經開始，而奶奶也無法預期此刻就是自己生命的終點。人類的生死，無法由人類的意志決定。但在世的時候，人類卻能夠依照自己的意志做選擇。當然，即便是依照自己的意志活下去，人類仍無法預測未來。在這前途未明的人生之中，努力掙扎著活下去，就是人類的命運。但這也並非所有人都能享有的機會。就像他的人生。他的人生，一直是依照父親的意志前進。

遠離這諷刺的時刻，他走到護理站查看奶奶的醫療紀錄。六個月前，奶奶被診斷出第四期肺癌。她首次來看診時，癌細胞已經轉移到腦部與淋巴等其他器官，早已無法做任何處理。也因此並未把目標放在痊癒，僅僅只是接受能夠延續生命的治療。但對奶奶來說，這幾個月的人生並不像是「活著」，而只是稍稍延緩死亡的到來。這份放棄急救同意書，應該是家屬為了讓奶奶不要承受太多痛苦，所以才決定要拒絕施行心肺復甦術，但奶奶似乎自始至終沒放棄自己的生命。這或許也是理所當然的結果。

海秀來到休息室，無力地癱坐在椅子上。奶奶呼救的聲音一直在他耳邊揮之不去，而他忽視了那呼救的聲音，那是三個小時前奶奶的聲音。他雙手抹了抹臉。問題不是奶奶的聲音，而是在他施行心肺復甦術時看到的幻影。他知道，那幻影就是患者的過去。

❺ Do Not Resuscitation，放棄急救同意書。

❻ 呼吸停止死亡。

天色破曉，夜晚不知不覺過去。完成交接手續後，海秀走出急診室，突然有人一把搭住他的肩膀。猛然回頭一看，是玄武站在那。

「你沒事吧？」

「怎麼了？」

海秀嚇了一跳，像是深藏的秘密被人發現一樣。

「我看你垂頭喪氣的……你該不會是因為剛才那件事吧？」

「那件事……沒事啦。」海秀刻意用力搖了搖頭。

「接下來休假兩天，要不要去喝一杯？」

玄武露出一抹裝模作樣的笑容，大拇指跟食指擺出拿酒杯的動作，頭還向後仰了一下，模擬喝酒的樣子。海秀不發一語地跟在他身後。

玄武帶他去的地方，就是從醫院正門出來，過了馬路後的第一條巷子。才剛走進巷子，烤肉的炭火香便撲鼻而來。這條巷子裡餐廳林立，徹夜擠滿了人。兩人踏進巷子的時候，才剛打烊的餐廳正忙著將放到外頭街上的圓桌推進店裡。

玄武帶海秀去他常去的店家，那是一間室內酒館，裡頭零零散散地擺著幾張圓桌。玄武才進到店內，正打算休息的餐廳老闆便迎接兩人入內。海秀跟玄武一屁股在最靠近門口的那張桌子邊坐下，像是算準了時機一樣，外頭也在此時下起了春雨。

「差點就要淋雨了。」

玄武咧嘴笑著說。海秀轉頭望著窗外下雨的景色，總覺得這場春雨不僅能洗淨連續多天被黃沙覆蓋的天空，更能把他鬱悶的心也一併清洗乾淨。

老闆送上他們點的肉，安置好烤盤後便將肉放到烤盤上。配著滋滋作響的烤肉聲，玄武一口氣把燒酒杯倒滿。酒精順著喉嚨進到體內，接著便流向腦袋。總覺得今天的酒格外甜，這樣似乎就能忘記老奶奶那徹夜折磨他的聲音。一兩杯黃湯下肚，回神一看，才發現桌上不知不覺已擺了五瓶燒酒。他不發一語，還想繼續替自己倒酒，玄武卻在這時制止了他。

「你喝太多了。」

「尹醫生，你覺得醫生是怎樣的人？」海秀將杯中的酒灌入嘴裡，吞下肚後問道。

「是以拯救人命為己責的人。」玄武以不帶任何情緒的聲音答道。

「拯救人命啊……我們又不是神，這真的有可能嗎？」海秀苦笑著問。

「你遇到什麼事了？是因為你犯錯的關係嗎？」

玄武主動提起這幾天海秀所犯的失誤。確實，患者的過去開始支配他的情緒，也使他更頻繁地犯錯。例如原本應該被稱呼為「六號床，腸炎患者」的人，如今對海秀來說卻成了「愛心志工」、「奉獻之父」、「酒醉暴力犯」、「酒駕駕駛」。

「你曾經好奇過患者有怎樣的過去嗎？今天我們拯救的患者，如果是窮凶惡極的殺人犯呢？因為我們不夠好而沒能救活的患者，如果是過去有著許多遺憾的善良之人呢？」海秀真摯地問道。

「醫生倫理。醫生應不分人種、民族、年齡、性別、職業高低、經濟狀況、思想與宗教，誠心誠意照顧患者，公平公正地盡最大的努力，讓全體人類與全體國民享受醫療福祉。」

玄武平淡地背出醫生倫理綱要。

「沒錯，當然……是該這樣沒錯。」

他的表情垮了下來，忍不住嘆了口氣。酒精的氣息又刺又辣，從他的鼻腔裡噴湧而出。

「那你想成為怎樣的醫生？我是說夢想或抱負之類的。」這次換玄武提問。

「我只是偶然成為醫生，沒有什麼遠大的抱負或野心。」

海秀露出苦澀的表情搖了搖頭，接著玄武悄聲說：

「如果你真的很痛苦，那就去精神健康醫學科看看吧。誰曉得呢？說不定會有幫助。」

海秀搖搖頭，一點都不想接受這個建議。

「不然就出去透透氣也好。西川市有座西川公園，站在懸崖邊，你會覺得鬱悶的心情一掃而空。」

海秀露出苦笑。公園啊，總覺得是個與他格格不入的地方。難道能夠安慰他的，真的就只有酒了嗎？他看著窗外，將春天的細雨當作陪伴，一口氣喝光杯中的酒。

「呼，究竟是犯了什麼罪，要承受這種詛咒？」玄武自言自語道。

「我是說雨啦。」見海秀有些疑惑，玄武指著窗外的雨。

「外頭會下雨，也是神的旨意。說是在這種下大雨的日子，會有人受到神的懲罰。」

海秀搖搖頭，不屑地哼了一聲。又是那該死的神。

「話說回來，我們以前是不是見過？我好像在哪裡聽過你的聲音。」

海秀歪頭問道。玄武則像是在隱瞞什麼一樣撇了撇嘴。海秀總覺得玄武的聲音似曾相識，只是想不起來究竟是在哪聽過。

＊＊＊

成為住院醫生一個月後，終於有了第一次的休假。蓮花直到接近傍晚時分才離開醫院，她打算去之前玄武推薦的西川公園。西川公園所在的西川市，就在千明大學醫院所在的海東市隔壁。如果想去西川市，那就得穿越一座名叫南荷島的島嶼。雖然在行政區域上，南河島隸屬海東市，但在地理上卻是夾在海東市與西川市之間。以南荷島為準，往西是海東市，往東為西川市。

公車才停在醫院前，蓮花便立即上車，坐到後門旁邊的位置上。公車行駛了十來分鐘，便從海岸道路的終點轉進連接銀河大橋的道路。銀河大橋有著兩座拱形高塔，形狀乍看之下宛如海鷗振翅，穿越南荷島近海一路延伸到西川市。也因此車子沒有繞進南荷島，而是能立即進入西川市。

窗外是南荷島。整座島有一半都是山，通往島中央那座低矮山岳頂端的山路上，沿途滿是緊密相連且窄小破爛的房屋坐落。她滿二十歲之前所住的房子，就在南荷島山路上貧民區的某處。

不知不覺，公車駛離銀河大橋，通過西川市收費站。一過收費站進入海岸道路，便能看到入口處大大地寫著「歡迎來到西川市」的看板。西川公園就在進入海岸道路後不到十分鐘車程處。

蓮花按了下車鈴並從位置上起身，公車停在公園入口。她下車才剛走進公園，一對深情牽著彼此的情侶便走過她身旁。陽光和煦，天空萬里無雲，徐徐的微風帶來花朵的清香。

蓮花從與公園入口處相連的緩坡路往下走。道路左右兩旁都是小巧的花園，左邊開著討喜的紅色鬱金香，右邊則是一整片翠綠的青草地。不過，吸引她目光的別有其他。在鬱金香花田中央，立著一個有著紅色蓋子、綠色身軀的郵筒。而另一邊的草地上，則立著藍色蓋子配白色身軀的風車。風車與郵筒巨大有如燈塔，令人感覺置身童話故事中的矮人村莊。

斜坡路在兩片小花園的盡頭岔了開來。蓮花走向左邊那條，那條路一直延伸到防波堤，許多人來來往往。遠遠看去，除了矗立在防波堤盡頭的紅色燈塔之外，便沒有什麼特殊之處。

她沿著防波堤走著。就在這時，她開始聽見人們吵鬧的聲音。看了看四周，原來是燈塔後方擠了一群人。蓮花往人群聚集之處走去，那裡立著一面告示。

〈愛的燈塔〉

〈愛的燈塔求婚法——與心愛的人並肩站在畫在燈塔前的愛心上，愛情就會實現。〉

她讀著這面告示上寫的文字，並聽見後方傳來熟悉的聲音。

「韓蓮花？」

蓮花嚇了一跳，猛然回頭。背後是騎著白馬的王子……不，是海秀。不是白馬王子，而是白衣先生。

「醫生怎麼會……」

「那妳又為什麼會在這裡？」海秀沒好氣地問。

「我……那個……」

蓮花尷尬地眨著眼，實在無法開口說出她是來此地找尋命中注定的愛情。

就在這時，不知哪裡傳來一陣肉麻的音樂聲，是結婚進行曲。音樂聲吸引人群聚集，包圍了兩人，並開始鼓譟地喊「接吻、接吻」。兩人這才遲來地意識到，原來他們就站在愛心上。蓮花的心開始噗通噗通地跳，抬頭一看，海秀的耳朵也都紅了。兩人用餘光看了看四周，隨後又看向彼此。就在那一刻，世界彷彿靜止，他們什麼也聽不見。海秀那乾癟的身材、微微駝著的背、單眼皮的銳利眼神，在此刻看起來都像伸展台上的模特兒那般時尚。

蓮花不自覺地吻上了海秀，是她的潛意識驅使她去做的。

「妳……在……做什麼？」

海秀慌張地支支吾吾，蓮花則趁亂從人群中跑了。稍後回過神來，發現她跑到開滿鬱金香的花田裡。鬱金香隨風搖曳，花田裡的風車也在風的吹拂下不停轉動。

「我瘋了，我一定是瘋了。」

蓮花自言自語著走到郵筒前。郵筒下方是一隻烏龜，刻意做成了烏龜揹著郵筒走的意象。郵筒旁則有另一隻烏龜，背上揹的是一隻就要飛升的龍。郵筒前面則立著一塊告示，上頭寫著：

〈緩步前進的郵筒〉

〈雖然不會太快，但只要將心中的故事寫在明信片上投入郵筒中，我們會盡快為您送達。〉

蓮花轉身。她沒有能寫明信片的對象。

離開花田，她從斜坡路右側的那條路走進海岸步道。海岸步道的盡頭，連接到伸入海面的岬角，那裡有一座瞭望台。她走到瞭望台邊往欄杆下方看去，是一片令人暈頭轉向的峭壁。蓮花嚇得腿軟便趕緊倒退，卻突然撞到了人。回頭一看，發現是海秀站在那。

蓮花嚇了一跳，隨即便吹起口哨轉移注意力。海秀低聲說：

「真好。」

「什麼？」

轉頭一看，原來海秀正看著大海。蓮花也順著海秀的視線，往海平面的方向看去。海天交界處，蔚藍的天空正被染成一片紅。帶著海水氣味的春風不時吹來，吹散了凝聚在鼻尖的血腥味與酒精味，也洗去了眼前人們受傷後殘破不堪的模樣、滿是鮮紅血水的急診室。

就在她失神地望著大海時，天空已轉為一片橘紅。回神才發現，海秀不知何時已消失無蹤。

「醫生。」

她的聲音在海上迴盪，卻沒有任何回應。蓮花從原路折返，回頭尋找海秀，然後才發現那條路上有一道小小的階梯通往下方。沿著階梯向下，她看見坐在巨大岩石上的熟悉背影，那是海秀。

蓮花喜出望外，便大聲呼喊海秀。

「醫生。」

＊＊＊

蓮花被大海所吸引，海秀不願意打擾她，便決定一個人在公園裡走走。沿著海岸步道走著，她便發現通往下方的階梯。海秀沿著階梯下去，發現下頭是一片鋪滿圓形光滑碎石的區域。

他走在碎石路上，來到波浪所及之處。那裡有一塊足以讓一名成年男性坐上去的巨大岩石。他爬上岩石，坐著欣賞遠方的海面。海浪自海平面處緩緩往自己靠近，最後撞在岩石上碎成白色的浪花。看著這些海浪，他只覺得近來困擾自己的問題與擔憂，似乎都隨著波浪被一起帶走。現在這一刻，他絲毫沒有想起自己能看見患者過往的事。

就在他沉浸在海浪聲之中時，身後傳來呼喚他的聲音。

「醫生。」

他轉頭，見蓮花像個孩子一樣，帶著開朗的笑容對他揮舞雙手。他也下意識揮手，蓮花大步朝他走去。那一刻，他的眼裡只有蓮花，他的耳邊只能聽見自己的心跳聲。

如閃耀陽光美麗炫目的你，
如自海平面朝我湧來，掀起陣陣浪花的你，
靠近我的心，激起了雪白的浪花。
那是愛。
你為了見我，自那遙遠的大海朝我而來。

海秀感覺心頭一緊。過去未曾感受的疼痛竄遍全身，他感覺自己的心臟就要炸開。

「沒事吧？」

蓮花不知何時來到身旁，睜著大眼詢問他的狀況。蓮花的手一碰到他的肩，他便感到疼痛加劇。蓮花不明白他的心情，反而更靠近他。飽滿的額頭、渾圓的眼睛、小巧的鼻子與嘴唇，月光下的蓮花宛如下凡的仙女，美得令人讚嘆。

＊＊＊

蓮花坐在海秀身旁。她短暫沉浸於海景的美。在夜色之下，海景消失，只剩下天空中的點點繁星。大海被黑夜所籠罩，伸手不見五指的漆黑大海，只有燈塔的光芒閃爍。

唰啦，唰唰唰唰。

海浪拍打岩石的聲音、礫石相互碰撞的聲音在夜裡的海岸邊迴盪。而她的肚子，此時也開始響起咕嚕嚕的叫聲。

「我們走吧。」

海秀站起身來，領先走上階梯。她跟在海秀身後，重新回到那條斜坡路上。斜坡的盡頭，此刻出現了剛才還沒看見的船隻型建築。

「跟我來。」

海秀走進建築物裡。才一進到裡頭，便能聞到美食的香氣。

「餓了吧？」海秀坐到窗邊的桌子前問道。
「我來的時候就看到這間餐廳了。」
海秀笑得有些尷尬。而這樣彆扭的海秀，看在蓮花眼裡莫名有些可愛。
稍後，他們點的義大利麵便上桌。時隔一個月接觸到醫院外頭的食物，真是令人食指大動。蓮花塞了一大口義大利麵進嘴裡。
「怎麼樣？還撐得住嗎？」
海秀問道。蓮花則一邊咀嚼一邊點點頭。
「會不會很累？我聽玄武醫生說了，妳父母都不在了。」
蓮花嚇了一跳，放下了手中的叉子。是不是玄武逢人就講這件事？這讓她覺得有些不高興。
「那妳一直以來都是怎麼過的？應該不是一個人生活吧？」
海秀帶著同情看著蓮花。
「我跟住在南荷島的叔叔一家人一起生活。」
「南荷島啊，原來如此。」
海秀塞了一口義大利麵並點點頭。蓮花也決定開口詢問她一直感到好奇的事。
「請問，我們以前有見過面嗎？」

「不知道耶。怎麼了？妳見過我嗎？」
海秀的臉上閃過了一絲慌張的神色。
「沒什麼，就只是覺得很面熟，好像在哪見過。」
「我也不太清楚。」
海秀歪了歪頭表示不解。蓮花說雖然不知是什麼時候，但自己似乎見過海秀，只是她已經想不起來那是何時的事。
「先不說那個了，妳來這裡做什麼？」海秀問。
「聽說來這裡就能遇到白馬王子。」蓮花羞澀地笑著說。
「什麼？白馬王子？」海秀噗哧一聲笑了出來。
「那妳見到了嗎？」
「嗯，好像見到了。」蓮花雙眼直直盯著海秀答道。
「在哪？」海秀看了看四周，問道。
「現在就在我面前啊。」
蓮花動了動鼻子，有些俏皮地說道。海秀卻被這句話給嗆了一下，拚命咳嗽並站起身來。
「我們走吧。」

海秀趕緊離開餐廳。蓮花跟在他身後走出來，才注意到放在入口處的招牌。

「加勒比餐廳」

＊＊＊

從西川公園回來後，海秀便始終沒有忘記與蓮花親吻的那一刻。從睜眼到入睡之前，他都在想蓮花。兩人一起在急診室時，他的目光也總是跟著蓮花。與此同時，他也繼續看見患者的過去。在心繫蓮花的同時，他也不得不去在意發生在自己身上這些令人頭疼的現象。他全神貫注地注意著急診室的出入口，事情做到一半聽見開門的聲音，他便會立刻轉頭去看。日復一日地焦急等待，等待或許會有心跳停止的病患送進來。越是想要甩開，這份恐懼就越是深入他的內心。從他的臉上，也逐漸能看出這樣下去或許會鑄下大錯的不安。

下班後，海秀搭電梯下到五樓。門診所在的五樓走廊，擠滿了候診的民眾，幾乎沒有人能走過的空間。他越過來看診的病患，來到某個診間前，是上回玄武勸他去看的精神健康醫學科。

稍後叫到他的號碼，他帶著緊張的心情進入診間，裡頭是一張熟悉的臉孔，那是他的大學同學中載夏。海秀慌張之餘，一直站在門邊遲遲沒有走進去。
「姜海秀，好久不見。」
載夏先認出他並打了招呼，海秀則有些畏縮地坐到病患用的椅子上。
「你怎麼會來？」載夏的目光轉移到螢幕上並問道。
「……還問我怎麼會來，當然是來看診的。」
他用食指抓了抓額頭。聽他這麼說，載夏的臉上閃過一絲驚訝的神色。
「發生什麼事了？」載夏問。
海秀突然覺得，如果是載夏，或許能平靜地聽完他的故事。還在讀醫學院時，載夏在同學之間的風評非常好。他們從不曾看到載夏生氣，他也不會把別人的秘密抖出來，或是在背後說人閒話。
「我在做CPR的時候，都會看到病患的過去。」
載夏的臉上再度閃過一絲驚訝的神色，但他很快恢復醫生本色。
「病患的過去？嗯，那你看到了什麼？」載夏沉著地問道。
「真的是病患的過去。」海秀畏畏縮縮地答道。
「你怎麼知道你看到的是病患的過去？」
「因為跟家屬告訴我的事情一模一樣。」

回答完後，海秀用眼角餘光看了載夏一眼。一如預期，載夏很認真聽他說話。

「從什麼時候開始的？以前有過這種經驗嗎？」

海秀搖頭。載夏緩緩點了點頭，並開出了處方。

「我會開藥給你，你先吃吃看。休息一陣子應該會好一點，雖然要休息是有點難。」

海秀很失望。他想要的不是吃藥，因為這不是藥能解決的事。況且他不可能休息，明年是決定他能否升任臨床助理教授的一年。

「那你怎麼會在這裡？」

海秀沒有想到，在知名大學醫院受訓的載夏，竟然會來到千明大學醫院任職。

「為了查出我爸死亡的真相。」

載夏帶著苦澀的微笑回答。

＊＊＊

完成看診準備後，載夏坐在書桌前，緊張地不停摸著滑鼠。過去只是跟在教授身後看，兩個月前他終於要自己一個人應付門診的患者。雖然一星期只有兩天門診，但每一次診間開始運作，他都會感到緊張。

就在只剩兩名患者時，診間的門打開，一張熟悉的臉孔出現。是他的大學同學姜海秀。如字面意義所述，他們就只是同學，並不是什麼很熟稔的關係。學生時期的海秀總是獨來獨往，而且從來不打算跟別人交好，因此也從來不曾看過他跟誰比較要好。海秀那外表冷漠、總是坐立難安的模樣也一如既往。

海秀離開診間後，載夏思索著海秀最後的問題。來千明大學醫院的原因……他看著電腦螢幕下方的相框。一看見照片裡父親的模樣，他便回想起父親最後的身影。

套上制服，穿戴整齊的載夏站在鏡子前，花了二十分鐘整理自己的頭髮。

「載夏，你在磨蹭什麼？再這樣下去畢業典禮要遲到了。」

媽媽焦急的聲音從房門外傳來。這時他才抬頭看了看掛在牆上的時鐘，然後趕緊來到客廳。再不出門肯定會遲到。三年來他從沒遲到過，可不能在畢業典禮這天遲到。

「載夏，你先去學校，爸爸媽媽很快就去。」

載夏回了聲「好」後便往玄關走去。他注意到父親坐在沙發上，呆滯地望著半空中。自兩年前發生的那場意外中倖存後，父親便經常呆坐在沙發上發愣。大人們都很擔心父親，嘴上還不時說著「這樣下去會出大事」。載夏雖然也擔心父親會出「大事」，但他只是個國中生，實在無計可施。

聽見他打開鞋櫃拿出鞋子的聲音，父親轉過頭來看他。

「你要去學校嗎？」

父親臉上帶著微笑走了過來，彷彿剛才不曾坐在那發愣。

「今天是畢業典禮啊。」

載夏將畢業典禮的事情告訴父親，還不忘用眼神詢問：「你會來參加吧？」父親近來很容易忘東忘西。

「辛苦了，我的兒子。」

父親抱住他，輕拍他的背。被抱進父親懷裡，不知為何令他想落淚。他忍住眼淚離開家，但在前往學校的路上，他內心卻總有一股莫名的不祥預感。

幸好，他沒有遲到，畢業典禮也順利結束。禮堂舉辦的畢業典禮結束後回到教室，朋友的父母便拿著花束走了進來。載夏看了教室後門一眼，說很快就會來的父母並沒有出現。

就在這時，有人在他身後大喊：

「申載夏，你快點回家。」

來找他的人不是父母親，而是老師。載夏直覺知道，父親發生「大事」了。他甚至沒來得及跟朋友們道別就立刻跑回家。巷子口，未熄火的救護車隨時準備離開。不安的感受只是他虛幻的直覺，沒有人能篤定說他父親就在那輛救護車上。他緊抓著心底的一絲希望，朝著家門口飛奔而去。

「爸、媽。」

家裡空無一人。他壓抑失落的心情往救護車的方向衝去，發現救護車已經離開。載夏看了看四周，即使想跟著救護車去，卻也不知道該往哪走。

就在這時——

「聽說好像是要送去千明大學醫院。」

一些社區的居民坐在社區入口處的涼床上嚼著舌根。顯然，載夏氣喘吁吁地衝出來的模樣，任誰看來都知道被救護車載走的人就是他的父親。

載夏掏出口袋裡所有的錢坐上計程車，司機透過後照鏡看了他一眼，看出了他焦躁不安的心情，便趕緊發動車子。稍後，他已經能看見遠方的千明大學醫院。看見這雄偉的醫院大樓，他心底便升起一股信賴感，相信海東市最好的一級醫院，肯定能夠救活他爸爸。

計程車停在急診室前，救護車才剛剛離去。他下了計程車，立即衝進急診室。

「爸、媽。」

他往裡頭衝了進去。

「同學，你不可以在急診室裡面這樣跑。」

坐在護理站的護理師對他大喊，載夏上氣不接下氣地問：

「請問剛剛有沒有一個叫申善道的男人……」

他話都還沒說完，護理師便指著入口對面的玻璃牆。用紅色寫著「急救室」的玻璃牆被窗簾遮住，他看不見裡面的狀況。急救室，把命危之人救回來的地方，父親就在那裡面。

載夏來到急救室前，母親正蹲坐在那哭。

「媽……」

一看到載夏，母親便抱著他抽泣了起來。

「媽，發生什麼事了？」

載夏語帶哽咽地詢問，但直到葬禮辦完，整理父親的遺物時，他才從母親那裡聽說父親如何死去。那也是他們最後一次談起這個話題。

「他是個很有責任感的人，他是帶著愧疚的心情離開的。」

這是他記憶中父親最後的模樣。那天，父親不知為何看起來有些不一樣。要是知道那就是父親最後的身影，是否就能阻止父親的死？載夏嘆了口氣。揭開父親之死的真相，那就是他來到千明大學醫院的理由。

載夏查看螢幕上候診患者的名單。現在只要再為一個人看診，今天的門診便結束了。疲勞如潮水般湧現，聆聽他人的情緒是一件苦差事。那些情緒不是喜悅，也不是快樂，主要是憤怒、悲傷、挫折等等，因此若整天聽下來，他會覺得患者的精神痛苦也都積累在自己身上。學長姐、學弟妹會用運動、演奏樂器、看展覽或表演等各種藝術、體育活動來當自己的情緒垃圾桶，而他沒有什麼興趣，於是從前陣子開始，便開始找尋能在下班之後從事的興趣。

海秀離開之後，是一名頗有年紀的男性進到診間。穿著隨便、衣衫襤褸的男人，滿臉通紅，彷彿從遠方就能聞到他身上的酒味。他身上散發出那種不懂得照顧自己的人才會有的體味，即使不聽他說話，也能清楚知道他就是生病了。

男人一臉陰沉地坐在椅子上。

「我就算活著也好像不是真的活著。」

這是男人的第一句話。

「自從那天之後，我就跟死了沒兩樣。」男人雙手摀住自己的臉說道。

「那天？發生什麼事了呢？」

「很久以前，我兒子搭的船失火了。孩子沒能從滿是濃煙的船艙裡逃出來，就這樣死了。」

載夏內心感到瑟縮，卻還是故作泰然地聽著男人說話。

「孩子最後的樣子……恐懼的臉孔和眼睛……」

男子的話就停在這，好一陣子沒有繼續開口。

「那天之後，每到晚上，我兒子的臉就會在我眼前浮現。別說是睡覺了，我什麼都不能做。他可是我唯一的骨肉啊。」

男人語帶哽咽地說。唯一的兒子離世之後，他在痛苦中度過漫長的歲月。失去孩子的痛有多深，載夏無法揣測。男人的痛苦，始終只有男人自己知道。

「他離開前一天，還因為要去校外教學而開心得不得了……」

淚水自男人滿布皺紋的眼角滑落，載夏從桌上的面紙盒抽了張面紙遞給男人，男人將臉埋進那張薄薄的面紙中啜泣。

「還不如死了去找他，不知該有多好。我很想死，卻連死都不能如願。」

載夏的視線轉至螢幕上，開始查看男人的就醫紀錄。不過一星期前，男人便因試圖自殺而被送進急診室洗胃。現在的情況看來，他還有再度自殺的可能性。

「您要不要住院幾天呢？住院期間能接受藥物治療，也能夠幫助安撫心情。」

男人不置可否，帶著不太情願的表情離開診間。或許就連討論這件事的心情和力氣也沒有吧。開立讓男人立即住院的指示後，載夏伸了個大大的懶腰。

＊＊＊

讓載夏看過診後，海秀感覺心裡輕鬆不少。後來他便沒有再遇見需要心肺復甦術的患者，因此無法驗證處方藥是否有效。但一想到有藥能吃，他便覺得心情平靜不少。

他為一名喝醉酒摔破額頭的男子縫補完傷口，才剛走出處置室，剛結束一通電話的尹護理師便叫住了他。

「通報說馬上要送心驟停的病患過來。」

稍後，一輛救護車伴隨著警笛聲停在急診室的門口。海秀帶著些許遲疑來到門前，載著患者的移動病床如流水般被推進急診室。一名救護隊員推著移動病床，另一名救護隊員則拿著甦醒球為患者供應氧氣，另一名救護隊員則正在按壓患者的胸口。玄武確認患者的狀態，一邊將患者送入急救室。

「她落海了。」

救護隊員靠過來說明。海秀看著病床路徑上落在地面的水漬。

「她心跳停止多久了？」

「我們把人從水裡救出來的時候，她已經沒有心跳了。她女兒說在我們抵達前二十分鐘就看不到人影了。」

消防隊員一邊準備離開醫院一邊回答。急救室的窗戶前面，一名女性正急得跺腳，看上去像是這名患者的女兒。

「她是落海？還是跳海？」

海秀拉住正準備離開醫院的救護隊員問道。

「不知道。」

救護隊員露出一個尷尬的表情，搖了搖頭表示無法回答。

送走救護隊員，海秀進到急救室。急救室裡，玄武正壓著女人的胸口。海秀看著這幅情景，竟有了一個糟糕的想法。希望女人可以在玄武的急救之下醒過來，希望不要輪到他上場急救。不管怎麼想，這都是不符合醫生風範的卑鄙念頭。他擔心的不是正面臨生死關頭的患者，而是害怕自己再度看到患者的過去，同時也因擔心他人察覺這樣的念頭而感到羞愧。

「醫生。」

玄武氣喘吁吁地喊他，這是要換手的意思。海秀有些遲疑，但還是將手放到患者胸前。不知是不是因為衣服都濕了，他感覺很冰冷，感覺就像是一具假人模特兒躺在那。

他開始按壓起患者的胸口。他的手離患者的心臟越近，便越是被一股不知名的力量所牽引。他閉上雙眼。在看見患者的過去之前，發生在他身上的徵兆總是一樣。他會覺得自己全身僵硬，全身的寒毛豎起。他用盡力氣想睜開眼，卻發現自己已經置身漆黑的隧道，朝著那道光芒走去。

盛夏夜，女人看著天空中五光十色的煙火讚嘆。沙灘上不只有女人，更擠滿了許多來看煙火的遊客，幾乎沒有多餘的空間能走動。

「真美，對吧？多恩？」

女人低頭看去，年幼的少女正目不轉睛地看著眼前如魔法般綻放的煙火。女人心滿意足地看著先生，她的先生也面帶微笑。

就在一家三口沉浸在幸福之中時，行經銀河大橋下方的船突然冒出火舌。那一刻，沙灘上一片寂靜。時間無奈地流逝，意識到發生什麼事的人開始焦急了起來。稍早還帶著如夢似幻的表情欣賞煙火秀的人群，如今眼裡滿是恐懼。眼前那駭人的情景令他們目瞪口呆，曾經歡樂的海上郵輪瞬間成了煉獄。

「老公，那邊那些人怎麼辦？」

聽了女人的話，她的先生便打了通電話。

「是一一九嗎？」

稍後，救護車與消防直升機便來到現場，原本在海邊的人們也都相信，船上的乘客大多數會被平安救出。

「醫生、醫生。」

玄武搖晃著他。

「你沒事吧？」

蓮花來到他身旁低聲詢問。海秀喘著大氣看向四周，大家都用疑惑的眼神看著他。剛才究竟發生什麼事了？他意識著那些緊跟著他的目光，故作鎮定地問道：

「心跳停止幾分鐘了？」

「因為是『被發現時就已經心跳停止的病患』，從被發現的時間算起，到現在已經超過一小時了。」

玄武回答。海秀抬頭看了看時鐘，患者送來醫院已經超過四十分鐘。他脫下被汗浸濕的白袍，走出急救室。心肺復甦術的規定是每兩分鐘就要換人執行，他違反了這個規定，而住院醫生也都看到了。那是能救活的患者嗎？會不會是因為他的失誤，導致患者沒能救回來？他把玩著口袋裡的紙張，很快又把手從口袋裡抽了出來。

鋪著白布的病床經過他面前，一隻被水泡到腫脹的蒼白腳掌露在外面，擦在腳趾上的紅色指甲油格外鮮豔。

答、答、答。

從病床上滴落的水，一路延伸到通往地下靈堂的門前。稍後，那個女人便不著痕跡地消失，急診室彷彿不曾發生任何事，恢復往常的狀態。女人的痕跡只存在於海秀的腦海中，直到天色破曉時都折磨著他。

下班後，海秀上到十樓。穿越陽光灑落的走廊，他站在人事科門口。他拿出放在白袍裡的辭呈，決定依照載夏的建議去做。萬一發生任何醫療事故，那他很有可能將無法繼續擔任醫生。

遞出辭呈並離開人事科後，海秀靠在牆邊。他實在跨不出任何一步。現在他只剩下半個月，半個月後他就必須離開醫院。真的該離開嗎？難道沒有別的方法嗎？

＊＊＊

四月只剩下不到一週。急診室每天都有些不同的狀況，卻也一如既往地忙碌。每到深夜，患者便會不約而同地湧入急診室。而到了天快亮的時候，雜亂無章的急診室便不知不覺恢復一片平靜。海秀不知去向，從剛才便不見人影，玄武則與護理師們在護理站聊天。

「不覺得最近姜醫生有點怪嗎？」崔護理師問尹護理師。

「哪裡怪？」

「明顯已經死亡的患者，他還會繼續做CPR、為了做CPR而錯過做其他處置的時間、沒有遵守CPR的規則。」

崔護理師擺著頭說。

「我也不太清楚耶。」

尹護理師帶著尷尬的微笑低下頭。

「他不是這樣的人，應該是遇到什麼事了。」

尹護理師喃喃自語道。

「做CPR的時候，他好像會看到什麼，就像被詛咒的人一樣。」

玄武趕緊插話。尹護理師的雙眼緊盯著電腦螢幕，腦袋同時也高速運轉著。

「會不會……是跟辭職有關啊？」

尹護理師小心翼翼地說。

「辭職？姜醫生說要辭職嗎？」

蓮花加入了三人的對話。

「妳不知道嗎？姜醫生只做到這個月底。」

蓮花哭喪著臉，搖搖頭表示她不知道這件事。

「別擔心，他很快就會再回來的。」

玄武用頗具深意的眼神，帶著微笑回頭。

「那一天就快到了。」

玄武伸了個懶腰，打著哈欠往休息室走去。這時，急診室的門打開，海秀走了進來。本來就已經很消瘦的他，走路竟還搖搖晃晃的，看上去更加憔悴。自從在西川公園偶遇之後，蓮花便對海秀有與眾不同的感覺，彷彿有什麼不知名的東西將兩人連結在一起，總是忍不住在意他。她曾經希望海秀能在自己孤單落魄的人生中成為一道光芒，這樣的期待難道就要這樣落空了嗎？千熙離開了，一想到連海秀也要離開，蓮花便忍不住哽咽。

＊＊＊

診間的門開啟，外頭是一張熟悉的面孔。他長年的好友，蓮花。蓮花與載夏是十九年的知己，蓮花因意外而失去父母、叔叔一家人無聲無息地消失、進入醫學院至今的所有事情，載夏無一不知。

「快進來啊，蓮花。」

蓮花坐到載夏面前的病患用椅上。載夏看著蓮花身上的白袍，發現左胸前用藍色的絲線繡著「急診醫學科韓蓮花」幾個字。自九歲失去父母後，蓮花便一直開朗且堅強，看起來一點都不像個孩子。也因此他始終深信蓮花能實現成為醫生的夢想，而就在今天，蓮花如願以償地成為千明大學醫院的住院醫生。

「第一年住院醫生的生活如何？」

「嗯，差不多是這樣嘍。」

蓮花雙手一攤，聳了聳肩，很像她會有的反應。即便從小就失去了父母，但她的個性依然開朗。

「今天老師的展覽開幕，你跟我一起去看吧。」

「老師？」載夏瞪大了眼問。

「你介紹給我的美術老師啊。」

「對耶，是有這回事。」

載夏這才想起來，很久以前曾經介紹過一位美術老師給蓮花。九年前，他介紹美術老師給就要參加大學入學考試的蓮花，但其實他自己也不知道那個美術老師是誰。只知道是朋友的朋友的姊姊的學妹，他只是拿到聯絡方式並轉交給蓮花而已，根本不曾見過這個人。

「說到這個，妳以後還會繼續畫畫嗎？」

「我很喜歡老師，所以一有時間我就會去她的工作室畫畫。雖然最近都沒時間去啦，但也覺得我有了一個對我很好的姐姐，這都是多虧了你。」

蓮花露出淺淺的微笑。載夏偶爾會想，蓮花似乎擁有一種能力，能將周遭所有人的靈魂都一起淨化。只要有蓮花在，內心的憤怒、悲傷與孤單都會在不知不覺間遺忘，被她的「開朗」所取代。

「那既然提起這件事了，我們就今天去吧，避免妳之後忙起來又沒時間了。」

下班後，載夏開著車前往美術館。美術館在南荷島的海邊，如果要去南荷島，就得經過連接南荷島與海東市，長兩百多公尺的跨海大橋——七星橋。

車一開上七星橋，所有的車子便停了下來。載夏看了看時鐘，六點二十分，恰好是下班時間。坐在動彈不得的汽車內，只能呆看著前車的車尾。突然，他的手機響起通知。

「醫院緊急呼叫，我可能去不了了。」

傳訊人是蓮花。從這封訊息中，能感受到新手醫生的著急。雖然想將車調頭，但載夏此刻受困於車陣之中，陷入進退兩難的境地。雖然無奈，但也沒有辦法，他決定自己一個人跑一趟美術館。

直到播完了三首歌，車子才開始緩緩前進。載夏沿著海岸道路往南開，十分鐘後他已經快要抵達南荷島的海邊。沿著南荷島南邊的海岸前進，往西依序是美術館、餐廳與飯店、郵輪碼頭與防波堤。也正是因為這些設施，南荷島的海邊總是擠滿了活力十足的年輕人。

載夏將車子停放在停車場，便下車進入美術館。館內昏黃的燈光照在畫作上，人們在畫前駐足，放慢步調欣賞畫作。

他來到畫前。那些以海為背景所作的畫，即便是同一片海，也都蘊含截然不同的情緒。也因此他深陷在這些畫作之中，彷彿搭上一台時光機跳躍時空一般。載夏停在最後一幅畫前，站在那看了好一會，遲遲沒有離去。

「你喜歡這幅畫嗎？」

從剛剛開始就一直在他附近打轉的一名年輕女性，這時上前與他搭話。載夏轉過頭去，一名有著大眼、高挺鼻梁且輪廓深邃的美女站在他面前。那一刻，他覺得那名女子正在發光，彷彿美術館所有的燈光都打在她身上。

「你從剛才就一直在看這幅畫呢。」

女子的聲音平靜且充滿自信。一看就知道是展覽的主角，也是蓮花的美術老師。

「這幅畫很美。該怎麼說呢……」

載夏轉頭看向那幅畫。一看到那幅畫，他的內心便湧現不知名的情緒，只是他找不出任何一個詞彙來說明那份情緒。

「如果你喜歡，要不要我送你？」

載夏驚訝地看著那名女子。那一刻，他覺得一陣鐘聲在耳邊響起，腦中鈴聲大作，心跳快得心臟彷彿就要衝出胸膛。他的世界變得五彩繽紛，好似放起了煙火。仔細觀察女子的表情，對方似乎也跟他有相同的感受。

「但我更喜歡妳。」

載夏努力讓自己激動的心情穩定下來。話才說完，女子露出了神秘的微笑，隨即便消失在人群之中。難道這句話太失禮了嗎？載夏呆望著那名女子離去的方向，她卻沒有再出現了。雖然遺憾，但他也不能在這裡乾等，便決定轉身離去。

他正打算離開美術館時，一個男人突然叫住了他。

「老師要我把這個交給您。」

男人拿著一幅已經包好的畫站在那。

「這是……」

載夏愣在原地，顯得有些慌張。他感覺一陣冷風吹來，風輕輕吹過掃過他的鼻頭，沁涼的海水氣息竄入鼻腔，好像那名女子就站在他的面前。

拿著畫上了車，他駕車離開美術館，透過後照鏡看著掛在門口的展覽宣傳布條。

「記得那一天，姜海仁」

載夏沿著原路返回，往海東的新都市開去。他家位在距離千明大學醫院十分鐘處的透天社區內。回家的路上，他腦海中想的都是那幅放在副駕駛座上的畫。將正在展出的畫送人，這代表什麼意思，而且還是在展覽開幕當天。她的用意、她的想法，載夏實在猜不透。雖無法說個明白，但載夏覺得就像自己對她一見鍾情一樣，對方似乎也對自己抱持好感。這是一種心意相通的感覺。但對方並沒有應他的要求給予聯絡方式，反而是把畫送給他，這似乎不像是被拒絕。

越想越感到迷惘，他也不知不覺回到了家。將車開進車庫停好，他拿著畫進到屋內，母親就站在玄關處等他。

「那是什麼？」

「是畫。」

載夏拿著畫進房。他沒有換下身上的衣服，而是先找尋房內能擺畫的空間，最後目光停在床尾處空蕩蕩的牆面上。他隨即拆開畫的外包裝，裡頭包的是令他最後駐足許久的那幅畫，畫的是一名少年坐在燈塔之下，眺望夜晚大海的背影。波濤平靜的漆黑大海與深邃夜空圍繞著少年，一片漆黑之中，唯一點亮整個畫面的，是高掛在西方天空的上弦月與燈塔發出的亮光。他想起稍早美術館裡海仁離去的背影，從那背影之中，他彷彿能看見這名少年的影子。畫中的背影看上去孤單又寂寥。靜靜看著這幅畫，他總覺得自己能夠洞悉海仁的想法，讓他感覺跟海仁更親近了一些。竟對僅短暫見過一次面的女人如此動心，載夏自己都感到驚訝。

此時，母親敲了敲門，並開門探頭進來。

「載夏，你在幹麼？快出來吃飯啊。」

載夏跟著母親來到餐桌旁。

「發生什麼事了嗎？」

母親擔憂地看著他。載夏搖搖頭。十七年前，父親去世之後，只剩下他與他的母親在這世上。從那之後，母親便再也沒有提起父親的死。也或許是因為這樣，他始終無法接受父親突如其來的死亡。父親為何突然去世？無法得知死亡真相的現實，深深折磨著載夏。他一直等著母親總有一天說出真相，但母親卻始終沒有談論父親的死。

＊＊＊

彷彿永遠不會來到的四月最後一天終於來臨，海秀坐在護理站內看著急診室。這個格外平靜的夜晚過去之後，就是他離開急診室的時間了。

海秀踩著沉重的步伐走進會議室，同事們都聚集在裡頭。

「醫生，今天真的是你最後一天了嗎？」

「你還會回來吧？」

「學長，知道我是因為你才來急診的吧？一定要回來喔。」

住院醫生們語帶惋惜的道別，讓海秀不知該如何回應。究竟能否再回來，連他自己都不知道。若繼續看見患者的過去，那他似乎就無法診治患者。

「我先走了，大家辛苦了。」

美麗的道別始終不適合他。海秀像是會再回來一樣，一如既往地跟所有人道別，隨後離開了急診室。

他來到辦公室所在的十一樓，辦公桌上滿是他的私人物品。他癱坐在椅子上，環視整間辦公室。他實在不知道自己以後該做些什麼，又該去哪裡。他從沒想過不聽從父親指令的人生。要是知道他辭去醫院的工作，父親肯定不會善罷甘休。父親肯定會氣得質問他，為何都三十好幾了還要搞叛逆。但即便要承受父親的質問，他仍不禁在想，跟父親見過面之後，是否就能知道自己接下來該何去何從？他像隻忘了如何飛翔的鳥兒，呆坐在辦公室裡虛度光陰，太陽已不知不覺西沉。

海秀打包好自己的行李離開辦公室，拖著沉重的步伐穿越走廊往電梯走去。雖然消沉，但看見站在電梯前的那個背影，他內心仍暗自開心。

「蓮花。」

那人轉過頭來看他，但那張如蓮花一般清秀的臉孔早已不知去向，如今他面前的是一張精疲力盡的臉。

「你現在才要走嗎？」

蓮花看著他手裡捧的箱子。

「走吧。」

蓮花沒有問他要去哪，只是乖乖跟在他身後。來到醫院外頭，西方的天空正被夕陽染成一片火紅。這是他跟蓮花第二次一起欣賞晚霞。

海秀帶著蓮花，往上次曾經跟玄武去過的酒館去。或許是因為現在是晚上，店內屈指可數的幾張桌子都擠滿了人。

「妳喜歡吃什麼？」

坐到最後一張空桌邊，海秀問道。

「你現在才問會不會太晚？」

蓮花一邊回答一邊在他對面坐下。

「怎麼了？妳不喜歡這裡嗎？」

說完，他環顧整間店的環境，隨後回過頭看著蓮花，才發現蓮花正專注看著他的背後。

「妳在看什麼？」

「你後面有位僧人。」

蓮花皺著眉頭，視線停留在海秀身後。

「僧人？」

海秀轉身看了看後面，正想回應時，餐廳老闆便來到兩人面前，將他們點的食物放在桌上。老闆離開後，蓮花再度看向海秀背後。

「咦？他剛才還在這裡耶。」

蓮花四處張望，試圖尋找剛才那名僧人。海秀將肉放到烤盤上，隨後也跟著蓮花一起張望。

「你都沒看到僧人嗎？」

海秀搖頭。

「是妳看錯了吧？快吃。」

海秀夾了幾塊烤好的肉放到蓮花面前的小碟子裡。

「多吃點，要趁能吃的時候趕快先吃。」

蓮花不得已，只能將肉塞進嘴裡。海秀也同樣夾起一塊肉，塞進嘴裡便開始咀嚼，只是感覺就像在咀嚼橡膠，實在吃不出任何美味。

蓮花突然停止咀嚼，開口問道：

「關於你辭職的事……」

海秀抬頭看著蓮花。

「是因為做 CPR 時出了什麼問題吧？」

「妳怎麼知道？」

海秀驚訝地問。

「因為你的樣子看起來很奇怪。」

蓮花直視著他的雙眼說。

「這是什麼意思？」

那眼神像是在說，她知道海秀所有的秘密。

「你額頭這裡。」

蓮花指了指他的額頭。

「有一個新月。」

「啊，這個喔？」

海秀摸了摸額頭。他的額頭上是有個像新月形狀的紅斑，平時都不太明顯，只有在緊張時顏色才會變深，小時候他也因此經常被朋友嘲笑。

「這叫做『鮭魚斑』，正式的病名叫做『鮮紅斑痣』，我出生的時候就有了。大人說這叫什麼天使之吻，通常是長大之後就會自然消失，但我的還留著。」

海秀尷尬地笑著。成年之後，他從不曾意識到鮭魚斑的存在，早已將它給遺忘。蓮花會特別提起，或許是因為鮭魚斑不知何時又變紅了。

「那個新月，在你做CPR的時候會變紅。那時你的樣子看起來……有點痛苦，好像看到了什麼一樣。」

「其實，我在做CPR的時候會看到患者的過去。」

海秀意外發現自己竟不自覺將實情告訴蓮花。

「患者的過去？從什麼時候開始的？」

「不太確定，要說是什麼時候的話……」

海秀回想。

「那你是為了這件事辭職的嗎？」

蓮花一臉惋惜，海秀則緩緩點了點頭。

「我們……以後見不到面了吧？」

他看著蓮花小心翼翼地問。

「有機會應該會再見面的。」

蓮花笑著說完，手機便響起收到訊息的通知聲。

「我被呼叫了，得先走了。」

蓮花看了看訊息，隨即站起身。

「好，快去吧。」

「嗯，再見。」

蓮花離去後，她帶著笑容說「再見」的聲音，一直在海秀耳邊迴盪。還能再見嗎？海秀以一杯燒酒代為說出自己苦澀的心情。他一杯、兩杯接連不斷地喝著，直到獨自喝完整瓶燒酒才離開餐廳。

來到街頭，他發現街上的每一間餐廳都擠滿了人。他穿越熙熙攘攘的街道，任憑雙腳帶自己前進。不知該去哪裡才好、該做些什麼才好，他感覺自己已經失去方向。但他仍然覺得，只要繼續前進就一定能抵達某個地方。最後，他發現自己竟然回到了急診室前，這令他無奈地低下了頭。最後竟然還是回到醫院急診室來，就像被放出鳥籠的鳥最後飛回鳥籠一樣。雖獲得了自由，卻無法真正自由。其實，他並不知道何謂自由，因為他這輩子從不曾感受過自由。

海秀覺得直接回家實在有些可惜，便往醫院旁的公園走去。公園緊鄰著救護車停靠處，是急診室員工上班時會出來短暫透氣的地方。他從自動販賣機買了咖啡，坐在藤樹下方仰望天空。春天的夜空萬里無雲。夜風輕拂，搔癢著他的身體。他從沒想過竟會有這樣悠閒的日子。醫院外頭的夜景極度平靜，與他所熟知的夜晚截然不同。

他正想喝口咖啡，一隻不知哪竄出的貓來到他身旁。貓蹭了蹭他的腿，並靠著他的腿躺了下來。

「怎麼辦？我沒東西能餵你。」

海秀漫不經心地低頭看了看貓，隨後又抬起頭。手裡的咖啡逐漸冷卻，他將紙杯靠到唇邊，仰頭正打算喝下咖啡，卻發現身後不知何時站了一位僧人。他嚇了一跳，趕緊眨了眨眼，想確定自己看到的不是幻覺。

「你看起來很難過。」僧人說。

海秀抬頭看著這位僧人，是剛才蓮花說的那一位嗎？仔細一看，這位僧人的目的似乎是要向他化緣。他收回停留在僧人身上的目光，繼續喝著手中的咖啡。

「你受到詛咒了。」

海秀嚇了一跳，口中的咖啡都噴了出來，僧人則仍維持著面無表情。

「你能看見別人的過去。」
「你怎麼會……」
海秀拿著咖啡愣在原地。
「這是神給你的詛咒。」
「詛咒？這是什麼意思？」
海秀相當懷疑自己的耳朵。
「你身上有不該有的東西，這就是對那東西的詛咒。」
僧人的表情沒有一絲變化，聲音也無比平靜。
「不該有的東西？那是什麼？」
「你去見了不該見的神，拿了屬於神的東西，那東西不該在你手上。人類一旦拿走神的東西，就會受到詛咒。」
「我見了神，拿了神的東西？」
被海秀的聲音驚擾，貓站了起來，躲到他的雙腿後方。
「人類不會記得自己見到神的時刻。」
海秀雙手不敢置信地抱著自己的頭，他不能理解僧人這番話究竟是什麼意思。
「有個人正在找那東西。而就是從那孩子找到你開始，詛咒便正式啟動。等那孩子找到東西離開之後，你的詛咒就會解開。」

「那孩子是誰?那東西又是什麼東西?」

「那孩子、你所拿走的屬於神的物品,都在你不記得的那一刻、那個地方。」

僧人繼續說著不明所以的話,海秀感覺眼前發黑。

「你不是說我不記得嗎?那如果我找不到那東西呢?如果我無法把東西還給那孩子呢?」

「那孩子會死。」僧人凝視著他的雙眼。

「為了阻止一個不知道是誰的人死亡,我得找到那個東西,是這個意思嗎?」

「找東西這件事,不僅是拯救那個孩子,也是幫助你擺脫詛咒。」

「話是這麼說……」

海秀皺起眉頭。雖不知道僧人口中的「那孩子」找的東西是什麼,但很顯然,只要把東西找到並還給對方,自己就不會再看到患者的過去了。只是既然他都不記得自己見到神的那一刻,又要怎麼找到東西呢?

「如果我辭掉醫生的工作呢?這樣就不會被詛咒了吧?」

「你不可能辭去這份工作。你必須繼續拯救其他人,因為那是你的命運。」

僧人說完要說的話,一眨眼便消失得無影無蹤。海秀四處張望,試圖尋找僧人的身影,而就在此時,他的手機響起。螢幕上是相當熟悉的電話號碼,是院長打來的。

「姜醫生，是我。」

他早就猜到，院長肯定會打電話給他。

「你現在能來醫院一趟嗎？」

海秀表示會立刻去找院長，隨後便掛上電話。他感覺自己頭痛欲裂。這明明是他的人生，卻沒有一件事如他的意。

「那僧人感覺就像個騙子。」他心想。

他將手上的紙杯捏扁丟進垃圾桶，然後便進入醫院前往院長室。僧人的話一直在他腦海中迴盪，他無法辭去醫生的工作？這究竟是什麼意思？

海秀搭乘電梯來到十四樓，走廊上一片寂靜，只有他的腳步聲迴盪。他停在走廊盡頭的院長室門口，敲了敲門後進入室內。才進門，院長便立刻指引他在沙發上坐下。

「姜醫生，你身體還好嗎？我聽說你身體狀況不太好。」

院長僅是以形式上的問候開啟對話，並不是真的擔心海秀的狀況。院長關心的只有如何創造醫院的利潤，並不關心員工的福利。

「人事科告訴我，說他們接受了你的辭呈，但我有不一樣的想法。」

「千明大學醫院急診室不能沒有你，這點想必你也很清楚。這不光是關乎醫院的收入，更關乎海東市、南荷島、西川市所有居民的生命安全。」

海秀禮貌性地點了點頭，但他很清楚，院長的用意是不願錯過廉價的人力。

「所以我說啊，為了醫院和市民朋友著想，你要不要收回辭呈呢？當然，我不是要你現在立刻回到急診室上班，畢竟這是你經過長時間思考做出的結論。既然你身體狀況不佳，我也不可能強迫你，只是跟你分享我的想法。不如就讓你休個假，讓你經過充分休息之後再回來，你覺得如何？」

海秀無法給出任何回應。沒有人能保證休息回來之後，他就不會再看到患者的過去。萬一那位僧人所說的話都是真的，那他將會再次看到患者的過去，狀況也不會有所改變。興許是等待回答等得有些不耐煩，院長乾咳了兩聲，用像是在給予忠告的語氣說：

「你啊，明年就有升任臨床助理教授的機會了，現在放棄不覺得可惜嗎？也得要想想你父親啊，他都指望你了。」

逼不得已之下，海秀最後還是點頭同意。

「你做得很好，我就知道你會想通。像你這樣的人才，怎麼可能離開醫院呢？」

院長豪邁地笑著，看似相當滿意海秀的決定。拖著沉重的步伐，海秀離開了醫院。

記憶的彼岸

接近傍晚時分，蓮花拿著一束黃色小蒼蘭來到美術館。這段時間一直很忙，直到今天才有時間去看海仁的展覽。海仁是她參加大學入學考試之前，經由載夏介紹認識的老師。蓮花為了學畫經常進出海仁的工作室，兩人逐漸成了好友。憑藉著一股莫名的親近感，使她們成了不下親姊妹的關係，但兩人之間還是存在著一些隔閡。例如蓮花沒能告訴海仁說自己的母親是仙女，海仁也沒能把她成長的故事與家庭的秘密告訴蓮花。

一進到美術館，海仁便帶著微笑迎上前來。

「快進來，蓮花，謝謝妳來看展覽。」

蓮花也對著海仁露出微笑。無論何時何地，海仁總是美麗動人。

「老師，恭喜妳。」

蓮花遞出手上的花束。一看到小蒼蘭，海仁便像個少女一樣笑開了。

「這花真美。話說回來，妳要叫我老師叫到什麼時候啊？」

海仁的笑容跟平時有些不同，看上去有一些興奮，像個羞澀的少女。

「咦？妳有點奇怪喔……我好像聞到戀愛的味道。」

蓮花一臉淘氣，不懷好意地看著海仁。

「這裡寫著『我的春風吹來了』。」

蓮花指著海仁的額頭。被蓮花這麼一說，海仁嚇了一跳，雙頰瞬間緋紅。

「居然被妳發現了。其實前幾天有一個男生來看展覽，我一眼就看上他了。」

海仁像個少女般癡癡傻笑，眼裡閃爍著光芒。蓮花很快察覺到對方是誰，因為她知道一個男人，幾乎就與海仁平時掛在嘴邊的理想型不謀而合。

「嗯，是個個子很高、瞳孔是褐色的，戴著眼鏡的男人，對嗎？」

「妳怎麼知道？」海仁驚訝地看著蓮花。

「我只是隨便猜一下。」蓮花裝傻帶過。

海仁假裝翻了個白眼，嘟著嘴說：

「所以說啊，我就把畫送給他了。」

海仁壓低音量，像在講什麼秘密一樣，一手還指著空著的那面牆壁。這倒是讓蓮花嚇了一跳，回頭一看，才發現本該掛著畫作的牆面空空如也。

「天啊，妳怎麼會在辦展覽的時候把畫當成禮物……」

蓮花不知該怎麼形容自己的驚訝，只能乾笑。

「該怎麼說呢？就像是一種鬼迷心竅的感覺吧。」

「怎麼說？」蓮花不解地皺眉。

「一看到那個人的眼睛，我就覺得我跟他似乎心意相通。」

似乎很能理解海仁的感受，蓮花點了點頭。

「那後來呢？妳有問到他的聯絡方式嗎？」

「那天之後，我就失去他的消息了。」海仁失望地搖搖頭。

「展覽結束前，他應該會再來吧？」海仁有些不滿地喃喃自語。

「有緣的話應該就會再見面啦。」

蓮花笑著說。雖然海仁比她年長三歲，有時候卻覺得海仁比較像妹妹。

「那妳呢？當上醫生感覺怎麼樣？」海仁好奇地問。

「沒想到每天死去的人這麼多。我發現面對死亡，人真的無能為力，這就是我的心得。」

海仁認真地點了點頭。

「我也想謝謝妳。對我來說妳就是醫生，是救命恩人。要不是妳，九年前的那個晚上我會流落街頭，也不可能當上醫生。」

九年前，叔叔一家人突然消失，蓮花被掃地出門的那個晚上，收留她的人正是海仁。在千熙的幫助下找到可以住的房子之前，她一直留宿在海仁的工作室裡。海仁沒有一點不高興，甚至還像親姊姊一樣接待她。

「什麼啊，我才要謝謝妳。因為有妳，我才不會覺得孤單。」

蓮花跟海仁分享了這段時間沒能說的話，不知不覺便到了該回醫院的時間。海仁送她到美術館門口。

「妳什麼時候要再來工作室找我玩？」

海仁遺憾地揮著手。

「我會找個時間過去的。」

蓮花也揮了揮手，轉身正打算越過美術館前的馬路，不遠處突然冒出一輛巨大的貨車，邊按著喇叭邊朝她衝過去。

「蓮花！」

海仁慌忙跑上前去，卡車咻地一聲從兩人中間衝過，就在那一刻，一個幻影跟海仁的身影重疊，蓮花看見正朝自己跑來的海仁被卡車撞飛到空中，隨後重重摔在地面上。

蓮花喘著氣拚命眨眼，海仁來到她身旁。

「蓮花，妳沒事吧？」

「老師，妳沒事嗎？」

確認海仁平安無事，她才返回醫院。但既然海仁沒事，那稍早看到的畫面是什麼？一路上，她的思緒混亂，心情始終無法平息。她意識到，自己身上正在發生不尋常的事情。

＊＊＊

海仁目送蓮花搭公車離開後便回到美術館。九年前，蓮花跑到她的工作室來，說希望能學畫畫。在學姐的請託之下，海仁起初只能無奈答應，不過她第一次見到蓮花時，便留下了很好的印象。看到蓮花那如水蜜桃般泛著紅暈的臉頰，她覺得自己也跟著幸福了起來。兩人相處久了，她開始與蓮花相互依靠彼此。在她們的相處中，她偶爾會像不懂事的妹妹，偶爾則會像個姊姊。不再繼續學畫之後，蓮花仍會固定在每年春天拜訪她，等天氣開始變熱，便又會像一陣煙一樣消失，等到隔年才再度出現，也因此海仁每年都在期待春天的到來。

蓮花在接近傍晚時分離開，館內幾乎沒有參觀的人群。海仁離開辦公室，在美術館裡散步，最後停在那面空蕩蕩的牆前。那裡原本掛著一幅畫，但她在展覽的第一天便將畫送出去了。對於自己衝動的行為，她一點都不感到後悔。她很好奇，看著那幅畫時，那個男人都在想些什麼？為何會停留那麼久？男人欣賞畫作的側臉散發濃烈的寂寞，那股寂寞彷彿已經支配他的人生許久。他望著畫的雙眼閃爍著淚光，海仁相信他肯定跟自己有同樣的感受。

海仁走到服務台，開口向職員問道：

「今天有沒有一個戴眼鏡的男人來找我？」

「那是您認識的人嗎？半個月前曾經有這樣一個人來過。」

海仁一問，這名職員有些驚訝地回答。

「那天他來詢問您的聯絡方式，因為不清楚他的意圖，所以沒有提供給他。」

職員語帶抱歉地回答。海仁有些失望，卻也不能因此責怪任何人，因為這名職員這麼做並沒有錯。

「那他有任何留言嗎？」

職員遺憾地搖頭，海仁只能無奈地笑了笑便轉身離開。

美術館裡的東西收拾得差不多，正準備離開時，她注意到門口處的簽到簿。厚厚的簽到簿有將近一半寫滿了字。她一頁一頁翻著，突然發現一個格外引起她注意的名字。

「哥哥是什麼時候來的？」

「海仁，恭喜妳開展覽了。妳是韓國最棒的畫家，只要繼續保持就好。」

看著哥哥的留言，海仁不禁有些哽咽。她拚命眨眼，使勁不讓眼淚流下來。她繼續翻看簽到簿，又翻了幾頁，她再度停下動作。有一個名字像是不斷發出光芒，搶走了她所有的注意力。

「找到了。」

「申載夏，010-9876-5432」

一股莫名的感覺讓海仁相信，那天那個男人就是「申載夏」，於是她拿起手機，按下了那個號碼。

＊＊＊

下午的門診就快結束，載夏伸了個懶腰，看向螢幕下方的照片。照片裡的父親攬著他的肩，燦爛地笑著。

「爸。」

載夏低喚了一聲。每每坐在桌前，他總是強忍對父親的思念與悲傷，並決心要解開父親的死亡之謎。

他操作滑鼠，點擊螢幕上代表電子病歷程式的圖示。稍後，螢幕上跳出程式，他在患者姓名欄位輸入父親的名字「申善道」，螢幕上隨即列出許多名叫申善道的患者，他從中找到父親的身分證字號並點了進去。等待病患資訊顯示時。一股莫名的緊張感掃遍他的全身。

果然，一如預期，去世已超過十年的父親，就醫紀錄已經不在系統內了。失望的載夏神情僵硬地看著螢幕。本以為只要查看那天急診室的紀錄，就能離父親的死之謎更近一步，如今那期待卻碎成一地。他不是不知道超過十年的病歷會作廢，只是對渴望抓住一根救命稻草的他來說，那是一縷希望。這時他突然想到，十七年前根本沒有電子病歷。

載夏從墊在辦公桌玻璃墊下的內線電話對照表上，找到病歷室的號碼，並立即撥打過去。只響了兩聲，病歷室的職員便接起了電話。

「我是NP的申載夏，請問我能調閱十幾年前的病歷嗎？」

他心底再次升起期待。如果是十七年前，那應該還是手寫病歷的年代，病歷室說不定還保管著當時的紙本病歷。

「如果是現在持續來看診的病患，也許還能找到，但有一些病歷已經不在這裡了。」

載夏腦中一片空白。「如果是現在持續來看診的病患」這句話，像根刺一樣刺進他的耳裡。

「那超過十年以上沒來看診的病患呢？」載夏以顫抖的聲音問道。

「很可能就不在這了。但如果您想要，我還是能幫您找找看。您要做什麼呢？」

載夏思考了一下，不知該如何回答。病歷室的職員則補充說：

「您如果想查看醫療紀錄，就必須填寫閱覽申請書喔，您知道吧？」

這規定他當然清楚。

「請先幫我看看病歷還在不在吧。」

載夏提出請求，並將父親的病歷號碼告訴對方，隨後便掛上電話。

下班後，載夏前往約好的咖啡廳，與他相約碰面的對象還沒來。他坐在咖啡廳裡，開始搜尋起父親經歷的那起意外。一直翻到第三頁，他才好不容易找到那起意外相關的文章。那是許久以前的文章，裡頭只有簡短的一句話。

「二〇××年八月四日，南荷島近海郵輪人生號發生火災，造成三〇四人死亡」

那是一起沒有留下任何紀錄的意外。他認為意外背後，肯定隱藏著什麼真相，否則不會沒有任何紀錄，載夏認為絕對是有人刻意隱瞞。

這時，他等候已久的面孔進入咖啡廳。他揮了揮手，一名男子便朝他走過來。

「你找我到底要幹麼？」

男人都還沒坐下便沒好氣地問。

「你最近很忙吧？」

載夏伸手，男子也自然而然地回握住他的手。他是載夏的高中同學——朱御珍。

「就因為一些吵吵鬧鬧的事情忙得不可開交。」

御珍向載夏使了個眼色，像是在說「你應該懂的」。至於他口中那些「吵吵鬧鬧的事情」，就是已經連續幾天搶佔搜尋關鍵字第一名的案件。他是一名新聞記者，蔚為話題的案件自然是使他忙得不可開交。

「話說回來，你找我幹麼？」

御珍還來不及喘口氣，便趕忙詢問載夏找他的用意。

「我有事想拜託你。」

把忙碌的御珍找出來，讓載夏感到有些抱歉，便決定直接進入主題。

「什麼事？」

「你還記得我以前說的意外嗎？」

「意外」兩個字，讓御珍的眼神有些動搖。

「當然啦，海東市的居民，有誰不知道那起意外？」

「你幫我調查一下吧。」

「那上網找應該可以找到吧？」

御珍有些尷尬地搔了搔額頭。

「我找過了，但除了說郵輪失火之外，其他什麼資訊也沒有。」

御珍瞪大了眼睛，隨後才點了點頭，像是明白了些什麼。

「我現在想到，幾年前曾經有個記者前輩，寫了一篇跟意外有關的報導。但後來好像私下收到指示，說不要把新聞刊出去。」御珍壓低聲音說。

「為什麼？」

「嗯，這我也不知道，因為我後來就沒關注這件事了。」

載夏其實能夠理解。在這個資訊爆炸的年代，上午的獨家新聞到了下午就會被埋沒在資訊堆裡，哪會有報社想拿十九年前的事來做文章？

「總之就是這樣啦。你想查什麼？」

「那艘船為何或失火？為什麼都沒有人去救船上的人？如果能見見倖存者，我想知道那天船上的狀況如何……也想知道那究竟是不是單純的意外。」

御珍拿起面前的咖啡，當成水一樣咕嘟咕嘟幾口便瞬間喝光。

「就算查出那不是單純的意外，也已經是十九年前的事了，你還能怎樣嗎？」

「拜託你了，發揮一下記者的功力，讓我感受一下有個記者朋友到底能帶來什麼好處吧。」

載夏懇切的態度，讓御珍只能無奈答應。

「好啦，我去查查。」

直到接近深夜時分，載夏才回到家中。進到房間裡，他看見那幅斜靠在牆邊的畫。過去一個月，那幅畫在他房間佔了一個角落，海仁的身影也始終在他內心盤踞。

載夏連衣服都沒換，一屁股坐在床上看著那幅畫。畫中的少年面對眼前的一片漆黑仍看得如此專注，他究竟在看什麼？不知為何，他總覺得少年的背影十分眼熟。他至今仍清楚記得，國中時的某一個夏日，也就是南荷島近海發生火災的那天。這幅畫便讓他聯想到那一天的感受。畫中那看上去與他年齡相仿的少年，彷彿獨自背負世界的重擔，坐在燈塔下遠眺海面。他或許曾經放聲大哭、曾經看著大海發呆，或許也曾不發一語地靜靜流淚。海仁的畫作似乎把少年的遭遇完整記錄了下來，好似兩人之間有一條連接彼此的情緒紐帶。

載夏往倉庫走去，想找鎚子和釘子來把畫掛在牆上。經過廚房時，他感覺到一絲動靜。

「這麼晚了，你在幹麼？」

半夜從睡夢中醒來，來到廚房喝水的母親站在那看著載夏。

「沒什麼，妳快回去睡吧。」

載夏面帶微笑安撫母親。母親撐著惺忪睡眼看了看載夏，隨後便回房去了。

他來到地下室打開倉庫門。許久未開啟的生鏽門扉發出尖銳的摩擦聲，一股霉味充斥著地下室。他一手摀著口鼻抵擋灰塵，一手摸著開關把燈打開。那些還留有父親痕跡的物品，上頭已結滿了蜘蛛網，而工具箱則擺在一個老舊的櫥櫃裡。

載夏拿著從工具箱裡找到的鎚子和釘子回到房間。他已經先看好要把畫掛在哪，現在只需要在合適的位置釘上釘子就好。他把畫擺在床上，拿起釘子與鎚子正準備開始作業時，才發現畫作後方寫了一行字。

「姜海仁，*010-1234-5678*」

「原來在這裡啊。」

載夏無奈地笑了。看來那天他的感覺並沒有錯，對方確實也對他有好感。他趕緊放下手中的工具，將號碼輸入手機，才打算按下通話鍵，電話卻先響了。他發現螢幕的號碼有點眼熟，轉頭往畫作背面一看，才發現那就是姜海仁的號碼。

「喂？」

載夏清了清喉嚨，然後才出聲回應。

「真的是你耶，載夏先生。」

電話那頭是海仁銀鈴般的聲音。

「海仁小姐。」

載夏欣喜地喊了海仁的名字。

「你怎麼沒有聯絡我？」

聽海仁這麼一問，載夏才知道原來她一直在等自己主動聯繫。會這麼問似乎這也是當然的，畢竟載夏收到這份禮物都一個多月了，卻始終沒聯絡她。

「我們現在不就在通電話了嗎？」

載夏故作瀟灑，電話那頭的海仁笑了起來。

「其實我是現在才發現妳的電話號碼，我最近一直很忙，沒有仔細查看那幅畫。」載夏補上一句認真的解釋。

「原來如此。那你明天晚上有空嗎？」海仁問。

「當然有，如果是要見妳，沒有時間我也會擠出時間。」

他現在就想立刻衝出門去跟海仁見面。

＊＊＊

蓮花一整個月沒聽到海秀的消息。沒有海秀的急診室，就像少了什麼一樣，十分空虛。剛開始的那幾天，還能聽到同事們提起海秀的名字，但不知從何時開始，他的名字便消失在眾人的口中。消失的海秀所留下的痕跡，在蓮花的記憶中堆疊成了思念。只要一有機會，她便會將手伸進口袋裡把玩手機，然後又意識到自己並不知道海秀的聯絡方式。即便如此，她還是沒有放開手機，只因為想著海秀或許會主動聯絡她。雖然跟海秀相處只有短短的兩個月，但海秀在她心裡所佔的分量，卻比十九年知己載夏還要更重。

剛過午夜時分，躺在病床上觀察的病患喊她過去。

「那邊那位醫生。」

蓮花轉過頭，發現窗邊角落那張床上，是一名穿著灰色僧侶服的僧人。蓮花不記得這名僧人是從何時開始在那，也不記得他是哪裡不舒服。會不會是他們忙亂得四處奔走，不小心疏忽了這位僧人？蓮花緊張地冒著冷汗。

「您哪裡不舒服嗎？」蓮花來到僧人面前。

「妳不認得我嗎？」

僧人以深邃的眼神看著蓮花。蓮花這才想到，那是一個月前，她跟海秀去餐廳時看到的那名僧人。

「沒有母親的照顧，妳還是長這麼大了。只不過，接下來可絕對不會太順遂。」

「沒有母親」幾個字，讓蓮花瞬間遺忘自己置身急診室。此刻，蓮花的注意力完全集中在這名僧人身上，周遭的一切逐漸模糊，她聽不見也看不見其他的任何事物。

「您認得我媽媽？」

她的聲音在顫抖。光是喊出媽媽兩個字，就足以瓦解她的堅強，使她變得軟弱。母親在九歲那年離開她，此後十九年過去，她努力不要遺忘母親的臉孔，只是記憶仍然逐漸模糊。如今那段記憶太過斑駁，她偶爾甚至會懷疑自己是否真的曾有過母親。

「妳母親在等妳，回去找妳母親吧。」

僧人沒有給她正面的回應。

「回去？回去哪裡？」

「回去妳母親在的地方。」

僧人不疾不徐地說道。

「我不能繼續現在的生活嗎？」

蓮花搖頭，似乎有些不太情願。好不容易才實現成為醫生的夢想，她實在不想離開。就算現在無法立刻見到母親也沒關係，因為她知道，母親總是在她身邊。

「妳不是人類的孩子。讓所有事物回歸正軌，才是這世界的道理。」

「我怎麼不是人類的孩子？我爸爸……是人類啊。」

她的聲音顯得沒有自信，而僧人也沒有針對她父親的事情多說什麼。

「選擇權在妳手上。但隨著該回去的日子接近，妳遭遇的危險也會越來越大。

等到該回去的日子妳卻沒有回去，妳就只有死路一條。」

「危險？」她忍不住提高了音量。

「是神希望一切回歸正軌所做出的警告。我一直都在保護妳，未來也會繼續保護妳。但等到危險超出我能力範圍的那天，我或許就無法繼續保護妳了。」

「那我該怎麼做才好？難道只能眼睜睜看著自己遭遇危險嗎？」蓮花語帶顫抖。

「記住，妳擁有神的能力。」

聽完僧人這麼說，蓮花頓時愣住了。她想起前陣子看到關於海仁的幻影。僧人所說的神的能力，難道就是看到他人的未來嗎？

「那如果想去找我媽媽，我該怎麼做？」

這時僧人突然猛烈地咳了起來。他咳了很久，彷彿永遠也不會停一樣。

「您沒事吧？要不要我幫您拿水來？」

僧人用手遮住嘴，吃力地點了點頭。蓮花才轉過身要去拿水，她便聽見背後傳來僧人的聲音。

「別忘記，妳是仙女的女兒。」

蓮花拿著水回來時，僧人已經消失得無影無蹤。她在急診室裡四處尋找，卻怎麼也沒看見那名僧人。她離開的時間很短暫，若不是使用超能力，根本不可能離開急診室。

蓮花來到護理站向尹護理師詢問。

「你有看到七號床的僧人嗎？」

「僧人？我們沒有收僧人病患啊……」

尹護理師不解地歪了歪頭，接著說：

「韓醫生，妳是不是太累了？去休息一下吧。」

這麼說來，她上一次閉上眼睛睡覺，已經是四十八小時前的事了。難道是因為太睏了，所以才會看見幻影嗎？還是她做了白日夢？

蓮花拖著疲憊的身軀來到值班室，裡頭空無一人。她連身上的白袍都沒脫，便直接躺到床上。她開始回想僧人說的話。僧人口中的危險究竟是什麼？神的能力又是什麼？她並不害怕危險，她相信自己無論如何都能克服。一直以來，每次遭遇考驗都有人出面幫忙，她總能順利克服困境。每一次，蓮花都認為是母親在暗中幫助她。既然如此，這次想必也能順利通過難關。她沒把僧人所說的話當一回事，就這麼沉沉睡去。

穿著制服的蓮花，正被一群穿著黑色西裝的壯碩男人追趕。貧民區裡狹窄的巷子比城市的夜還黑，沒有任何行人的蹤跡，沒有人能幫助她。

她用盡吃奶的力氣朝遠方的轉角飛奔而去。繞過轉角跑出村子便是派出所了。她感覺自己雙腿發軟，喘得上氣不接下氣。糟糕的是，身後的腳步聲越來越近。看來在跑到派出所之前，她就會先被抓到了。

好不容易繞過轉角，派出所就在前方。但還不能鬆懈。那些人搭乘的小巴士就在眼前，如果想跑到派出所，還得經過那輛小巴，但她無法確認小巴上究竟有沒有人。恐懼驅使她閉著眼從小巴旁跑過。幸好，巴士裡沒有人的動靜，她平安衝進派出所。

「請幫幫我，有一群可怕的大叔在追我。」

彷彿有上千根針刺痛她的喉嚨，她的嘴裡不斷吐出熱燙的氣息。調整呼吸、試圖平靜情緒，才發現兩名警察正看著她。

「同學，發生什麼事了？」年紀較長的那名警察詢問。

「有一群穿黑衣服的大叔在追我。」

蓮花雙腿無力，癱坐在地上。年紀較長的警察走到派出所外探頭看了看，隨後又回到室內。

「他們不敢追到這來的。那些人是誰？」
「十年前，因為那片海上發生船難，我的家人都死了——」
「對，這附近是發生過船難。船上有很多從海東市來這裡校外教學的國中生，當時還引發全國關注。崔巡警，那時候在船上的人都死了吧？」
年紀較長的警察打斷蓮花的話，轉頭詢問那名年紀較輕的警察。
「那好像是我小學六年級時發生的事。聽說那時候人都死……不對，好像有三個人吧？有三個人被救起來。」
兩名警察彷彿忘記蓮花還在他們面前，直接聊起了往事。
「對。是四個人？還是三個人？聽說有人活下來。如果是家人全部罹難，獨自倖存下來的小孩，那應該拿到很大筆的賠償金吧？」
警察說的話並非完全都對。如果說倖存者有四人，那確實包括她，但若說倖存者只有三人，那就不包括她了。在意外後續處理快要結束時她才知道，他們一家人根本不在乘客名單上。指揮總部在打撈完乘船名單上所有失蹤者遺體後便撤離，但在她眼前跳入海裡的父親，始終沒能尋獲。
「那個，警察先生，你們說那個因為家人全部遇難，而拿到一大筆賠償金的小孩就是我。」

兩位警察的目光都轉移到她身上。

「因為記者寫新聞說有鉅額賠償金，所以大家都以為我拿到一大筆錢，但其實別說是賠償金了，我連一張千元紙鈔都沒看到過。」

「妳真的都沒拿到一毛錢？欸，少騙人了。新聞上寫說有很大一筆賠償金啊，我有看到。」年長的警察不解地說。

「就是因為那篇報導，我現在才會被人追。」年長的警察驚訝地看著她。

「所以拜託你們幫幫我吧，有沒有什麼法律可以保護我？」

蓮花看著警察，眼神比任何時候都要迫切。

「同學，沒有那種法律啦。可是……妳剛剛說的那些事情，是真的嗎？」

年長的警察半信半疑。

「當然是真的。要是真有那一大筆錢，我現在還會寄住在叔叔家嗎？」

「我說啊，同學，但我覺得有點奇怪，新聞明明就說妳是孤兒……說妳沒有任何親戚耶。」

警察依舊不相信她說的話。

「總之，警察跟國家都不能幫我，對吧？」

蓮花轉身，離開警察局前她便下定決心，一定要變得更堅強，她絕對不會再哭，也不會再思念自己的父母。母親曾經說過會陪在蓮花身邊，總有一天她們會再相會，她相信母親所說的話。

這時——

嗶嗶嗶——嗶嗶嗶——

惱人的鬧鈴聲將蓮花從睡夢中吵醒。原來那是一場夢。母親離開後，她已經很久沒做夢了，為何會突然夢到過去呢？蓮花坐起身來，感到有些疑惑。難道就跟那位僧人說的一樣，將要有什麼事發生在她身上嗎？蓮花甩了甩頭，試圖甩開不祥的感覺，伸手拿起手機來查看訊息。

「黑色警報（病患眾多，醫療人員不足）」

蓮花猛然從床上一躍而起。時間是早上七點，她慌慌張張地衝到電梯口，電梯卻停在一樓。她沒有時間等電梯上來，便從逃生梯衝下樓。兩天來她吃進肚子裡的東西就只有麵包跟牛奶，因此在下樓的時候她數度腿軟。就在她覺得自己的心跳快得就要爆炸時，她終於來到一樓。

她推開逃生梯的門，穿越急診室院務科與病患休息室來到急診室內，裡頭是一片令人窒息的寂靜。究竟發生什麼事了？

蓮花緊張地來到護理站前，前輩們都聚集在那。她擠進人群，玄武一看到她便立刻裝模作樣地問道：

「妳搞什麼？怎麼現在才下來？」

蓮花沒有回答，而是看了看空蕩蕩的急診室。因為收到「黑色警報」她才一路衝下來，但別說是「黑色警報了」，急診室安靜得連「藍色警報」都不可能有。

「剛才狀況已經解除了，妳來得太晚了。」

玄武臉上帶著神秘的微笑，蓮花無法判斷他說的話究竟是不是真的。這時，蓮花注意到人群之中一雙盯著她看的眼睛。

「咦？」

那是海秀。海秀被前輩們簇擁著，蓮花嚇了一跳，一句話也說不出來。仔細聽他們交談的內容，才發現海秀離開醫院已經一個月過去，並在今天正式回到醫院上班。所有人七嘴八舌地與海秀搭話，實在沒有蓮花能插嘴的餘地。

等前輩們話都說完，終於輪到她跟海秀說話時，原本在一旁看書的玄武，突然把夾在書裡當書籤的兩張紙抽了出來，對著所有人晃了晃。

「有誰想要煙火大會的門票？」

所有人的目光都集中到玄武身上。極度厭惡煙火大會的蓮花，隨即將目光從玄武身上挪開。這時，海秀一把搶走玄武手上的門票。

「你要去喔？」玄武露出驚訝的神情。

「不行嗎？我不像會去這種地方嗎？」

海秀將門票塞進白袍口袋，一派輕鬆地答道。玄武沒有多說什麼，只是露出滿意的笑容，繼續讀著手上的書。

＊＊＊

才離開一個月便回到醫院，是因為想到自己為了成為醫生所花費的努力，便覺得脫下白袍實在可惜。沒到醫院上班的日子，海秀經常會來醫院前的公園坐坐，喝杯自動販賣機的咖啡再離開。直到今早，他都還不能理解自己為何如此不願意離開醫院、為何經常來這裡徘徊，又為何這麼想要回來。他只知道，如今醫院對他來說就像家一樣。當然，他心裡一方面也在想，那個騙子僧人所說的話究竟是真是假，都得要回到醫院才能驗證，因此他決定試試看再說。雖然過去的他總是聽從父親的指示，但其實在他內心深處，也有試著衝撞、克服困境的勇氣。

驗證的機會來得比預期要快。稍早，尹護理師接到一一九綜合狀況室的聯繫，說很快有一名心跳停止的病患要送過來。一股有別於以往的緊張感瞬間包圍了他。休息了一個月，他已經做好心理準備，就算再度看到患者的過去也不會失去理智。他做足了準備，以平靜的心情等待患者到來。

稍後，救護隊員一邊替患者做心肺復甦術，一邊將人推進急診室。病床上躺的是一名穿著睡衣的中年男子。

「已經過了平時起床的時間，但病患還是沒起來，所以他的配偶才打電話報案。」

救護隊員說明狀況的同時，玄武與元曉也接手心肺復甦術，並推著病床將病患送進急救室。

「我們到的時候他還維持正常體溫，身體也沒有僵硬的跡象。從發現病患到送達醫院，大概花了二十分鐘左右。」

救護隊員喘著氣解釋。他們出動、將患者移送醫院的速度都很快，患者還有希望。

海秀進到急救室。元曉正在替患者做心肺復甦術，旁邊的玄武則壓著甦醒球為患者供應氧氣。他來到元曉身旁，用眼神示意要接替元曉壓胸。

海秀靠近患者。現在要確認騙子僧人所說的話，究竟是真是假了。他調整呼吸，雙手交疊按在患者的胸口正中央。男人的胸口仍留有溫度，海秀繃緊神經避免失去意識，開始按壓起男人的胸口。他滿腦子想的，只有把男人逐漸遠離的意識撈回來，除此之外沒有其他念頭。只是在不知不覺間，他閉上了眼睛，呼吸變得和緩，意識也逐漸模糊。當他清醒過來時，他已經在隧道裡徘徊。他發現眼前的光芒，並朝著那道光芒前進。

男人在郵輪碼頭旁臨時設置的意外指揮總部奔走。碼頭附近擠滿了哭天搶地的人群、四處尋找家人朋友的人們及旁觀的群眾。焦急的電話聲與無線電對話聲此起彼落，男人身處其中。

「是，我是現場救助指揮官金明澈。」男人挺直身子接起電話。

「啊，是，現在直升機正在遇難船隻上空盤旋，要接近船隻並不容易。海警的船稍早救助了兩名船上的乘客……不，不是。是為了救助其他乘客而靠近郵輪。救難人員剛才也已經搭著救難船出發了。」

從這段對話聽起來，與男人對話的人似乎不在碼頭邊。
「是、是，現在正動用所有可行的辦法……什麼？機密事項？」
男人拿著手機，不安地四處張望。
「那在那艘船上的人呢？」他冒著冷汗，神情顯得十分不安。
「再怎麼說，這還是……」
男人呆看著那被沖天烈焰包圍的鐵塊。
「唉，是，我明白了，就這麼辦吧。」
他靜靜聽著電話那頭的人說話，表情十分複雜。
「從、從現在起中止所有救援行動。」

海秀猛然睜開眼。他意識到自己再度看到患者的過去。他立刻看了看四周，只見玄武看著他搖頭。
他替男人做了死亡宣告，隨後便離開急救室。急救室的玻璃窗前，站著一名焦躁不安的女人，她的丈夫才剛度過人生的最後一夜。昨晚入睡時，男人想必不知道自己死期將至，女人也肯定沒想到這將是他們最後一次同床共枕。
海秀拖著沉重的腳步進到休息室。他跌坐在椅子上，雙手摀住自己的臉。真讓人混亂。他不是沒想到自己會再次看到患者的過去，只是這件事發生得實在太快，他甚至來不及做任何努力制止自己。是因為休息時間不夠嗎？還是真如騙子僧人所說，這是一種詛咒？他可不想再逃跑了。

一個熟悉的聲音喊了他一聲。

「醫生。」他抬起頭來，發現蓮花站在門口。

「妳、妳什麼時候在這裡的？」海秀慌張地看著蓮花。

「就在你剛剛進來休息室的時候。」蓮花來到他身旁坐下。

「怎麼了？發生什麼事了？」他別開視線，迴避蓮花的目光。

「剛才你又看到了吧？」轉回頭去，海秀才發現蓮花擔憂地看著他。

「看到什麼？」聽蓮花這麼一問，海秀微微一震。

「患者的過去。」

海秀在心裡暗自叫了一聲，他這才想起來，自己曾經告訴蓮花可以看到病患過去的事情。任誰聽來都覺得荒唐的事，蓮花似乎是信以為真了。

「本來以為休息一陣子就會好，結果沒有。難道真的是被詛咒了嗎？」

「詛咒？這是什麼意思？」蓮花瞪大了眼睛問。

「有個僧人說，我能看到患者的過去是一種詛咒。」

海秀嘆了口氣。隨後他突然想到，那天先看到僧人的不是他，而是蓮花。

「我們一起吃飯那天，妳是不是說妳有看到僧人？」

蓮花點了點頭。

「那天那個僧人有來找我。」

蓮花吃驚地瞪大了眼睛。

「他說從某個孩子來找我的那天開始，我的詛咒就啟動了。還說等我幫那個孩子找到一個東西，我就能擺脫這個詛咒。」

「什麼？要找什麼？那個孩子又是誰？」蓮花皺著眉追問。

「我也不知道。」

蓮花靜靜看著海秀，那眼神讓海秀感覺自己彷彿被春日裡的暖陽所包圍。從蓮花身上，海秀總能感覺到如母親懷抱般的溫暖。能讓他體會到這種溫暖的人，蓮花是第一個。

「無論如何，恭喜你回到醫院了，我等你等了好久呢。」

話鋒一轉，蓮花換上輕快的語氣。被蓮花影響，海秀的語氣也輕快了起來。

「等什麼，為什麼要等我？」海秀有些尷尬地迴避蓮花的視線。

「我是不是說過？我們一定會再見面的。」蓮花笑開了，笑得整張臉都皺在一起。

「妳怎麼會知道我們會再見面？」

「我媽媽說過，只要有緣，無論如何都會再重逢。」

蓮花的雙頰微微泛紅，海秀再度別開視線，假裝沒聽到蓮花說的話。這時，他們接獲一名手受傷的患者來到急診室的通報，他們隨即離開休息室。海秀突然想起從玄武那裡拿到的兩張煙火大會門票。他手伸進口袋，掏出那兩張門票來查看。

「盛夏夜的煙火慶典——二〇××年八月四日晚上八點。歡迎到銀河大橋欣賞美麗的煙火。」

有那麼一瞬間，蓮花閃過他的腦海。海秀雖然還不太清楚自己的想法，但他第一個念頭仍是希望能邀請蓮花一同參加。意識到自己的反應，他有些無奈地笑了笑。他拿出手機連上入口網站，開始查詢「煙火大會」。稍後，手機螢幕上跳出一連串部落格文章，寫的都是煙火大會的觀賞心得。雖然他不喜歡煙火大會，但他認為蓮花應該會喜歡。

翻到第三頁時，海秀被一篇文章所吸引。

「二〇××年八月四日，南荷島近海郵輪人生號火災，造成三〇四人死亡。」

那篇文章記錄了十九年前，南荷島近海發生的那起意外。這麼說來，他看到的那些患者的過去，都與那天的意外有直接或間接的關聯。他突然感到窒息，背部冷汗直流。似乎有什麼事正在發生。

就在他咬著指甲感到苦惱時，一個小孩跟應該是小孩母親的人一起進到急診室。海秀趕緊走出休息室迎上前去，蓮花卻先來到兩人身旁。只見她跪坐下來，刻意配合孩子的高度。

「孩子是哪裡不舒服要來急診室呢？」蓮花詢問孩子的母親。

「他說肚子很痛，都吃不下東西。他好像很沒有精神……」

海秀皺起眉頭。如果孩子遇到的問題真如母親所說，那他們不需要來急診室，去小兒科掛號應該就行了。這時蓮花不安地看了海秀一眼。注意到蓮花的神情，海秀雙手撐在膝蓋上，半彎下腰去查看那個孩子的狀況。孩子的母親用眼角餘光注視著海秀的舉動。海秀看了一下，發現孩子的眼睛半閉，眼神渙散，額頭上有指甲那麼大的凹陷，露在衣服外面的皮膚青一塊紫一塊的。更奇怪的是，說吃不下飯的孩子，肚子卻脹得像座小山。他有不好的預感，如果想確認腹部的狀況，那就得照電腦斷層，可這孩子真有時間等待電腦斷層掃描的結果嗎？

海秀抬頭看著孩子的母親，母親臉上的神色已不再是擔憂，而顯得侷促不安。海秀要蓮花去詢問緊急CT跟手術室的時間，並指示她聯絡負責動手術的外科值班醫生。依照一般的程序，通常要等電腦斷層掃描結果出來，確認有臟器破裂的情況，才需要外科動手術。但這樣非常花時間，且不看也知道，孩子的肚子裡早已都是血。

蓮花趕緊去執行海秀的指示，孩子的母親也拿著手機到候診室去等待。海秀小心翼翼地坐到孩子身旁。

「你希望叔叔幫你做什麼？」孩子雙眼無神地看著他。

「你想要叔叔幫你做什麼？」

海秀又再問了一次，語氣顯得有些焦急。孩子不知究竟有沒有聽清楚，只是恍恍惚惚地答道：

「OK繃……」

「什麼？」

「請幫我貼OK繃。」孩子有些怯懦地說。

「OK繃？要貼在哪裡？」

一直抱著肚子的孩子，這時突然露出痛苦的神情。

「啊……」

海秀沒有再說話了。那孩子看上去非常痛苦的樣子。海秀也從沒有過臟器破裂的經驗，他滿腦子只有課本上學到的疼痛數字量表。但即使知道經過量化的疼痛數字，仍完全無法體會這孩子究竟有多難受。這時，蓮花不知何時回來，手上還拿著畫有卡通人物的OK繃。海秀接過她手上的OK繃，貼在那孩子的肚子上。

「這樣就好了。」

孩子說話的聲音似乎比剛才有力了一些。已經做好所有手術的準備，蓮花便讓孩子躺在病床上，帶著他前往手術室。海秀有些懊惱地想，如果這孩子已經昏迷過去、感受不到痛苦，那樣或許還比較好。目送孩子離開急診室後，他的煩惱便轉往另一個「孩子」身上。他開始思考，僧人所說的「孩子」究竟在哪裡？

＊＊＊

載夏滿心期待下班時間到來。一想到稍後就能見到海仁，他整天累積的疲勞便煙消雲散，即便是塞車的七星橋，今天都格外美麗。他在南荷島海邊的花店買了束與海仁氣質相襯的紫丁香，現在正前往約定的地點。他們相約碰面的地方，是南荷島的地標——高塔餐廳。高塔餐廳就在南荷島防波堤後面的水岸公園裡，那是一座以透明玻璃窗取代牆面的圓形高塔，能三百六十度旋轉。在裡頭吃飯，還能一邊欣賞時刻改變的窗外風景。

搭乘電梯來到餐廳所在的頂樓，他在服務生的帶領下來到窗邊的位置。他坐下時，窗外的銀河大橋沐浴在七彩燈光的照明裡，顯得無比燦爛。只是緊張的載夏眼裡卻容不下如詩如畫的夜景，只覺得口乾舌燥。

這時，海仁帶著微笑來到他面前。

「你提早到了。」

海仁在他面前坐下，親暱的態度彷彿兩人是熟稔的朋友。

「我都不知道南荷島居然有這麼棒的地方。」

看著美麗的夜景，海仁像個孩子一樣開心，少了在美術館相見時的距離感。載夏試圖安撫自己緊張的心，一口氣喝光面前的一整杯水。

「妳是第一次來這裡嗎？」

「我一直都只顧著畫畫，完全不曉得有這種地方。」

海仁羞澀地笑著說。那微笑瞬間將載夏的心融化。悠揚和緩的鋼琴旋律、華麗耀眼的夜景與可口的美食和美酒，營造出最完美的氣氛。

「載夏先生從事什麼工作呢？」

「我為在外奔波，使心靈受傷的人治療他們的心靈。」載夏從容地答道。

「為人治療心靈，還真是不簡單啊。」載夏拐彎抹角的回答，讓海仁的微笑中帶了一點尷尬。

「是醫生，我是精神健康醫學科的醫生。」

海仁點了點頭，又接著問：

「你在哪間醫院呢？」

「千明大學醫院。」

聽完回答，海仁忍不住皺起眉頭。

「啊……千明大學醫院……」

海仁喝了口酒。

「怎麼了嗎？」

海仁的反應與一般人不同，這讓載夏有些意外。

「沒什麼。那裡是很好的醫院呢。」

這時，餐廳正好轉到能看見燈塔光芒的方向。載夏指著窗外的燈塔問：

「畫裡面那個少年坐的地方，就是那裡吧？」

海仁轉過頭去，看著防波堤盡頭矗立的燈塔。

「那不會是妳單戀的對象吧？」

載夏一邊切著面前的牛排，一邊試探性地詢問。

「是我哥哥，親哥哥。」海仁噗哧一聲笑了出來。

「看來你們兄妹感情很好啊，居然還把哥哥當成畫的主角。」意外的回答讓載夏有些尷尬。

「那除了畫畫之外，妳還有什麼其他的興趣嗎？」

載夏試著轉移話題。海仁想了一想，帶著些許苦澀的笑容說：

「嗯……仔細想想，我這輩子還沒想過除了畫畫之外的事。」

「哇，那真是太好了，以後我們可以一起做很多嘗試。」

載夏不著痕跡地表露自己的心意。

「那既然聊到這個，妳現在有沒有什麼想做的事呢？」

載夏問完，便用叉子叉起切好的牛排往嘴裡送。

「我想去遊樂園玩，因為我以前從來沒去過。」

載夏知道水岸公園裡有個小型的遊樂園。其實他不喜歡搭遊樂器材，但既然海仁說想去，他決定以後一定要跟海仁一起去遊樂園玩玩。

＊＊＊

海秀回到醫院工作，不知不覺過了一個月。幾個月前載夏建議他休息一陣子，看是否能改善症狀，事實證明一點用也沒有。如今海秀依然能看見患者的過去，也沒能找到僧人所說的那個孩子。每到上班時間，他總感覺精神緊繃。既然載夏的建議沒用，他似乎只能積極尋找僧人口中的孩子。

時間剛過午夜，急診室的門打開，三張床依序推了進來。救護車沒有開警笛，直接停在醫院門口，這並不是什麼令人高興的事。然而海秀還是暗自鬆了口氣，因為至少不會是心跳停止的病患。

一如預期，前面兩張床蓋著白布，顯然是已經死亡，需要由醫生做死亡宣告的遺體。最後一張床上頭則坐了一個小孩，看上去大約五歲，正懵懂無知地環顧四周。這時一名警察跟救護隊員一起來到海秀身旁，警察看了孩子一眼，悄聲對海秀說：

「這一家人發生車禍，是自撞意外。駕駛不知是著了魔還是怎樣，還得調查過後才知道事發原因，但總之呢，車子撞上中央分隔島後就停在路中央，是其他車子的駕駛路過看到幫忙報案。我們出動過去才發現，前座的父母已經明顯死亡，但孩子坐在後座的安全座椅上，平安無事。」

警察以孩子母親的手機撥打電話給孩子的外婆，對方說立刻過來。孩子外表看上去沒事，但由於前座的兩名大人都死了，因此還是需要做一些檢查。海秀來到孩子身旁。

「你有沒有哪裡會痛？」

孩子撇了撇嘴，彷彿立刻就要哭出來。海秀模仿上回蓮花的舉動，跪下來配合孩子的高度說話。孩子看著他的眼睛，那一刻，海秀在想，或許這就是他在找的孩子。

「你有沒有需要什麼？」

海秀問。孩子看了看他的臉，再看看他的身體，依舊沒有反應。這孩子才剛剛成為孤兒，海秀卻沒能照顧他的情緒，這讓海秀十分自責。但除了這麼問之外，他也不知道該怎麼做。孩子的目光停在他的胸口，他低頭一看，發現自己胸前的口袋插了根棒棒糖。

「要嗎？」

孩子微笑著點了點頭，海秀便把棒棒糖拿給他，接著又問：

「除了糖果之外，你還想要什麼嗎？」

孩子接過棒棒糖說：

「爸爸媽媽在哪裡？」

意外的問題，讓海秀一下慌了手腳。來到陌生的地方，當然會想找爸媽。面對這理所當然的問題，海秀只能看著孩子，不知該如何回答。

這時，兩名老人來到急診室，看上去像是這孩子的外公外婆。老人一看到孩子便跑上前來，一把抱住了他。孩子呆滯地看著外公外婆，他很快就會知道自己的父母已經死去，但不曉得他是否能明白死代表什麼意思。海秀沒有回答孩子的問題，他暗自慶幸，不需要由他來轉達父母雙亡的消息。這孩子讓他微微感到失望，這不是能為他解開詛咒的「孩子」。要來找他的孩子究竟是誰？那孩子又要找什麼？他所持有的神的物品究竟是什麼？海秀嘆了口氣，確定孩子由外公外婆帶走之後，他便轉身離開。那孩子離開急診室後又有許多患者湧入，讓海秀短暫忘了詛咒的事。

確認完窗邊病床患者的狀況，海秀準備轉身離去。這時他注意到透過百葉窗照進室內的光線。清晨的光線自窗戶滲入室內，將周遭染成一片紅，乍看之下就像傍晚的夕陽時分。看著在光芒照耀下紅通通的地板，海秀聯想到滿地的血水。不知為何，這總讓他覺得這個早晨不太吉利。

早班的交接人員接連來到，接下來只需要完成交接就好。但就像要證明他的預感無誤，遠方傳來救護車的警笛聲。而且還不止一輛，是好幾輛車的警笛聲交錯，無比刺耳。這個清晨又是怎麼了呢？

第一輛救護車來到，床被推進急診室時，救護隊員正在為患者做心肺復甦術。玄武趕緊接替救護隊員，將手放在男人的胸口，想先確認病患的狀態。只見男人的手腳扭曲成奇怪的形狀，腹部則膨脹得像顆氣球。就算不檢查，也能知道男人是多發性骨折加內臟破裂，顯然是墜落意外。

「去問一下OR，快。」

海秀下達指示，同時把病床推進急救室。

「插管。」

「醫生。」

海秀向站在一旁的另一名住院醫生下達完指示，玄武叫住了海秀。正在替男人做心肺復甦術的玄武用眼睛示意，要海秀來跟他交換。無奈之下，海秀只能跟玄武交換，換他去按壓男人的胸口。不知不覺間，他再度閉上眼。他用盡全身的力氣想保持雙眼睜開，身體卻搶先做出反應。他平緩的心跳逐漸加速，緊張感瞬間遍布全身，接著便開始看見男人的過去。

下班後，男人走在返家路上，注意到聚在防波堤入口處的人群。不知究竟發生什麼事，人們看起來侷促不安地直跺腳。

「發生什麼事了？」

男人才問完，便有個人指著遠方的海面。他順著那人指的方向看過去，只見一艘船正被火舌吞噬。

「剛才那孩子一個人逃出來，沒有家人跟著。」

「旁邊那個男人不是孩子的爸爸嗎？」

「聽說不是，他好像是帶那個孩子出來的人。」

「哎呀，年紀這麼小就沒了家人，一個人要怎麼辦啊？」

「就是說啊。老天也太無情了，居然留下這樣一個小東西……嘖嘖。」

面對束手無策的現實，人們只能哀嘆。男人的目光轉向人們所關注的方向，他們口中的「小東西」就坐在紅色的燈塔下。柔弱的身子蜷縮在那，彷彿隨時都會被陣陣吹來的海風帶走。

男人往防波堤走去，來到「小東西」身旁。白皙的臉孔泛著紅暈，那一張臉有如水蜜桃的小女孩正看著天空哭泣。

「走吧。」

女孩停止哭泣，抬頭看著男人。

「大叔，你是誰？」

噙著淚水的眼睛，如星星般閃耀。

「我是妳親叔叔。」

少女一言不發，只是盯著男人看。男人也沒有再多說什麼，只是看著少女。兩人對看了許久，男人才開口說：

「妳的名字……」

「蓮花，韓蓮花。」

蓮花站起身來，似乎是終於下定決心要跟男人離開。男人走在前頭，蓮花低著頭跟在後面，兩人一前一後走上斜坡，最後停在一扇綠色大門前。

「就是這裡，進去吧。」

蓮花跟在男人身後進門。院子裡，男人的妻子與才剛學會走路的兩個孩子，愣愣地看著蓮花。陌生的人們與陌生的視線，讓蓮花禁不住低下頭。她唯唯諾諾地站在那，男人則穿過院子來到大門旁的房間，開了門指著房間說：

「妳從今天開始就住這間房間吧。」

「醫生。」

玄武著急地把海秀搖醒。海秀這才回過神來，看了看四周。他又再度看到病患的過去了。接著海秀意識到，在男人的過去所看到的那個少女也叫做「蓮花」。

「她的確說自己叫蓮花。」

「什麼？」

正在替男人做心肺復甦術的玄武回頭看著海秀。

「不，沒事。」

這時，剛才去確認手術室的東赫開門探頭進來。

「現在沒有空的手術室……」

「什麼？現在是要這個人在這裡等死嗎？」

海秀十分著急，玄武卻在這時喊了他一聲。

「醫生。」

順著玄武的目光往男人的臉看過去，海秀才發現男人的頭蓋骨早已破裂，有些乳白色的東西正從那裂縫之中流出來。他一直沒注意到，這男人從一開始就沒有存活的可能。為了告訴他這件事，玄武一直用眼睛向他示意，只是他因為害怕而錯過了這個訊號，而所有人都注意到了他的疏忽。

「Expire，宣告死亡。」

玄武一直做著沒有意義的心肺復甦術，直到海秀做出死亡宣告，才終於能停下不停按壓男人胸口的手。急救室外還有三張床在等。正植打開急救室的門探頭進來，搖搖頭說：

「D.O.A.。」

海秀為這四人做出死亡宣告，住院醫生們便趕緊動了起來，收拾病床上死狀悽慘的遺體。來到急救室外頭，海秀發現蓮花在那徘徊。看她的樣子，想必是看到那個男人了。他思考究竟該用什麼話來安慰蓮花，卻一句話也說不出口。

這時，等在急救室外頭的警察上前來。

「死因是……」

沒等警察說完，筋疲力盡的海秀便開口。

「男的是多發性骨折與內臟破裂，剩下三人是刺傷造成的失血過多。」

「好的，謝謝。」

確認死因與所見一致後，警察滿意地轉身離開。從眼前的情況判斷，男人應該是用刀子刺死妻小，隨後自己再從屋頂一躍而下。

離開了混雜的急診室，海秀回到休息室。才坐到椅子上，他便想起在男人的過去裡看見小時候的蓮花。蓮花也在那起意外的現場。聽說她是孤兒，難道是因為那起意外失去了父母嗎？那蓮花也是意外的受害者嘍？他揉了揉自己的胸口，感覺胸悶到令他就要窒息。

＊＊＊

海秀復職後，蓮花在急診室的時光十分愉快。海秀幾乎整天都在她的視線範圍內，每每看到海秀，她總會忍不住露出微笑。只是海秀似乎沒有餘力關注她，光要處理發生在自己身上的事，就已經令海秀焦頭爛額。

早上交接前，救護車來到急診室門口。病床一推進急診室，玄武便立刻替患者做起心肺復甦術，其他人則幫忙將患者推進急救室。蓮花跟在後頭，所有人發揮默契，讓整個急救的流程得以順利運作。蓮花匆匆一瞥，看見了傷患的臉，她瞬間倒抽了一口氣。原來躺在床上的傷患，正是她失去父母之後，照顧了她十年的叔叔。

「叔叔怎麼會……」

叔叔連鞋子都沒穿，腳上沾滿了血。究竟發生什麼事了？接著她聽見一陣吵雜聲，三張病床跟著推了進來。三張床上流下來的血沿路滴在地板上，拉出了長長的痕跡。蓮花來到病床旁查看患者的狀況，發現是兩名穿著制服的女學生，以及一名應該是她們母親的女子，渾身是血，且早已失去意識。蓮花一眼就認出那三張血跡斑斑的臉，是十年來一起生活的兩個妹妹和嬸嬸。叔叔一家人全被送了進來，究竟他們遭遇了什麼？

蓮花癱坐在地上。她大受打擊，腦袋一片空白。她陷入痛苦之中，不知該如何是好。這時，突然有人搖了搖她的肩膀。

「蓮花，韓蓮花。」

抬頭一看，發現是海秀站在一旁。她回過神來看了看四周，發現稍早那些血跡早已被清理乾淨，叔叔一家人的遺體也已經被送走。

蓮花來到值班室，一把拉起棉被將自己蓋住。叔叔一家人最後的身影在她眼前浮現。其實她早就知道，她跟叔叔一家之間並沒有血緣關係，但她從來沒埋怨過他們。在升上國中二年級時，她曾經偷聽到叔叔跟嬸嬸的對話，那時便知道了叔叔帶她回家真正的用意。

那天她放學回家，聽見叔叔跟嬸嬸在房裡說話的聲音。

「老公，你要養那孩子養到什麼時候？」

蓮花知道，「那孩子」說的就是她。

「我們賺的錢光養自己的孩子都很吃力了。」

嬸嬸說得一點都沒錯。叔叔在工地打零工，嬸嬸則在餐廳洗碗，兩人賺來的錢只能勉強維持生計。

「因為你多管閒事，害得我們自己的孩子得餓肚子。還有……不是聽說沒有保險賠償金，也沒有國家賠償金嗎？」

嬸嬸提到了「國家賠償」幾個字。

「妳以為我是為了國賠才帶她回來的嗎？」

嬸嬸一提到國家賠償，叔叔便氣得大聲了起來。

「難道妳要我把九歲的孩子丟在路邊嗎？要是我沒有去管她，那孩子現在已經不在世界上了！」

「那為什麼非得是你去管她？還有國家啊，國家會照顧那孩子啊，為什麼是你攬下來？」

嬸嬸按捺已久的怒氣也終於爆發。

「國家？政府？少開玩笑了！妳以為這個國家會去關心一個九歲的小女孩嗎？」

面對這場因自己而起的夫妻爭執，蓮花不知該如何是好。接著叔叔嘆了口氣，低聲說道：

「她看起來就像書賢。蹲坐在燈塔下的背影，看起來跟書賢好像……」

蓮花過去也曾聽過「書賢」這個名字。一起生活的兩個妹妹，曾經有個叫做書賢的親姊姊。據說她在九歲那年跟叔叔一起去釣魚，卻在叔叔沒注意時失足掉進海裡。叔叔後來才發現孩子不見，卻早已不見孩子的蹤影。縱使他趕緊撥一一九報案，海警隊與救護隊員也找了大半天，卻都沒能找到人。可能是早就已經被海流沖走了。

「就好像是那孩子坐在那裡，一直在那裡等我。我覺得那就是命中注定的。」

叔叔語帶哽咽地說。

「你是怎麼搞的……」

嬸嬸啜泣的聲音傳來。蓮花難過地咬住自己的下唇。

「真的對不起。為了養那孩子，我們還得去借錢來應付生活開銷。」

叔叔頓了一頓，點了根菸繼續說：

「那孩子還未成年，沒有法定監護人就無法拿到國賠。我本想說等她成年應該就能拿到，所以才去跟那些人借錢。但我後來才知道，原來她跟她的家人，根本不在乘客名單上。」

「什麼？老公，你這是什麼意思？」

「不在乘客名單上，就沒辦法拿到國賠。」叔叔嘆了口氣。

「新聞上說倖存者有三人，那……」

「是去校外教學的兩個國中生，還有跟那孩子一起逃出來的學校老師。」

那天之後，蓮花便避免出現在他們一家面前。她總是等到所有人都入睡才回家，並在清晨就出門。出於抱歉，她很想立刻離開叔叔家，自己獨立生活。但她實在無處可去，也無法露宿街頭。因此她想，在考進醫學院前就暫時寄住在那。等她成了醫生，絕對會把這段時間欠下的債都還完。沒想到在還清這筆債之前，叔叔一家便離開了。難道不能再多等一下，讓她能報答這份恩情嗎？若能救活他們，她現在就會立刻報恩。

她沉浸在遲來的後悔之中。突然一陣手機鈴聲打破了這份寧靜。蓮花拿起手機，清了清喉嚨，隨後接起電話。

「喂？」

「急診室有人要找妳。」

打來的人是尹護理師。

「找我？是誰啊？」

蓮花有些疑惑。畢竟她無親無故的，不可能有人特地跑來找她。載夏跟她任職同一間醫院，可以直接聯絡她，不需要透過急診室。而好友千熙才剛去留學，不可能這個時候出現。唯一有可能的叔叔一家人才剛離世，更不可能死而復生。那究竟會是誰？

掛上電話，蓮花趕緊下樓來到急診室。穿過院務科來到候診室，等著她的是兩個穿著黑色西裝的高壯男人。原來是借錢給叔叔的高利貸業者。

她嚇了一跳，倒退了幾步，隨後趕緊跑出醫院。兩個男人跟在她身後，還發出嘲諷似的笑聲。經過休息公園來到醫院外頭，她看見在醫院前面排班的計程車。蓮花拚了命往計程車的方向跑去，身後皮鞋與地面摩擦的聲音也越來越大聲。就在她要打開計程車後座車門時，她的脖子像是被繩子套住一樣，被人從後方緊緊勒住。回頭一看，男人不知何時已追到她身後，一手正掐著她的脖子。

「找到了，妳這狡猾的女人。妳知道我們找妳找得有多辛苦嗎？」

一輛黑色廂型車停在她面前，她連掙扎的時間都沒有，便被男人拖上了車。

「救命啊！」蓮花敲著車窗。

「還不給我安分點？」

坐在對面的男人賞了她一個耳光。蓮花發出一聲哀號，整個人往旁邊倒了下去。男人替她戴上眼罩，並把她的手綁在背後。與此同時，廂型車也離開醫院，不知往何處前進。

她可不能就這樣死在這些男人的手上。蓮花繃緊神經，開始推測廂型車的去向。車剛經過銀河大橋，正往西川市前進。但她也只能推測出這些，因為整個西川市，她只去過西川公園。她感覺自己的身體往右傾，想來是車子經過收費站之後，不是往西川公園的方向，而是往另一個方向去了。印象中，那裡是工業區所在的地方。

稍後，車子劇烈顛簸，她整個人也跟著晃來晃去，看來車子是正往山上開。如果是到了人跡罕至的山裡，那雖沒有人會幫她，但她或許能避開這群人躲起來。就在她思索逃亡計畫時，車停了下來。

蓮花被那群人拽下車，清新的樹木與濃烈的土壤氣息竄入鼻腔。汽車車輪行經泥土路面的聲音、引擎熄火的聲音接連傳來。那裡似乎沒有路燈，她什麼都看不見。

蓮花才剛跨出一步，接下來便是好幾個腳步聲響起，看來現場似乎有五、六個男人。她沒有反抗，只是乖乖跟著他們走。要是草率行事，恐怕會使情況更糟糕。

她聽見鐵門開啟的聲音。穿過一扇門走進室內，陰涼的空氣與難聞的氣味迎面而來。那裡頭要不是照不到陽光，就是沒有窗戶，能感覺到潮濕沉重的空氣瀰漫。這裡難道是廢棄工廠的倉庫嗎？就在蓮花腦袋高速運轉時，她的腳突然踢到了某個東西。

「走路給我注意點！」

她一個踉蹌，身旁的男人隨即喝斥。蓮花心裡滿是委屈，但觸怒了男人可是一點好處也沒有。擺出低姿態，靜待時機才是正確的選擇。

蓮花用腳摸索著，緩慢地爬上階梯。越往上，她就越覺得不對勁。這些男人的行徑跟過去不太一樣。以往都是不分青紅皂白地痛打她一頓就放了她，今天不知在打什麼主意，對她的態度竟然還稱得上紳士。

她再度聽見開門聲。身旁的人一個一個前進，看來是只能同時容納一個人通過的窄門。跨過門檻，樹木的氣息再度撲面而來。似乎離山又更近了些，看來是來到了建築物的頂樓。山裡的建築物……這裡究竟是什麼地方呢？

男人們停下腳步，她也跟著停了下來。蒙住眼睛的眼罩被拿了下來，她悄悄睜開眼。等眼睛逐漸熟悉黑暗後，她才能看見周遭的景色。這棟建築物獨自坐落在深山裡，而此刻她正站在頂樓的欄杆邊。太陽隱匿了蹤跡，空中有烏鴉成群飛過。面前這群穿著黑色西裝的男人，宛如一群烏鴉將她包圍。

「欸，醫生，妳叔叔借的錢現在怎麼辦？」

臉上有一道長長傷疤的男人喊道。

「明明就說拿到國賠金會還錢，怎麼到現在都還一點消息也沒有？」

鐵棍在地面拖行的聲音傳來，蓮花看了看四周，出口旁有一名高大的男子，正拿著鐵棍走來。她覺得自己口乾舌燥。那群人擋住了出入口，她唯一能逃離這裡的方法就只有向下跳。她看了看下方，能夠看見她剛才搭來的那輛廂型車。很久以前她確實去考過駕照，只是沒有實際上路的經驗，她根本不曉得該如何開車。但坐到駕駛座上，應該還是能有辦法的吧？問題是，這高度看起來應該有三層樓那麼高。

鐵棍與地面摩擦的聲音越來越近，她的心臟劇烈跳動，幾乎就要衝出胸膛，雙手則滿滿的都是汗。

「他們全都死了，只剩妳一個，現在怎麼辦？」

她渾身發毛。全都死了？是說叔叔一家人嗎？這樣的話，該不會……蓮花想起叔叔最後的模樣。難道那不是對未來絕望的叔叔所做的，而是這群烏鴉幹的好事嗎？這群人難道是想在今天解決這一切嗎？

「我會還錢的，我存了一些錢。只要你們放了我，我立刻就拿錢給你們。」

蓮花跪下來向男人求饒，卻換來男人的譏諷。

「……這樣應該不夠吧？我想一定不夠。以後每個月薪水發下來我都全部交給你。」

此刻的蓮花，比任何時候都要迫切。

「不是啊，菜鳥醫生，妳一個新人是能賺多少？是想還債還到死喔？」

蓮花緊咬著牙。男人說的也沒錯，借了錢就是要還，她實在無法回嘴。只是利息又高又是複利計算，利滾利下來，債務就像滾雪球一樣越來越大。

「小姐，看妳是要現在立刻把錢還清，還是用身體來還。」

話說完，男人還惡狠狠地舉起鐵棍在空中比劃了兩下。蓮花趕緊低下頭縮起身子。一瞬間，她感覺自己好像飛了出去，趴倒在地上。背部一陣撕裂般的痛楚蔓延到全身，她用盡力氣試圖爬起來，卻怎麼也使不出力氣。

那群男人將趴在地上痛苦呻吟的她拉了起來，她雙腳無力，感覺立刻就要掉下去。難道就要這樣死在這嗎？早上急診室裡叔叔的慘狀、過往歲月被這群人追討債務的情景，如走馬燈般一一在眼前閃現。最後，她想起來前幾天做的夢，夢中她為了躲避這群男人而逃進派出所。那一刻，她感覺背脊發涼，她的夢原來是預知夢。

蓮花小時候經常做夢。她總會把夢的事情說給母親聽，而母親則相當認真看待孩子的夢，還說那是讓她知道未來將要發生什麼事的「預知夢」。但母親離開之後，她便再也沒做過預知夢了。這次的預知夢，距離上次已經二十年。難道僧人所說的神的能力，就是預知夢嗎？

這時，背後傳來一陣騷動聲與忙亂的腳步聲。

「你誰啊？」

＊＊＊

接到玄武的聯絡，海秀來到急診室，發現兩個穿著黑色西裝的男人在追蓮花。為了躲避這群人，蓮花往醫院外頭跑去。海秀嚇了一跳，趕緊脫下白袍，跟在蓮花和那兩個男人身後。雖然他立刻追了上去，卻還是來不及。兩個男人把蓮花帶上停在醫院前的黑色廂型車，那輛車就在他面前開走了。海秀趕緊跳上在旁排班的計程車。

「麻煩幫我跟著前面那輛廂型車。」

海秀指著前方。透過擋風玻璃，可以看到那輛載著蓮花離開的廂型車。計程車趕緊跟了上去，同時海秀也打電話報警。

「警察局嗎？我要報案，有人被綁架了。車號3XN66XX的黑色廂型車綁走了一個女人，現在不知道要往哪裡去。」

警察表示他們會立即出動。報完案後，海秀便往前挪動身子，幾乎是貼在擋風玻璃上盯著那輛廂型車看。從那輛車後頭的玻璃，可以看見蓮花的背影，她的左右兩邊則各坐了一名高大的男子。究竟是什麼事情？這些人為何要帶走蓮花？

廂型車經過銀河大橋來到西川市。適逢下班的車潮，計程車與廂型車離得越來越遠。海秀心裡很是焦急，計程車前進的速度比用走的還慢。廂型車經過西川市那一側的銀河大橋收費站後便往左轉，左邊是通往工業區的路，他從來沒走過，因此實在無法猜到車子會往哪裡去。

當他搭的計程車經過收費站時，廂型車已經領先他們約兩個紅綠燈。沒有消失在視線範圍裡，已經算是很幸運了。那輛廂型車繼續前進，經過了工業園區，開上了傾斜的山路。海秀越來越緊張、越來越口乾舌燥，他們究竟要帶蓮花去哪？

大概到了半山腰的地方，廂型車便轉進沒有鋪上柏油的原始道路。海秀讓計程車暫時停下來，因為這條路上沒有其他車輛，一個不小心很可能會被發現。

「這條路盡頭有什麼？」他問計程車司機。

「我也不知道。」

司機冷漠地答道。擔心會跟丟蓮花的海秀，決定下計程車徒步前進。走進原始道路，才發現那輛廂型車已經消失在他的視線範圍內。他沿著地面留下的輪胎痕跡，走在硬邦邦的泥土路上。沿路的樹木十分茂密，路燈的光線照不進來，整條路顯得黑暗又陰森。總覺得帶走蓮花的那群人很可能會突然出現在背後，也讓海秀始終沒有放鬆警戒。

輪胎的痕跡消失在路的盡頭。路一直延伸到一塊空地，而那被樹木包圍的空地上，有一棟相當於三層樓公寓的廢棄工廠。工廠前方，就停了帶走蓮花的那輛廂型車。他內心很是焦急，那些說會立刻出動的警察現在還不見人影。實在不能在這邊乾等，他便將自己的所在位置傳給警察。隨後走進工廠。

海秀看見在鐵門旁的鐵棍，便隨手拿了一根起來，深吸了一口氣，從敞開的門走入室內。太陽已經西沉，工廠裡沒有一點光線，黑得伸手不見五指，冷汗沿著背脊流下。他緊握著鐵棍靠在胸前，準備一有什麼動靜就拿起來防身。他的眼睛逐漸適應黑暗，也開始能看見工廠裡的情景。工廠裡什麼也沒有。他看了看四周，才小心翼翼地邁出步伐。腳步聲在工廠裡迴盪，寂靜壓得他幾乎就要窒息。人到底跑到哪去了？

這時，他看見工廠角落一道通往屋頂的階梯。來到階梯前，他便聽到上頭傳來吵雜的聲音。他握緊手上的鐵棍爬上去，階梯盡頭是一道鐵門。一來到門邊，便透過敞開的門縫看見穿著黑色西裝的那一群男人。在那群鬧哄哄的人之中，他找到了蓮花。蓮花搖搖欲墜地站在欄杆邊，左右兩邊各被一個男人抓住，後頭還站了五個男人。警察遲遲沒有現身。

海秀深吸了一口氣，接著衝了出去。

「你誰啊？」

拿著鐵棍的男人皺著眉回頭。一看見陌生的訪客，這群人便握緊手中的鐵棍，團團將海秀包圍。海秀只有一個人，對方卻有五個人。他拿著手中的鐵棍朝那群人揮舞。咻、咻，鐵棍劃破空氣的聲音傳入耳裡。男人們發出嘲諷的笑聲，還刻意左右擺動身體，裝出閃躲的樣子。被激怒的海秀趁著他們在笑的時候，抓著鐵棍往離他最近的男人腹部戳了下去。男人哀號了一聲向前倒，其他人也瞬間愣住了。

「你是怎樣？」

眉上有道疤痕的男人問，海秀正想回答，後方一名男子卻已經朝他衝了過來。他趕緊向後轉揮舞手中的鐵棍，被鐵棍擊中的男人發出一聲慘叫倒在地上。五人之中有兩人倒地，這群男人開始慌了手腳。接著三人同時朝海秀撲了過去，海秀壓低身子揮舞鐵棍，一棍打在笑容令人毛骨悚然的男人小腿上。脛骨被打中，讓他哀號著在地上打滾。海秀漸漸有了自信，只要繼續這樣下去，在警察來之前就能解決整件事情。

就在這時，一根鐵棍從意外的地方飛過來打中他的左手臂。他應聲倒地，疼痛自手臂蔓延到腳底。這是他這輩子第一次感受到這樣的痛，而就在他痛得不斷呻吟時，他與一直看著他的蓮花對上了眼。

「醫生，振作點。」

蓮花大喊。一群男人再度包圍海秀，海秀吃力地撐起身子，一群人卻同時拿起鐵棍往他身上招呼。他試圖躲開攻擊並以鐵棍回擊，手臂卻不聽使喚。海秀渾身冷汗直流，他們真能活著逃出這裡嗎？

這時，門外傳來一陣騷動。轉頭一看，是警察衝了進來，看上去大約有十五人左右。海秀這才注意到，漆黑的森林已經被警車的燈照得燈火通明

＊＊＊

海秀與蓮花坐在刑警對面，蓮花不安地看了看四周。

「你們怎麼這麼慢？」海秀問。

「我們跟到了工廠門口，但那些人的數量比我們預期的還要多，我們另外請求支援，所以才會比較晚到。」刑警平靜地答道。

「是，我想也是這樣。還真是謝謝你們在我死之前趕到。」海秀十分不滿。

「小姐，妳跟那些人認識嗎？」刑警將注意力放到蓮花身上。

「那個……把我養大的叔叔跟那些人借了錢但還沒還……我會還的，那些錢都是因為我才去借的，所以我會還的。」蓮花一邊觀察刑警的臉色一邊說。

「把妳養大？」刑警挑了挑眉，疑惑地問道。

「對，我是孤兒……」

「哦，那我知道了。既然小姐跟叔叔沒有任何血緣關係，那妳也不需要還這筆債。但如果妳說要還，妳就自己看著辦吧。總之，那群人綁架妳，又對妳施暴，對吧？重要的是這個，我們就不要浪費時間講廢話了。畢竟我們都很忙嘛。」

刑警對蓮花與這些男人之間的債務關係沒有興趣。調查到了尾聲，另一名刑警走了過來，靠在那名坐著的刑警耳邊悄聲說了幾句話。

「妳叔叔昨晚已經把債還清了耶，妳不知道嗎？」刑警露出驚訝的神情。

「我跟他已經很久沒有聯絡了……是到今天早上……」

蓮花慌張得語無倫次，海秀代為解釋道：

「她叔叔早上被送到醫院急診室來，他們一家人都已經死了。」

刑警伸出食指搔了搔額頭。蓮花看了看四周，隨後小心翼翼地開口說：

「那個，我……我覺得是那群人殺了我叔叔他們一家人。」

聽了蓮花的想法，刑警沒有太大的反應，只是冷漠地回應。

「這部分我們會再調查。總之，以後妳領到薪水也可以不用還債。」

海秀帶著蓮花離開警局。沁涼的夏夜迎接他們。外頭雖沒有一絲微風，天空中的繁星卻格外明亮。再過幾天，六月也要進入尾聲了。

坐在返回醫院的計程車裡，蓮花閉著眼睛一動也不動，但看起來並不像在睡覺。窗外的月光照亮車內，海秀彷彿看見九歲時的蓮花。昨天還開朗堅強的那張臉孔，如今看起來卻無比惹人憐惜。海秀靜靜握住她的手，聽見蓮花不平靜的呼吸聲，他心裡的感受也很是複雜。

一進到急診室，玄武與其他住院醫生紛紛上前。

「醫生，你的臉……」

「這到底是怎麼回事？」

蓮花被那群人追趕的模樣、海秀追在後頭的模樣，所有同事都看在眼裡。此刻，他們臉上寫滿了擔憂的神情。

「沒什麼事啦，大家去忙吧。」

所有人都退開來回到自己的崗位。海秀被蓮花拉到處置室，蓮花讓他坐到病患用的椅子上，並替他解開襯衫的鈕釦。海秀嚇了一跳，趕緊抓住蓮花的手。

「讓我看看你的手臂。」

蓮花眼眶泛淚地看著他。在無影燈之下，蓮花的眼睛如星星般閃亮。海秀靜靜放開她的手，褪下衣服後露出來的手臂上，有一塊明顯的紅腫區域。

「是不是該去照一下X光？」蓮花擔憂地問。

「沒有骨折，可以不用擔心。」

海秀搖頭拒絕。他的狀況他自己最清楚，這只是單純的跌打損傷。而蓮花則推了急救車來，替他抹上消炎藥。

「妳叔叔一家人會去到好地方的。」

海秀低聲說著，眼睛卻沒能看著蓮花。蓮花則睜大了眼看著海秀。

「我在他的過去看到了妳。」

「你……看到了什麼？」

「看到九歲時，妳在事故現場的樣子。」

蓮花十分驚訝，瞳孔劇烈顫抖著。

「都是因為我。都是因為我，叔叔一家人才會死。」蓮花哽咽著說。

「那不是妳的錯。這……是他們一家人的命運。」

蓮花低下頭，海秀所說的話似乎無法給她帶來安慰。本想伸手去抱抱蓮花，但他有些遲疑，最後只是輕輕拍了拍蓮花的肩膀。

「我想起第一次看到過去那天……想起我的詛咒是從哪一天開始的了。」

「是哪一天？」蓮花抬頭問。

「是妳來醫院報到的那一天。」蓮花驚訝地瞪大了眼。

「你不是說是一個孩子嗎？那天你有看到小孩嗎？」

海秀搖搖頭說：

「我覺得這件事應該跟妳有關。」

海秀認為，僧人所說的「孩子」，就是當年在事故現場，年僅九歲的蓮花。

＊＊＊

牆上的時鐘指到了五點，候診名單上已經空無一人，今天的門診到此結束。載夏從座位上站起來伸了個懶腰，活動活動沉甸甸的身子。這時，崔護理師打開診間的門探頭進來。

「病歷室打電話來，要把電話轉給你嗎？」

載夏這才想起自己曾經拜託病歷室的事。接起電話，話筒那頭的人便說：

「我找到你要找的病歷了。那是一位只來過急診室一次的病患，病歷很少，夾在其他的病歷當中，花了好多時間才找到。」

載夏鬆了口氣。他終於能夠揭開圍繞在他心中多年，關於父親的死亡之謎了。他向病歷室的人道謝，並表示自己現在就過去。

掛上電話，載夏前往位在地下一樓的病歷室。病歷室裡，許多個頂到天花板的高大書櫃以一定間隔擺放。不過十年前，病患來院掛號的時候，還得要從這些書架上找出紙本病歷送到門診的診間去。幾年前全面更換成電子醫務記錄系統後，就再也不需要紙本病歷了。也因此書架上擺滿了無法作廢，只能積灰塵的病歷。

病歷室的人拿了一份醫療紀錄閱覽申請書給載夏。他在閱覽目的那一欄上，寫下「確認父親的死因」，並將事先申請好的家人關係證明和戶口名簿交出去。接過申請書，病歷室的職員頓了頓，隨後才將已經準備好的病歷交給他。

載夏接過父親的病歷，隨即便靠到一旁的書架邊準備查看。病歷信封上寫著父親的名字，旁邊還以紅色麥克筆寫著「D.O.A.」。這表示他父親送抵醫院時就已經死亡了。D.O.A.和一張薄薄的病歷……這表示除了死亡宣告之外，醫院無法為父親做任何事。

載夏打開信封，拿出裡頭的病歷。他父親生前只來過千明大學醫院一次，就是去世的那一天。

來院日期：*2*月*21*日上午*10*點*23*分

C.C – D.O.A, hanging。吊在浴室門上，被配偶發現。

像是有誰重重往他的腦袋敲了一記，載夏腦袋一片空白。父親的死不是意外，他猜的沒有錯。十七年前，他離開父親的懷抱往玄關門走去的那一刻，那股令他背脊發涼的感受他始終沒能忘記。父親最後的擁抱，不是恭賀他畢業，而是將死之際的道別。一股遺憾湧上心頭。父親最後的道別，當時他為何沒能察覺？事到如今再來後悔也沒有用。父親已經離開了，已經不在了。他收拾好情緒，繼續查看病歷。

救護隊員表示，抵達時已沒有呼吸心跳。

配偶表示，兩年前的意外發生後，死者便被憂鬱症與罪惡感所苦。

他的視線停在「兩年前的意外發生後」這幾個字上。父親似乎因為去世前兩年所經歷的意外，罹患了「創傷後壓力症候群」。那場意外對父親究竟有什麼意義，為何會使他這麼痛苦？意外使父親的人生天翻地覆，父親卻似乎沒接受什麼治療。

載夏緊閉上雙眼。「自殺」兩個字壓在他的胸口，悲傷不斷湧上心頭。母親說父親的死是「意外」，他並不相信。因為除了「意外」兩個字，母親從來沒有給出一個能讓他接受的解釋。母親為何不照實說？他下定決心，一定要查明父親決定自行結束生命的理由。他將病歷交還給病歷室，踏上返家的路。

一到家，便聞到廚房裡傳出大醬湯的味道。母親還沒有吃晚餐，一直在等他回家。載夏進房換了衣服後，便來到餐桌前。看著母親準備晚餐的背影，他突然感覺情緒一陣沸騰。親眼目睹了父親最後的模樣，母親會有多麼沉痛？他實在無法揣測。這些日子母親是怎麼撐過來的？想必是不希望年幼的兒子受到傷害、受到太大的打擊，母親才選擇不直接說出真相。
「你吃晚餐了嗎？」母親轉頭看著他問。
「吃過了。妳快吃吧，我在旁邊陪妳。」
母親轉了回去，載夏能從她的背影明顯看出失望。只是載夏實在沒有胃口，他覺得自己什麼也吞不下。母親看到父親最後身影的想像畫面，在他腦海中揮之不去。
「我昨晚夢到你爸了。」母親邊擺放餐具邊說。
載夏怔了一怔，雖然母親說的話並不相關，但這樣的感覺，就像是他為查明父親之死所做的事被母親發現了。
「爸……說什麼？」
「他什麼都沒說，只是坐在沙發上看著家裡。」
載夏轉頭看著沙發，總覺得父親似乎就坐在沙發上看著他跟母親，但父親並不在那。今天父親不在的空缺感覺格外明顯。究竟是什麼奪走了他們一家三口的幸福？
「用來收爸遺物的箱子在哪？」
載夏的疑問，讓母親的臉色瞬間沉了下來。

「你問這個做什麼？」

「沒什麼，只是好奇。」

載夏裝出沒事的樣子，夾了點小菜，放到母親停在半空中的湯匙上。

「已經燒掉了。」

他並不相信這個說法，而母親似乎也察覺到他的不信任。便低下了頭，語帶無奈地說：

「我會找找看。你希望我什麼時候給你答案？」

「什麼時候都沒關係。」

為了讓母親安心，載夏故作輕鬆地回答。

「那個，載夏……」

母親放下湯匙看著他。

「你房間那幅畫……」

他抬起頭來看著母親，母親的眼裡滿是悲傷，沒繼續把話說完。

隔天，載夏帶著海仁的畫去上班。他知道母親昨晚究竟是想說些什麼，因此他不能把畫放在家裡。他拿著畫進到診間，四處看了看，隨後走向正在準備門診的崔護理師。

「怎麼有這幅畫？」

「是人家送我的，我想掛在診間裡。」

載夏的視線固定在牆上。崔護理師表示會試著聯絡工務組，隨後便離開了診間。沒過多久，穿著灰色工作服的工務組長便進到診間。

「您說想在牆上掛畫嗎？您想掛在哪呢？」

「希望可以掛在那邊。」

載夏手指著桌子對面的那面牆。工務組長沒有一絲不耐的神色，隨即開始釘起釘子。轉眼之間，那幅畫便已經掛到了牆上。工務組長退了開來，想確定畫有掛得平整。但才看到畫的全貌，他便皺起眉頭。

「這幅畫……」

組長沒把話說完，只是一直盯著畫看。看他這樣的反應，載夏忍不住問道：

「組長，您曾經看過這樣的場景嗎？」

「當然，我當然看過。我很疑惑，這幅畫真的可以掛在這裡嗎？」

工務組長顯得有些尷尬。突然，一陣敲門聲響起，海秀開門走了進來。工務組長向兩人點了個頭致意，隨後便離開診間。

「你最近很常來喔。」

載夏坐了下來。海秀則詢問工務組長的來意。

「發生什麼事了？」

用眼角餘光確定工務組長離開載夏的診間後，海秀才坐到病患用的椅子上。

「哪有什麼事，我只是拜託他幫我把畫掛到牆上而已。」

載夏手指著掛在牆上的畫，海秀順勢看了過去。海秀看著畫不發一語，表情有些僵硬。

「怎麼了？」

載夏的眼神在海秀與畫作之間來回穿梭。

「沒什麼，只是好像在哪看過這幅畫……」

海秀將視線從畫上移開。

「你看過？在哪裡？」

載夏驚訝地問。海秀跟海仁該不會是短暫交往過的關係吧？這麼說來，當他表明自己在千明大學醫院工作時，海仁的反應也跟海秀一樣。

「那你那幅畫是從哪來的？」

海秀沒有回答載夏的問題，而是提出了新的疑問。

「這個喔，是一位美女送我的。」

載夏一臉洋洋得意，同時也是在警告海秀千萬別打對方的主意。海秀乾笑了兩聲，搖了搖頭。無論是十年前還是現在，他都摸不清載夏內心的想法。

「話說回來，你來找我幹麼？」

「我掛號了。」

載夏往螢幕一看，才在候診名單上找到海秀的名字。依照載夏的建議，海秀休息了一個月，而回來醫院任職也已經一個月過去了。

「你的狀況還是一樣嗎？」看了看海秀的狀況，載夏問。

「你怎麼知道？」海秀有些驚訝。

「我有聽玄武醫生說。他還說你的狀況越來越糟。」

「玄武怎麼會知道這種事？我從來沒跟他說過啊。」

上星期五，載夏在員工餐廳吃午餐，玄武坐到他對面跟他攀談。載夏只是向玄武點頭致意，沒有打算多聊，只想繼續享用午餐，玄武卻主動聊起海秀的事。說只要有心跳停止的病患送進來，海秀便會相當不安，甚至還經常犯錯，讓他很擔心。

「就先不說這個了。你的症狀現在怎麼樣了？」

「我本來以為休息一段時間就會好，但我現在還是能看到患者的過去。」

海秀重重嘆了口氣。

「很怕心跳停止的病患被送進來，也很擔心會看到他們的過去，失誤的次數也越來越多。」

海秀的臉蒙上了一層陰影。

「我知道不能去決定要不要拯救患者。但因為這樣的問題，我總會去想到底要不要去救眼前的患者。我實在受不了這樣的自己。」

海秀雙眼無神，視線飄忽不定。

「就這樣？除此之外還有別的嗎？」

海秀縮了一下。確實是有些不同之處，只是他始終沒能開口說出來。

「我開藥給你吧。」載夏轉向螢幕。

「藥就不用了。我只是想找個人說說這件事。總覺得說完之後，我心裡那股悶悶的感覺就能得到抒發。」

看海秀垂頭喪氣的模樣，載夏只覺得他可憐。這傢伙孤單到連個說心事的朋友都沒有，才需要借助精神健康醫學科門診這種形式上的方法訴苦。

「對了，你有查出什麼跟你爸有關的事嗎？」話鋒一轉，海秀把話題帶到載夏的事情上。

「他在我國中畢業時突然去世。我查了病歷，發現他是自殺。」

海秀的臉上閃過一絲驚訝的神色。

「如果那時我是精神科醫生，會不會就能救活他？」

載夏心有不甘地緊咬著唇。

「沒有人知道如果你當時是精神科醫生，事情會怎麼發展。別拿這種事來責怪自己，你爸也不會因為這樣就活過來。」

海秀站起身來，拍了拍載夏的肩膀，隨後離開診間。

下班後，載夏來到醫院對面，經過第一條開滿餐廳的巷子之後，他彎進了第二條巷子。這裡被稱為「藝術家之街」，左右兩側都是小小的店家，橘黃色的街燈照亮了巷弄。他往裡走去，來到一處木門前，那道門被橘色的燈照得十分明亮。他拿出手機，對照海仁傳給他的照片，確認那扇門與照片中的門一模一樣。這個沒掛上任何招牌，一不小心就可能錯過的地方，真虧他能一下子就找到。

載夏打開那扇比他還要矮的木門入內，那是一間餐廳，內部的裝潢就像一個洞窟。他的頭頂幾乎都要碰到天花板，他只能彎著腰。

「你居然真的能找到這裡！」

海仁已經先就坐了。載夏坐了下來，環顧四周。這間餐廳裡只放了一張兩人座的桌子，店內除了他們之外便沒有其他客人。

「別看它都沒客人，這間店其實還挺有名的喔。」

海仁手遮著嘴低聲說。這令人宛如置身童話的餐廳，不只是桌數少而已，一切都像小矮人開設的餐廳一樣小巧。幸好，坐下來之後便不用再擔心撞到天花板的問題了。只要不站起來，就能好好享受這神秘又優雅的氣氛，搭配悠揚的鋼琴曲。實在沒有比這更迷人的去處。

不過，店內並未看到任何一位服務生。載夏四處張望，試圖尋找服務生的蹤影，海仁則敲了敲放在桌上的鐘。鈴鐺聲在洞窟內迴盪，稍後，身高幾乎只有小學生那麼高的餐廳老闆便送來水與餐具，海仁則熟門熟路地順勢點好餐。老闆離去，只剩下兩人獨處。

「這裡連招牌都沒有，妳怎麼知道這種地方？」

載夏喝了一口水。

「我的工作室就在這附近。」

就載夏所知，藝術家之街確實有許多活躍在不同領域的藝術家，在此開設工作室或工房。海仁的工作室竟也在這裡？沒想到他們的距離這麼近。

「除了遊樂園之外，妳還有想去其他地方嗎？」載夏繼續聊起上次的話題。

「我還希望能穿制服。」

海仁回答，眼裡還閃爍著光芒。

「制服？」

看載夏一臉不敢置信的神情，海仁噗哧地笑了出來。

「意思是說，我想回到還需要穿制服的那個年代。想回到那個時候，把想做的事情都做一遍……」

海仁說這段話時，臉上的表情略顯苦澀。

矮小的餐廳老闆這時再度出現，送上他親手熬煮的湯、手工炸肉排與玫瑰醬義大利麵。這些食物乍看之下差異甚大，實際上卻形成了奇妙的和諧。放下食物後餐廳老闆便消失得無影無蹤，隨後也沒有再現身。餐廳內再度剩下兩人，在橘黃色的燈光照耀下，海仁的每一個表情看起來都像棉花般輕盈。店裡只有他們兩人，沒有其他人的干擾，載夏覺得自己甚至能聽見她的呼吸聲。這樣一間小矮人餐廳，讓載夏很是滿意。

用完這心滿意足的一餐後，兩人並肩走在巷子裡。街燈優雅地照亮了昏暗的巷弄，輕輕吹過的微風讓海仁身上的香味飄散。海仁在這時握住載夏的手，載夏嚇了一跳，轉頭看著海仁，只見海仁俏皮可愛地望著她。那一刻，載夏感覺自己真的墜入了情網。

兩人漫無目的地走著，手掌貼合的感覺令載夏繃緊了全身的神經。走沒幾步路，海仁停下了腳步。

「這裡就是我的工作室。」

海仁用眼神示意。載夏順著她的目光看過去，看到一棟小巧的兩層樓建築，牆壁漆上了鮮亮的黃色。他跟著海仁一起進到工作室，展覽那天見到海仁時所聞到的肥皂香與顏料氣息迎面而來。海仁熟練地綁起頭髮，穿上沾滿顏料的圍裙。只有在工作室才能看到這個模樣的海仁，載夏覺得這樣的她比任何時刻都美。

「你慢慢參觀吧。」

海仁留下載夏，接著便不知消失到哪去了。載夏悠閒地參觀著工作室。工作室一角的畫架上，擺著海仁創作到一半的畫作。顏料散落在畫架旁，已經畫好的作品則斜斜地擺在每一面牆邊。靜靜看著那些畫，載夏感覺自己就像在窺探海仁的日記。

一陣咖啡香飄來，載夏轉過頭去，便看見海仁拿著咖啡杯走了過來。

「嗯，很不錯耶。」

載夏坐到工作室一角的老舊沙發上。

「很亂吧？」

海仁看了看工作室，看著那些隨意擺放的花盆搖頭。
「我覺得很不錯啊，很有人的氣息，感覺非常溫馨。」
這是載夏發自內心的感想。無論海仁是什麼樣子他都喜歡。
「我們聊聊那幅畫的事情吧。那個男孩在那邊做什麼呢？」
載夏想多了解海仁送他的那幅畫。
「那天我哥被我爸罵了，然後就跑到燈塔底下去哭。那時候我不知道我哥哥為什麼要那樣，但前陣子我終於懂了。」
載夏曾經想過，海仁的哥哥會不會就是他記憶中的那名少年，但最後還是否定了這個想法。畢竟若真是他想的那個人，他們應該就曾經待在同一個時空，那他應該會對畫中的少年有印象。
「我爸爸是個很權威的人，那天之後，我哥哥就沒有再違抗過爸爸的指示或命令，他整天只顧著讀書。」海仁苦澀地笑著。
「為了不引起爸爸的注意，我整天躲在房間裡面畫畫。」
「原來畫畫是妳唯一逃避的方法。」
載夏似乎能理解為何海仁看起來這麼孤單。
「畫是我的靈魂，也是我自己。就算我消失了，這些畫也會留下來。」海仁聳聳肩。

「這是當然的，作品一定能保留一部分的妳。那現在呢？妳跟妳爸爸的關係還是這樣嗎？」

海仁笑著搖了搖頭。

「我一滿二十歲就搬出來住了。我一直在等這一天，希望能擺脫那個令人厭倦的家。」

海仁手指著天花板，又補了一句說：

「這裡的二樓就是我的避風港。」

＊＊＊

連續好幾天，蓮花都感到不安。無論工作再忙碌，但只要急診室的門一開，她還是會緊張，擔心那幾個男人再度闖進來。昨晚她接到刑警的電話，刑警說懷疑叔叔一家的死確實跟那些男人有關，還說很快會釐清這之間的關係。蓮花終於有鬆了一口氣的感覺。被這些人綁走已經是十天前的事了，那天要不是海秀，她恐怕也已經跟叔叔一家人一樣，必須迎接死亡的命運。

凌晨她回到值班室休息。這段時間只要沒有緊急呼叫，她今晚應該能好好躺在床上睡一覺。但才剛躺到床上，海秀說過的那些話一下子在她腦中浮現，讓她怎麼也睡不著。能看見過去的詛咒……詛咒是從「孩子」出現，要從海秀身上找某樣東西時開始的。只要「孩子」找到那樣東西，海秀就能擺脫詛咒。詛咒開始的那天，就是她第一次來急診室報到的那天，而「孩子」就是海秀在叔叔的過去看見的九歲蓮花。她得在海秀身上找什麼？要找到什麼，才能夠解開海秀的詛咒？

海秀說僧人曾經來找他。僧人也曾經來找過蓮花，說她必須找到回媽媽身邊的方法，去到媽媽所在的地方。會不會是她得從海秀身上尋找「去到媽媽身邊的方法」，等她找到並離開後，海秀的詛咒才能解開？若真是如此，那她要去媽媽身邊又跟海秀有什麼關係？

這時，蓮花注意到放在桌上的一本書，那是玄武讀到一半的書。

《螭之愛》

看到這本書，蓮花突然想起千熙過去也曾提過這本書。她拿起那本書來翻看，不自覺地一頁接著一頁看下去。她現在似乎終於能明白，千熙為何這麼喜歡這本書。只是累積了多天的疲勞，讓她再也無法抬起沉重的眼皮。在讀到故事的結尾之前，蓮花便睡著了。

年幼的蓮花跟一名少年一起在蓮花盛開的池子邊奔跑。

「你看那邊。」

蓮花指著開滿白色與紅色蓮花的蓮池。

「我們去那邊看看吧。」

少年指著越過蓮池上方的那座橋。兩人手牽著手來到橋邊，蓮花才剛走上那座橋，便注意到寫在木頭牌匾上的字。

「天愛橋」

此時，不知從哪走出一名僧人，來到兩人身後說：

「只要在池子裡的蓮花盛開時，跟戀人一起從天愛橋上走過去再折返，這段姻緣就會有上天的祝福。但如果不是上天促成的姻緣，便無法再從對面走回來。」

年幼的蓮花與少年互看了一眼，淘氣地笑了出來。他們來到開滿紅、白色蓮花的神秘蓮池邊。注意到花朵之中似乎有什麼在閃爍，蓮花便伸長了手想去撿，只是少年的動作比她快了一步。

「那是什麼？」

她想看看少年手裡的東西，一個男人的聲音卻在她耳邊響起。

「蓮花，妳這段時間不能到水邊去，水鬼會來把妳抓走。」

蓮花瞬間嚇醒過來。她看了看四周，發現房裡一個人也沒有。

「那是爸爸的聲音……」

雖然最後一次聽見父親的聲音，已經是十九年前的事，但她還是一下子就認出那是父親。這次也是預知夢嗎？那個閃著光芒的東西是什麼呢？她要找的東西，會不會就在開著蓮花的蓮池裡呢？

蓮花衝了出去。她得找到開著蓮花的蓮池，那裡說不定有方法能解開海秀的詛咒。電梯門一開，她正想衝進去，玄武卻先走了出來。

「妳急著要去哪？」

蓮花進到電梯，一邊按下一樓的按鍵一邊答道：

「我要去看蓮花。」

玄武兩眼渙散地看著她。

「啊，那個三樂公園嗎？妳怎麼突然要去看蓮花？」

玄武伸手指著公園所在的方向，蓮花點點頭並按下「關門」鍵。電梯開始向下，突然在五樓停下開了門，載夏走了進來。

「妳要去哪？」載夏問。

「你呢？你要去哪？」

載夏穿戴整齊，頭髮也梳得十分有型，任誰來看都知道他是要去約會。

「約會啊。多虧了妳，我認識了一個很棒的女生。」

蓮花看著載夏，她突然覺得眼前的滿臉笑容載夏變得模糊，並有那麼一瞬間，與一個滿臉悲傷的幻影重疊在一起。

幻影中，載夏坐在能眺望南荷島海灘的餐廳裡。他正在翻找自己灰色夾克的口袋，不知在找什麼。一陣腳步聲傳來，一名女子來到他面前。女子才坐下來，便顫抖地說：

「我們別再見面了。」

「這……是什麼意思？為什麼……這麼突然？」

載夏慌亂得不知如何是好，視線無處安放，他似乎不願意相信自己的耳朵。

就在此時，載夏拍了拍蓮花的肩。
「妳不走喔？在想什麼？這麼專心？」
眼前的幻影消失，帶著燦爛微笑的載夏重新回到蓮花眼前。記得母親曾說過，蓮花有看見他人未來的能力。剛才的幻影，難道就是載夏的未來嗎？
看著催促自己離開電梯的載夏，蓮花暗自祈求他能獲得幸福。
「希望載夏務必跟他的對象一直幸福下去。」
走出電梯，蓮花又想起一個多月前，她跟海仁見面時看到的幻影。當時的感覺與稍早從載夏身上看到的幻影十分相似。也就是說，當時她所看到的影像會是海仁的未來嗎？
「不可能的。」
蓮花甩了甩頭。這時，一名男性的嗓音在她耳邊響起。
「什麼東西不可能？」
蓮花猛然回頭一看，是海秀站在她身後正上下打量著她。
「妳要去哪？」
一看到海秀，稍早那股不祥的預感便逐漸消退。
「我們去看蓮花吧。」

她勾起海秀的手臂答道。

「蓮花？」

蓮花帶著海秀來到停車場。玄武所說的三樂公園，就在海東市舊市區的西邊。現在會有蓮花開著嗎？夢中的蓮花可是開得很美呢……

海秀似乎是猜到了她的想法，突然開口說：

「聽說今年第一批蓮花開了。」

原本看著窗外的蓮花，轉過頭驚訝地看著海秀。

「是我昨天在新聞上看到的，說蓮花開了。」

海秀嘻嘻笑了笑。蓮花還是頭一次見到他這麼開心的模樣。他們在太陽下山之前抵達公園，不知不覺已經來到六月的尾聲，晚上的氣溫已經比以往高上許多，現在即使不穿罩衫，入夜也不會覺得冷了。

兩人下了車，蓮花來到公園地圖前。這座公園有八個足球場那麼大，分為許多不同區域。季節花區春天是油菜花，夏天是向日葵，秋天是大波斯菊。野花區則由數十種野花群落組成。除此之外，上頭還寫了不少詳細的說明，但蓮花並沒有細看這些資訊，而是尋找蓮花池的所在區域。畢竟公園佔地如此廣大，要在太陽下山之前全逛過一遍，想必是不可能的事，因此她決定只去蓮花池看一看。

蓮花跟海秀並肩走在種滿了高大水杉樹的林間小路上。騎著雙人自行車的一對情侶，開心地從他們身旁經過。蓮花悄悄握住海秀的手，海秀驚訝地微微縮了一下。

「妳的名字取叫蓮花，有什麼特別的意思嗎？」海秀生硬地看著前方，不敢看向蓮花。

「我媽媽說，取這個名字是希望我能保有本性，在骯髒的地方也能不被世界影響，並希望我能淨化這個世界。」

蓮花笑著答道。記得要上小學前，她跟爸媽一起吃晚餐的某一個晚上，她也曾經問過媽媽同樣的問題。「媽媽，我的名字為什麼叫蓮花？」小蓮花問完，母親則像稍早她回答海秀那樣，以同樣的方式回答小蓮花。

蓮花池被蒼鬱的森林包圍。兩個圓形的蓮池連在一起，形狀乍看之下就像個雪人。沿著蓮池入口處的看板走去，第一座蓮池種的是白蓮花，第二座蓮池種的則是紅蓮花。兩座蓮池以拱橋連接，蓮池邊緣則是木棧道環繞，無論站在哪個方向，都能好好欣賞蓮池。

蓮花帶著悸動的心情走向第一座蓮池。不知為何，她並沒有看見蓮花，只看見巨大的蓮葉漂浮在水面上。跟在她身後的海秀顯得有些失望。第二座蓮池會有蓮花嗎？

蓮花與海秀過了橋來到紅蓮池，池子十分廣闊，若想找到蓮花，就只能沿著池邊仔細觀看。得要走多久呢？不知不覺，西方的天空已被夕陽染紅，西下的太陽正發出橘紅色的光芒。

此時，蓮池邊緣的一片蓮葉獨自發出光芒。神秘的光芒吸引了兩人，他們走近一看，發現那裡正開著一朵白蓮花與一朵紅蓮花，跟蓮花夢中的情景一模一樣。

蓮花靠在欄杆上彎下腰試圖拉近與花的距離。

「這樣太危險了。」

海秀在後頭扶著她的腰。感覺到海秀的觸碰，蓮花微微縮了一下。她專注地在蓮花中尋找亮光，但遺憾的是，那兩朵花上什麼也沒有，只有螢火蟲在四周飛舞。

「妳到底想找什麼？」在她身後的海秀問。

「我沒有要找東西。」

蓮花含混帶過，下了欄杆轉身，才發現海秀的臉在眼前。她瞬間紅了臉，心跳快得幾乎要衝出胸膛。

「這些花就跟妳一樣美。」

海秀低聲說。蓮花情不自禁地吻了海秀。而就在她親吻海秀的那一刻，一陣風吹來，花的香氣包圍著兩人。時間彷彿靜止了，蓮花什麼也聽不見，只能聽到海秀的心跳聲。這似乎不是錯覺，時間是真的停止了。風、雲、行人、在兩人周圍飛舞的螢火蟲，全都停下來了。

「妳……妳這是在做什麼？」

海秀的臉紅得像熟透的蘋果。太陽已經完全沉入地平線，火紅的天空逐漸暗了下來。他們該回醫院去了。

「走吧。」

兩人牽著手往連接兩座蓮池之間的橋走去。

「以後我們每年都一起來吧。」

走在橋上，海秀一邊說。蓮花跟著他走，眼睛不經意地看見掛在橋上的牌子。

「天愛橋」

她內心暗自決定，走過這條橋之後，她就不要回到媽媽身邊，要永遠跟海秀待在一起。

兩人快抵達停車場時，海秀接到醫院打來的電話。不知是什麼事，海秀神情嚴肅地掛上電話，並焦急地告訴蓮花：
「我得趕快回醫院了。」
「發生什麼事了？」
蓮花也跟著加快腳步。
「這個嘛……」
海秀沒有繼續解釋，只是焦急地加快腳步。
「你先回去吧，我想在這邊再散步一下。」
蓮花話才說完，海秀便以驚人的速度跳上車子，轉眼間便消失在蓮花的視線範圍內。蓮花獨自留下，苦惱著該去哪才好。這時，她突然想起海仁曾經邀請她去工作室的事，便決定去拜訪海仁，剛好也能順道叮嚀她務必小心車禍意外。
海仁的工作室就在藝術家之街的中央。難得來到工作室，蓮花興奮地站在門前。才要敲門，她便聽見裡頭傳來男人的笑聲。真是意外，海仁的工作室竟有男人出沒？看來她應該是跟上次說的那個男人在一起。蓮花不願影響海仁的幸福時光，便靜靜轉身離開。
蓮花在巷子裡閒逛，最後停在一間燈光特別明亮的飾品店前。展示架上陳列的許多飾品，在白色的燈光照耀之下，那些飾品如星星一般閃爍。蓮花像是著了魔一樣開門入內，一名年輕女店員面帶微笑上前迎接。蓮花來到展示架旁，看著放在架上的戒指。不知偶然還是命中注定，她注意到一枚雕成蓮花形狀的戒指。注意到她的目光停留，店員趕緊從架上拿下那枚戒指問道：

「您要不要戴戴看呢？」

蓮花點了點頭並伸出手。店員替她戴上戒指，而戒指就像為她量身打造一樣，與她的手指完美貼合。

「這戒指找到主人了呢。」店員露出歡快的笑容

「請幫我包起來吧。」

蓮花想也沒想便決定買下這枚戒指。

「我們提供在戒指內側刻字的服務，您想刻什麼呢？」

「請幫我刻H.Y.H。」

店員要蓮花稍候，便帶著戒指進到加工室。蓮花望著窗外等待刻字完成時，竟意外在窗外的人群中看見兩張熟悉的面孔。那是海仁與載夏，兩人看起來好幸福。

稍後，蓮花便戴著剛買下來的戒指離開飾品店。現在該回醫院去了。她沿著原路返回，卻在此時看見一個站在巷尾注視著她的熟悉身影，是那名僧人。

「您在這裡做什麼？」

蓮花遲疑了一會兒，還是決定走上前去。僧人垂眼低聲說道：

「幸好妳躲過了上次的危險。」

蓮花暗暗吃驚。上次的危險？難道是被那群男人拖走的事嗎？

「但危險未來將越來越頻繁，強度也將越來越高。」

僧人的聲音在寂靜的巷弄裡迴盪。

「我有一個心愛的人，我不想離開他身邊。」蓮花說。

「妳說的是那個受詛咒的人嗎？」僧人問。

「醫生的詛咒跟我有關嗎？」

她驚訝地追問，希望能得到答案，僧人卻沒有回答。

「看來真的是因為我。因為我是仙女的女兒……因為我在這裡……」

意識到海秀的詛咒與痛苦都是自己造成的，蓮花便開始煩惱是否真的該回到母親身邊。

「如果我回到媽媽身邊……」

「他也將能夠擺脫詛咒。」蓮花低下了頭。

「……那我要怎麼做才能回到媽媽身邊？」

「就像妳母親做的一樣，妳也可以用一樣的方法離開。妳得快一點，沒剩多少時間了。」

「時間？是說該回去的日子嗎？」蓮花抬頭驚訝地問。

「是的。妳務必小心，妳身邊有很多會對妳造成阻礙的人。」

僧人沒有正面回答，只是留下最後一句話，便敲著木魚消失了。

＊＊＊

海秀感到十分燥熱。而之所以會覺得熱，是因為稍早升高的體溫。此刻，他仍覺得臉紅心跳。海秀的思緒，還停留在稍早與蓮花親吻的那一刻。在那樣的距離下，他能聞到蓮花身上飄出的花香。

過去他始終覺得，自己沒能脫離父親獨立，像父親的傀儡，實在沒有什麼資格去談愛一個人，也沒有資格去愛人。但對蓮花的感情，卻像一道閃電劈醒了他。認識蓮花之後，他才覺得自己終於破殼而出，重獲新生。每一次跟蓮花待在一起，他都能感受到舒適、溫暖與愛意，那使他早已死去的心得以復甦。認識蓮花之前，他的食衣住都在醫院解決。「衣」只需要手術服與醫生的白袍，「食」則是時間到了就會供餐的院內餐廳，或是別人買來卻放到冷掉的微波食品、外送餐點等。「住」則是值班室的床鋪。曾經，他的生活裡只有醫院，是蓮花拉著他的手，帶他走到外頭的世界。

快到公園停車場時，海秀接到從醫院打來的電話，話筒那頭是玄武著急的聲音。

「醫生，你可能要趕快回來醫院。」

「發生什麼事了？」

「你父親……總之，你趕快回來就是了。」

玄武話說到一半便沒有說下去，雖然不知道究竟發生了什麼，但直覺告訴他，肯定是什麼不尋常之事。蓮花要他先離開，海秀便趕緊開車往醫院的方向前進。回醫院的路上，他一直在想像可能的情況。父親究竟發生什麼事了？

海秀隨手將車停在救護車停靠區便衝進急診室。見他衝了進來，尹護理師隨即迎上前去，將白袍交給他。他快步移動，一邊穿上白袍一邊問道：

「發生什麼事了？」

尹護理師沒有回答，只是要他去急救室看看。人類的直覺雖始終無法用科學驗證，但有時仍然準確無比。聽完護理師的話，海秀愣了一愣，先是停下腳步，隨後才又快步往急救室去。急救室裡，玄武正在替患者做心肺復甦術。海秀在門邊停下腳步，沒能跨出最後那一步。

「醫生。」

玄武抬起汗濕的臉看著海秀。海秀這才小心翼翼地來到患者身旁，躺在床上的患者一如他預期，正是他的父親。他腦袋一片空白。父親為何會躺在這裡？除了滿腦子的疑問之外，他想的只有必須救活父親。他下意識將手按在父親胸口，他能感覺到自己的雙手不停顫抖。

「爸，你怎麼躺在這裡？快起來啊。」

沒能好好看著父親的臉，他再度不自覺地閉上雙眼。黑暗迅速降臨，他在黑暗之中徘徊，隨後發現不知從哪照進來一道紅色光芒。光芒之中，他能看見有人向他招手，要他跟上腳步。那挺著腰桿走在前頭的背影，一看就知道是他的父親。

他跟在父親身後，逐漸走入父親的過去。父親站在一個不顯眼的位置，正以嚴肅的表情和某人通電話。父親的身後，有一艘逐漸被烈焰吞噬的巨大船隻。眼前的情景，使海秀的心跳快得就要窒息。他試著調整急促的呼吸，卻逐漸感覺雙手無力、意識模糊。

玄武微弱的聲音在他耳邊響起。

「醫生，振作點。」

海秀吃力地抬起眼皮，他的意識離開那陣濃霧，回到熟悉的急救室。他轉頭看了看四周，依序看見住院醫生們、玄武與父親。接著他看了看病患監控裝置，心電圖上能看出父親的心臟依然在跳動。他又轉頭看著玄武，玄武扯起了半邊嘴角對他微笑。父親的心臟還在跳動。

清醒過來後，海秀來到急救室外找母親。母親就站在拉上窗簾的急救室窗外。

不知道是不是因為情況太緊急，她連衣服都沒能穿好，腳上還套著拖鞋。

「這是怎麼回事？」

「你爸爸突然倒下了，不知道是怎麼回事。」

海秀點點頭，這是心肌梗塞患者經常有的現象。這時玄武離開急救室，海秀叫住了他。

「幫他做一下EKG（心電圖）和cardiac enzyme（心肌酵素）。必要的話再做Echo（心臟超音波）。」

對玄武下達完指示，海秀便帶著母親前往病患家屬休息室。

「海秀，你爸爸不會有事吧？」母親的眼淚彷彿立刻就要潰堤。

「得看檢查結果才知道。」海秀低著頭答道。

「最近他有說哪裡不舒服嗎？平常有在吃什麼藥嗎？」

「沒有。他沒有什麼不舒服的地方，身體健康沒有什麼問題。」

母親搖搖頭，臉上的表情像在說，她怎麼也想不通為何會發生這種事。海秀雙手摀著臉，既然父親身體一直都很健康，那又為何會突然發生這種事？

父親是他們家的司令官，他認為家人是專屬於他的物品。父親的話就是命令，是至高無上的法律。他們一家人只能聽從父親的指示，違抗便會受到懲罰，母親也不例外。在他成為實習醫生之後，他終於能離開這樣高壓的環境，得到一絲喘息。

後來，忙碌的住院醫生生活讓他必須住在醫院，因此他自然搬離家中。至於妹妹則比他更早離家，畢竟妹妹本就是個獨立的孩子。孩子們一一離開自己，讓父親十分憤怒，甚至還要他們永遠都別再回去。而夾在他們之間的母親，是最感到為難的人。

「你爸爸前幾天開始一直在說些奇怪的話。」海秀轉頭看著母親。

「說有戴著黑帽子的男人跟著他。」海秀瞪大了眼睛。

「這是什麼意思？」

「我也覺得很奇怪，所以就追問了一下，他指示說他不管去到哪裡，那個男人都會出現。」

「那個男人是誰？他只有說這些嗎？」

母親搖搖頭，表示不清楚。海秀陷入沉思。跟著父親的男人究竟是誰？父親難道跟誰結怨了嗎？記得在他國中三年級的時候，父親突然辭去原本的工作，之後便一直過得很不開心。

「海秀，你爸爸不會有事吧？」

父親必須繼續待在那裡，他不能突然離開家人。他必須看著家人的痛苦，並跟著承受同樣的痛苦。

「不會有事的。」

他終於忍不住重重嘆了口氣。無論發生什麼事，都必須要把父親救活。父親的心臟為何會突然停止跳動？他必須查明原因。父親被挪到觀察病況發展的床位。由於不清楚實際的病因，無法決定要交由哪一科負責，無法讓住院科接手。父親的心臟雖然恢復跳動，意識卻依然沒能回來。

接近午夜時分，檢查結果出爐。海秀透過護理站的電腦查看檢查結果，結果一切正常。父親倒下的經過、他親眼確認到父親的身體狀況、父親身上出現的症狀等……難道有什麼他漏掉的可能嗎？除了父親的心跳一度停止之外，並沒有任何其他問題。海秀指示玄武去做所有能做的檢查。若不找出原因，父親的心跳便可能再度停止。

整夜，他所有的注意力都集中在父親身上。即使在治療其他患者，他的視線仍忍不住往父親的方向飄去，幸好沒再出任何意外。父親的心跳正常，只是陷入了沉眠。他不能一直待在急診室，最後決定挪到加護病房，而主治醫生就是海秀。

早上完成交接，海秀正準備回到值班室，尹護理師卻叫住了他。

「姜醫生。」

回頭一看，尹護理師面露難色地站在那。

「院長說要找你。」

尹護理師說。海秀心想，該來的還是來了。肯定是有人看到他的失誤，並向院長報告了。

海秀立即前往院長室。他就像被叫去教師辦公室的學生一樣，感覺自己緊張得口乾舌燥。他做好心理準備後開門入內。

「快過來。」

院長坐在沙發上等他。他低著頭，也跟著坐了下來。

「你父親怎麼樣了？」

「心跳是回來了，但還沒有意識。」

面對院長客套的問候，海秀給出最誠實的回答。

「好，你應該很擔心吧？」

他沒有回答，只是維持沉默。依照院長的個性，接下來要說的話才是真正的重點。

「除此之外還有其他問題嗎？我聽說你最近狀況似乎一直不太好。」

院長皺著眉，態度跟兩個月前他提離職時可說是天壤之別。

「我是因為你父親，所以才希望把你留在醫院。但我現在在想，當時你說要休息，是不是就該讓你去休息……這真是……」

海秀深深嘆了口氣，他實在沒臉見院長。

「所以我說你啊，接下來就暫時別接病患了。」

「這是什麼意思？什麼叫不要接病患了？」海秀抬頭看著院長。

「我不會要你離職或停職，我會讓你繼續待在急診室，只是希望你不要動手，看著就好。」

「我拒絕，這我做不到。我好歹也是醫生，看到有人要死在自己眼前，我怎麼有辦法袖手旁觀？」海秀大聲了起來。

「難道你是希望所有患者都死掉嗎？」

院長毫不猶豫地回應，讓海秀一時之間說不出話來。確實，不過就在幾天前，一名能救活的患者因為他的失誤而送命。

「但……我還是做不到，我會想辦法克服的。」

海秀低聲回答。其實這也是他對自己的承諾。

「你就專心治療你父親吧。」

院長果斷下達指示。他沒有做任何回應，只是默默離開院長室。

回到值班室，他躺在床上呆看著天花板，腦海中全是昨晚看到的父親的過去。父親的過去向他透露的訊息，遠比他所知道的還要更多。他翻來覆去，過了好一段時間才終於入睡。不知究竟睡了多久，他感覺有人在他耳邊低語。

「你愛的三個人會在你眼前死去。」

海秀猛然驚醒。他渾身起雞皮疙瘩，寒毛全都豎直了起來。看了看四周，才發現玄武正坐在桌子前面，正夾起一口泡麵準備往嘴裡塞。

「你怎麼了？做了什麼惡夢嗎？」

那似乎是個夢，但要說是夢，那聲音在耳邊響起的感覺又太過生動。那聲音就跟每年夏天都會來警告他的男人一模一樣。究竟是怎麼回事？海秀雙手摀著臉。當他因為被詛咒而徘徊於絕望時，他一直忘了那個夢中的聲音。夢中那人說的話難道是真的嗎？如果是真的，那他所愛的三個人，其中一個該不會是父親吧？

「你怎麼了？到底做了什麼夢，怎麼嚇成這樣？」

玄武把泡麵塞進嘴裡，含糊地說道。

「我不在的時候，有沒有一個僧人來過？」

海秀一邊擦去額際的汗水一邊問。

「啊，僧人？那個僧人是南荷島半山腰七星寺的僧人。最近都沒有看到他耶，怎麼了嗎？你見到他了嗎？」玄武心不在焉地回答。

「沒什麼，你快吃吧。」

海秀離開醫院，驅車前往南荷島。身體十分硬朗的父親突然病倒卻無法查明原因，這難道也是神的詛咒？夢中那個聲音又是怎麼回事？神的詛咒究竟打算把他逼到什麼地步？

他一路狂飆，不斷變換車道，其他用路人不悅的喇叭聲也隨之響起，他不滿地破口大罵：

「該死，到底是要怎樣？到底想要我怎樣？」

一路上不斷蛇行變換車道，海秀終於來到南荷島的環山公路。車子沿著山路往上攀登，從車窗望出去，便能看見山腳下櫛比鱗次的房屋坐落。到了半山腰處，火紅的晚霞照入車內，實在美不勝收。只是海秀此刻無暇欣賞夕陽。過了山腰沒多久，便能看見牆上掛著寫有「七星寺」的小牌匾。七星寺，其實他也知道這間寺廟。國中二年級的時候，母親曾經帶他來過這裡。母親經常到寺廟裡參拜，海秀卻是只來了幾次便沒有再來，沒想到如今反倒是寺裡的僧人主動找上了他。

才一下車，山裡便起了霧並下起雨。他從後車廂裡拿出雨傘，撐著傘爬上階梯。來到階梯頂端，穿越四大天王門後，眼前又是另一道令人兩眼發黑的長階梯。他從沒仔細數過，但據母親所說，這道階梯共有一〇八階。長長的階梯兩旁是蒼鬱的樹木，如隧道般將階梯包圍。海秀吐了口氣，接著開始登上階梯。每吸一口氣，被雨水打濕的土壤與森林氣息便在他的胸中翻騰，憤怒也逐漸平息。除了落在傘上的雨水聲、他攀爬階梯的腳步聲及風吹過樹葉的沙沙聲之外，再也沒有其他聲音。

爬到階梯中段時，樹林中的霧氣逐漸瀰漫開來。他站在階梯上抬頭看，發現看不見階梯的盡頭。這階梯彷彿通往天國，莫名令他害怕。他鼓起勇氣再度邁開步伐，但不知從哪來的一陣風自樹木之間吹過，那聲音乍聽之下有如女人的啜泣聲。

他感到背脊發涼。他停下腳步看了看四周，一個人也沒有。

終於來到階梯頂端，眼前是一個小小的中庭，正中央則是寺廟的大雄殿。他站到大雄殿的屋簷下稍事休息。這座大雄殿背山望海，建立在穩固的基座上。海面上雲的高度非常低，乍看之下宛如大海蓋了一條白色的棉被。眼前的景色，讓海秀感覺自己彷彿置身天國。

這時，僧人不知從哪來到他身旁。

「您這樣看，感覺怎麼樣呢？」

僧人的聲音穿透雨水竄進他的耳裡，他沒有回應。他可不是為了到七星寺看風景，才特地跑來這的。

「我父親倒下了，這也是神的意思嗎？不，這也是神的詛咒嗎？」

他大聲喊道。雨勢越來越大，雨水甚至噴進了屋簷下。頂著這麼大的雨勢，僧人也沒有撐傘，而是站在外頭淋著雨。

「你父親倒下是對你的懲罰。」

雨中，僧人的聲音低沉卻清晰。

「懲罰？這又是什麼意思？」海秀抓著僧人的僧服，憤怒地大吼。

「這你應該比我更清楚。我聽說每年都有一個人會去找你，提醒你這件事。」

僧人拍開海秀的手答道。聽完僧人這麼一說，海秀頓時想起夢中的聲音。僧人難道知道他的夢嗎？

「如果想知道懲罰的事，就去找他吧。」

「他？你是說來到我夢中的他嗎？」僧人點點頭。

「我要去哪裡才能見到他？」

「他就在不遠處，你很快便能見到。」僧人說完便轉身離去。

「等、等一下。你說的那個孩子是蓮花，對吧？沒錯吧？」

海秀趕緊拉住僧人，只是僧人既沒有否定，也沒有給出肯定的答覆。

「將神的東西還給那孩子，這一切就會結束嗎？還有別的嗎？」海秀大喊。

「那孩子帶著神的物品回去後，你就能擺脫詛咒。」

「回去？回去哪裡？」

「回去那孩子該在的地方。」

「她……要離開我嗎？」海秀的聲音不斷顫抖。

「回去只是離開這裡，並不代表死亡。只要還活著，總有一天會再相見的，是吧？前提是若你們兩個有緣。」

霎時間，一道閃電劈下，天空被閃電照亮，隨後隆隆雷聲傳來。雨傘自海秀的手中掉落，在地上滾了幾圈。強勁的雨水打在海秀身上，僧人清晰的嗓音再度傳入他耳裡。

「你要記住，若找不到那東西，那孩子就會死。」

僧人提醒海秀，千萬別忘記這件事。海秀雙腿發軟癱坐在地。現在該怎麼辦才好？難道他只能束手無策地看蓮花遭遇死亡嗎？

「等、等一下。蓮花為何要找神的東西？她是為了找那東西才接近我的嗎？」

「這就只是那孩子的命運。」

「這是什麼意思？什麼叫做命運？」海秀大喊道。

「你得加快腳步，死亡的影子正逐漸逼近那孩子。」

海秀的拳頭往地面砸了過去。該死的神到底在哪裡？不直接現身，究竟躲在哪裡？

「你要記住，你們身旁有人會出手阻撓。那個人很快就會開始行動，最終之日就要來臨。」

僧人敲著木魚離去，海秀抬頭，僧人卻已消失得無影無蹤。

海秀帶著混亂的思緒離開七星寺。僧人說找到神的東西蓮花便會離開，若不將東西還回去蓮花便會死。無論怎麼做，都不可能改變他將與蓮花分離的事實。難道就沒有任何方法能留住蓮花又解開詛咒嗎？

回到醫院，海秀立刻前往加護病房。父親仍躺在病床上，仰賴機器維持生命。今天早上做的每一種檢驗，結果都是正常無異狀。從醫學上來看，父親沒有任何問題。身體功能雖正常，卻始終沒有恢復意識。比起檢查出任何異常狀況，這樣的結果反倒更糟。如果檢查出問題，還能動用所有手段跟方法來治療。但由於沒檢查出任何問題，便不知從何下手。不知從何解決當前的困境，除了祈禱奇蹟出現之外，實在也別無他法。

無意識地躺在病床上的父親宛如一尊蠟像。雖然有著人的臉孔，卻缺少了人的氣息。失去了「人性」，僅僅只是「存活」。生命徵象顯示父親仍然活著，但沒有任何意識卻跟死去沒有兩樣。不知這樣究竟是救活了父親，還是延遲了死亡的到來。若能像機器人一樣有顆重新開機鍵，那不知該有多好？

海秀小心翼翼握住父親的手。長大後第一次握父親的手，感覺厚實且溫暖。只是這樣一雙手，卻終其一生都在操控家人。是他親手救活了這樣的父親，讓父親如今還能躺在自己面前。他意識到無論父親再如何權威，在神的面前終究也只是個脆弱的人類。

「快醒醒啊，爸。」

話才說完，海秀便聽見身後傳來動靜。轉頭一看，是蓮花站在那。

「他很快就會醒來的。」

蓮花拍了拍海秀的背。事情確實該如此發展，父親必須醒來。對於父親的過去，海秀有些話非說不可。

海秀帶著蓮花離開加護病房。看到蓮花，他至少覺得心裡輕鬆了一些。

「聽說你去找僧人了。」

經過加護病房前的家屬休息室時，蓮花開口問道。海秀看了她一眼。不知從何時開始，許多他沒有特別說出口的事，身旁的人卻都能瞭若指掌。上次是載夏擔心他的狀況，這次則是蓮花詢問他的行蹤。僧人說蓮花要找屬於神的東西？難道蓮花真有什麼特殊能力？

「我是聽玄武前輩說的。」

他這才想起來，玄武知道他去找僧人的事。混亂的思緒讓他忘了事情的前因後果，還以為蓮花真的有特殊能力。

「我是想說或許真能查出什麼線索。」

兩人並肩走在走廊上。醫院入夜後也不會關閉照明，日光燈將整條走廊照得燈火通明。

「有查到什麼嗎？」

從蓮花的眼睛裡，可以看出好奇與不安的情緒。

「我想，這件事情果然跟妳有關。」

蓮花靜靜聽著，沒有做任何反應。

「妳要找的究竟什麼？」

「我要是知道，那現在應該已經找到了。」蓮花搖頭。

海秀心想，既然蓮花要找的東西在他身上，就表示他見到神的那天，也同時見到了蓮花。對於那是哪個日子，他心裡已經有了一個底，只是他始終沒能輕易說出口。

「那天……我不知道這是不是跟詛咒有關，但我第一次見到妳的那天，我做了一個夢。每年夏天我都會做同樣的夢，今年是在二月的時候夢到的。」

「那是怎樣的夢？」蓮花看著他。

「我以前常常做那個夢。那是一個下雨的夜晚，有個男人來跟我講了一些話，可是每次從夢中醒來，我都會忘記他說了什麼。所以每年夏天一到晚上，我都會拿著筆記本睡覺，想說是不是能在做夢時把對方說的話記錄下來。」

「那你記錄下來了嗎？」海秀點頭。

「我寫下來了。但因為那夢持續好多年，每年都是同樣的內容，所以後來就沒寫了。」

「那本筆記本在哪？誰曉得呢？那說不定跟詛咒有關。」蓮花趕忙詢問。

「不太記得了。我只記得收在箱子裡……」

這時，一陣匆忙的腳步聲傳來，那腳步聲離兩人越來越近。海秀一抬頭，便看到一名長髮女子從走廊另一頭走來。那名女子朝兩人走了過來，並在兩人面前停下來。

「哥。」女子對海秀微笑。

「哥？」蓮花看了海秀一眼，隨後又看了那名女子，露出驚訝的神情。

「老師？」

「蓮花。」

這名稱呼海秀為「哥哥」的女子正是海仁。

「你們兩個認識啊？」海秀驚訝地看著蓮花與海仁。

「當然認識，我跟她很熟。」海仁看著蓮花露出微笑。

「你們是怎麼認識的？」蓮花吃驚地問。

「她是我妹妹。」

海秀噗哧笑了出來。三人驚訝地看著彼此，載夏也在此時來到三人身旁。

「海仁，妳為什麼會來醫院？」

「還會是為什麼？當然是有需要才會來啊。」

搶在海仁前頭，海秀沒好氣地答道。載夏的目光在兩人之間來來回回。

「你怎麼會認識海仁？」

海秀沒有回答載夏的問題，只是笑了一聲。他知道載夏喜歡的女生就是海仁，畢竟載夏掛在診間裡的那幅畫是出自妹妹之手，他不可能認不出來。

「這是我上次說的哥哥，親哥哥。」

海仁代為回答，載夏大吃一驚。

「那你們兩個又是什麼關係？」

海秀佯裝不知情地問道。載夏與海仁像才剛交往的戀人，深情地望著彼此。

「相愛的關係。」海仁答道。

見海仁這樣毫不掩飾的回答，海秀暗自吃了一驚。海仁過去是這麼成熟、這麼直率嗎？他從不曾看過海仁這樣直接了當地說出自己的事情，這似乎不是他所認識的海仁。但仔細想想，這或許才是海仁真正的模樣。一想到這裡，他便覺得海仁有些可憐。對海秀來說，海仁一直是靜靜待在房裡畫畫的妹妹。她從小文靜乖巧，從不曾惹過麻煩，要說唯一的問題，就是整天都待在房裡畫畫。他曾經以為妹妹是個內向、文靜的孩子，但看到跟載夏在一起的海仁是這麼活潑，便覺得或許是因為自己跟父親不和，使得海仁只能躲起來畫畫。一想到這裡，他莫名感到歉疚。

四人看著彼此，奇妙的緣分讓他們的心情難以言喻。海仁注意到，海秀與蓮花的關係，似乎就像她跟載夏。

「爸怎麼樣了？到底發生什麼事了？」海仁問。

「都是我害的」這一句話，在海秀的腦海中迴盪。

「不會有事的。」

海秀淡淡地回答，口氣裡缺少了自信。海仁則將手中的箱子交給海秀。

「這是你拜託我的東西。」

海秀神情複雜地看著那箱子。海仁想問些什麼，卻又有些遲疑，最後她只說會等會客時間再過來，便跟載夏一起離開了。看著海仁離開的背影，海秀不發一語，蓮花則看著他手裡的箱子問：

「這是什麼？」

「就是我剛才說的箱子。」

海秀在離開七星寺的路上打電話給海仁，拜託海仁把箱子帶到醫院來給他。他想，或許除了筆記本之外，還能從這箱子裡找回其他的記憶。

加護病房的門突然打開，護理師急忙跑出來大喊：

「醫生！」聽見這聲呼喊，海秀心頭一驚。

「幫我把這箱子拿去辦公室。」

把箱子交給蓮花，海秀便衝入加護病房。安靜的加護病房裡，機器的警示聲叫得震天價響。聲音來自監控患者狀態的機器，而那正是連接在父親身上的機器。螢幕上的心電圖已呈一直線，父親的心臟再度停止跳動。

海秀用顫抖的雙手按壓父親的胸口。他可不能就這樣讓父親離開，不能眼睜睜看著神把父親帶走，他可是醫生啊！無論發生什麼事，他都要把父親救活。他比任何時候都要迫切、都要堅決地按壓著父親的胸口。

「不行啊，爸。」

父親就像玩偶，一動也不動。他知道一旦放棄，父親就永遠不會回來了，因此他絕對不能停止。

「爸，你不能走啊，是我錯了，都是我的錯，拜託……」

海秀對父親大喊。但就在此時，床尾傳來一個啜泣聲。

「算了，海秀，算了，別再繼續了。」

轉頭一看，是母親與海仁站在父親的床尾。海秀知道，稍早指尖感應到的那一絲寒氣……他不想承認，但父親已經去到回不來的地方了。

海秀小心翼翼地將雙手抽離父親的胸膛。那一刻，他感覺自己的心防徹底崩潰。他趴在父親胸口，任由壓抑已久的悲傷爆發。他早已看過無數的死亡，但心愛之人的死帶來的感受依舊不同。他將再也無法與父親相聚、談論過往，更無法求父親原諒。哪天他遲來地對自己不成熟的作為感到後悔，也將無法再向父親懺悔。如今無論去哪，他都無法再找到父親了。

「爸，對不起。」

曾經掌控一家人的父親，如今化作細碎的灰燼離開了家人。人果真不該期待奇蹟的發生。

七夕之夜

四天後，海秀辦完父親的葬禮並回歸急診室的工作崗位。父親在沒有釐清病名與死因的情況下離開人世。無論是詛咒還是懲罰，最終事情發展都如僧人所說。身為醫生的他無法阻止父親的死，這件事一直折磨著他。面對神的詛咒，他有如一隻受困蜘蛛網的蝴蝶、逃不出漁網的魚。他突然好想念蓮花。只要能看見蓮花的微笑，他或許就能短暫擺脫這份煎熬。

海秀環顧四周，並沒有看見蓮花。這麼說來，他已經好多天沒見到蓮花了。蓮花是在值班室休息嗎？他來到值班室想找蓮花，正準備開門時，跟蓮花同期的住院醫生東赫上前來打招呼。

「你能幫我叫一下蓮花嗎？」海秀有些不好意思地說。

「你不知道嗎？蓮花已經消失好幾天了，現在事情鬧得很大。」

東赫顯得有些尷尬。確實，稍早大家都一臉嚴肅地聚在護理站交頭接耳，看來是因為蓮花搞消失的緣故。回想起來，海秀最後一次見到蓮花，就是父親去世前在加護病房外的走廊上。她該不會離開了吧？

不祥的預感襲上心頭。他打開值班室的門入內，蓮花的行李箱還原封不動地放在那。這是否代表她還沒離開？還是去到了不需要行李的地方？海秀努力想冷靜，心卻不聽使喚。無以名狀的不安壓在他的胸口。他猛然想起蓮花最後的表情，蓮花拿著那箱子去到醫生辦公室的表情。海秀突然感到難以呼吸，蓮花是不是在箱子裡找到了什麼，便拿著那東西離開了？

他趕緊離開值班室往辦公室跑去。他拜託蓮花帶上來的箱子就放在桌上。掃去積在箱子上厚厚的灰塵，海秀把箱子打開。裡頭放的都是他國中時用過的舊東西，卻怎麼也找不到該在箱子裡的筆記本。是蓮花帶走了嗎？海秀搖搖頭，蓮花沒有理由帶走那東西，因為筆記本不屬於神。他重新蓋上箱子，現在可不是找筆記本的時候，他得找到消失的蓮花才行。

海秀開著車往西川公園去。他也不敢確定蓮花就在那，只是他不知道蓮花可能去哪。他發現自己其實並不了解蓮花。從愛的燈塔到瞭望台都走了一遍，卻都沒找到蓮花的身影。擔心兩人可能擦肩而過，因此他站在草地中央環顧整座公園，還是沒找到人。他極力維持理智，前往三樂公園的蓮花池區，卻還是找不到蓮花。

「韓蓮花，妳到底去哪了？」

海秀坐在車裡，無力地靠在方向盤上。現在該去哪才好？接著他突然想起，在蓮花叔叔的過去曾經看見的那棟房子。那房子位在南荷島環山道路上，是一棟有綠色大門的房子。蓮花說過，她在那裡生活到十九歲。她該不會是去那了吧？

海秀決定不管三七二十一，先去那裡看看再說。過了七星橋，沿著蜿蜒曲折的環山道路攀爬，過了七星寺之後再往上一些，便來到車子無法繼續前進的地方。他把車停在空地，下車走進巷子裡。只能勉強讓一個人通過的狹窄巷弄如迷宮般延伸，一再反覆的上下坡令他逐漸疲憊。就在他覺得自己似乎一直在原地打轉時，他發現了一扇眼熟的綠色大門。

一走近，便能清楚越過低矮的圍牆看見院子。點著燈的屋內傳來人的交談聲與笑聲，煮飯的香味越過圍牆飄了過來。當他被笑聲吸引來到大門前時，有人打開緊閉的大門走了出來。短短的一瞬間，海秀透過敞開的門縫看見坐在屋裡的人，裡頭沒有蓮花。

「請問是哪位？」開門出來的中年婦女問道。

「我想找人。請問有沒有一位叫韓蓮花的——」

「這裡沒有你要找的人。」

海秀話都還沒說完，婦女便打斷他，海秀賠了聲不是便轉身離開。果然，現在是其他人住在這裡。都過了九年，這也是理所當然的事。

他拖著沉重的腳步走出巷子。回到停車的空地，發現那裡一眼就能望見南荷島的海岸線。海秀用手擦去額際留下的汗水，重重吐了口氣。他該回醫院了，他已經離開太久了。

上了車，他發動車子正打算離開，就透過車窗看見一條小巷。那是他沒走過的路，他決定最後去那裡看一看。看似沒有人進出的小巷，裡頭也有一些住家。一走近深處，便能看見另一扇綠色大門。為了最後確認一次，他開門入內，大門發出尖銳的摩擦聲。

「在嗎？裡面有人在嗎？」

他站在院子裡探頭探腦，一名頭髮花白的老婆婆走了出來。

「有什麼事？」老婆婆有些不耐煩地走上前來。

「我想找人，她叫韓蓮花。是一位臉白白的，長得像蓮花一樣的小姐。」

在沒有路燈照明的漆黑小巷裡，老婆婆的雙眼十分明亮。

「那位小姐剛剛出去了。」老婆婆說完後便轉身離開。

「不好意思，奶奶。」海秀趕緊拉住她，她便轉了回來。

「年輕人，你不用擔心，快回去吧，她不會離開，還有時間。」

說完要說的話，老婆婆便進到屋內。海秀獨留在原地，有些失神地愣在那，剛剛他聽到了什麼？心中的問題沒有問出口便得到答案，這樣的感覺真是奇妙。

海秀無精打采地回到了急診室。

「發生什麼事了？」

玄武一看見他便湊了上去，一路跟著他走到休息室。

「沒找到蓮花嗎？」

海秀只是用手抹了抹臉，沒有回應。

「蓮花好像在找東西，她會不會是去找那個東西了？」

玄武淡淡地說。海秀抬起頭來看著玄武，不知為何，總覺得玄武對蓮花的認識似乎比他更深。

「不會的。」他極力否認玄武的話。

「沒剩多少時間了……」玄武喃喃自語著。

「你知不知道蓮花有可能去什麼地方？」

心想或許玄武會知道些什麼，海秀像是抓住根救命稻草一樣追問。

「我去找找看吧，你別擔心，她應該沒有跑太遠。」

海秀好不容易才振作起來，繼續替病患看診。入夜之後，急診患者一一湧入急診室。如潮水般湧來的患者佔據他的思緒，沖淡了與蓮花有關的擔憂。

就在海秀替患者縫好小腿上的撕裂傷，走出處置室時，尹護理師叫住了他。尹護理師將電話交給他，說是玄武打來的。電話那頭，可以清楚聽見玄武的聲音。

「我找到蓮花了，她很快就會回醫院，你別擔心。」

＊＊＊

蓮花帶著海秀託付給她的箱子往辦公室走去。剛才跟海秀的那段對話，一直讓她很在意。該不該告訴海秀自己的母親是仙女？若說出這件事，會不會比較能幫助海秀找回記憶？但海秀會相信嗎？會相信世上真有神的存在嗎？回辦公室的路上，蓮花不斷思考。來到辦公室門口，她便決定明早要將這件事告訴海秀，因為只要海秀找回記憶，或許就能找到解開詛咒的方法。

她本打算把箱子放在辦公桌上便離開，卻突然對箱子裡的東西產生了強烈的好奇心。箱子裡究竟裝了什麼，需要特地拜託妹妹幫忙帶來？在好奇心的驅使下，蓮花打開箱子查看，裡頭裝的都是些老舊的雜物。她發現一本破舊的筆記，似乎就是海秀口中的那本。她拿起筆記本一頁頁翻看，裡頭寫的都是些瑣碎的小事。但就在翻到中間時，她突然停下手上的動作。那一頁密密麻麻的寫滿了字，是難以辨識的字跡複寫好多次所造成的。每一次都是用不同的顏色，從字跡之中，能感覺到書寫的人十分迫切。

成為醫生，去拯救人命吧。這是神給你的懲罰。神不允許你獲得幸福。在你最幸福的時候，你所愛的三個人將會在你眼前死去。

蓮花腦袋一片空白。海秀的父親會倒下，難道是因為這樣？她看著「會死去」這幾個字。該不會……

蓮花衝向加護病房。才一來到加護病房前的走廊，便能看見海秀的母親癱坐在門口痛哭。海仁站在她身旁，默默擦著眼淚。她來到加護病房前，看見玻璃門內的海秀。海秀把臉埋在父親胸口，整個人哭得不能自已。她很想進去抱抱海秀，但她最後決定離開。恐懼與罪惡感壓垮了她，因為若想阻止海秀遭遇的不幸，那她就必須離開。只要她離開，一切都將回歸原位。

蓮花趕緊離開醫院。她很想待在海秀身旁，但這個世界始終排斥她。她不屬於神界，也不屬於人界，她是不受歡迎的醜小鴨。她必須去唯一能接受她的地方，去到母親所在的地方。她得從海秀身上找到的東西，會不會就是前去尋找母親的理由？如今終於下定決心，她的課題成了該如何才能前往母親所在之處。她想起僧人曾經說過，可以用跟母親一樣的方法離開。霎時間，一段褪色的回憶閃過她的腦海。

蓮花搭上醫院前的排班計程車。在她的指引之下，車子顛簸地開在蜿蜒曲折的南荷島環山路上。錯綜複雜的巷弄裡，還留有十九年前她曾與父母一起住過的房子。她看著車窗外。太陽逐漸沒入南荷島的後山，山頂上只能看見最後一小部分的太陽，晚霞紅與天空藍形成美麗的漸層。緊鄰著的房屋中流瀉出燈光，與路燈和電線杆的橘黃色光芒一起照亮了巷弄。車窗外的風景，正在喚回她過往的記憶。

計程車司機將車停在派出所前的空地。

「請妳在這裡下車吧，車開不上去了。」

下了計程車，便能一眼眺望南荷島的海岸。她小時候住的那個家，院子裡也能看見同樣的風景，想必那棟房子就在這附近。她沒有時間感性了，得在太陽下山之前趕緊找到那棟房子才行。

她一邊回想，一邊找尋記憶中的房子。只是久遠的記憶早已褪色，實在無法清楚記起確切的位置。她已經在同一條巷子裡來回走了好幾次。她甚至懷疑，說不定她記憶中的那棟房子，早已隨著歲月的流逝而變成另一個模樣。就在她為了尋找父母的痕跡而逐漸感到疲憊時，一條眼熟的巷子出現在眼前。

「我好像……知道……這裡。」

她站在記憶中的巷子口。模糊的記憶一一活了過來，如黑白照片一般的記憶逐漸有了顏色。父母親因意外離開後，她便沒再回來過這裡。意外之後她不知道該怎麼回家，而隨著時間流逝，她也逐漸忘了地址，因而無法回來。如今，她終於來到她始終思念，卻始終遍尋不著的地方。

記憶領著她來到綠色大門前。蓮花一眼就認出，那是十九年前她與父母親住過的房子，圍牆內的景色更是一點都沒變。

她小心翼翼地推開大門。許久未曾開啟的門發出刺耳的摩擦聲，她激動地一腳跨了進去。

「請問……有人在嗎？」

裡頭沒有任何動靜。蓮花穿過院子，小心翼翼地推開玄關門。

「怎麼會……」

推開門的那一刻，她整個人愣住了。屋內還維持在她九歲生日那天，跟家人一起出門之前的模樣。

這時，她聽見有人推開大門來到院子的聲音。蓮花猛然一驚，立刻回過頭查看。

「哎呀，這不是蓮花嗎？」一位老婆婆站在院子裡。

「您認得我嗎？」蓮花吃驚地問。

「妳不記得啦？我就住隔壁。」

老婆婆手指著隔壁的那一棟房子。蓮花搖搖頭，少說也是十九年前的事了，她不可能記得。

「也對，妳那時才九歲……」老婆婆含糊地說，「我看了新聞才知道你們出了意外。後來我在想，妳說不定會回到家裡來，沒想到一等就是十九年。」

蓮花笑著向她道謝，竟將她跟父母親一起居住的屋子保存得這麼好，實在令她很是感激。

「話說回來，妳這些年來都住在哪？」

這個問題，蓮花無法輕易回答。見她面有難色，老婆婆便擺了擺手，說不回答也無妨。

「房子是空了很久，但只要好好打掃一下，就還是能住人。」

老婆婆告訴蓮花，需要什麼就儘管說，隨後便回自己家去了。蓮花脫了鞋子進入屋內。雖然已經十九年過去，但這個家依然保留了父母親的痕跡。站在屋子裡，彷彿下一刻就能聽見誰出聲喊她一聲「蓮花」。她實在不敢相信父母親都已經走了。

進到房裡，她靠著牆坐下。因為難以置信、因為無法相信，她只能坐在那裡發呆，不知該如何是好。她喚回在這棟房子裡的回憶。跟爸媽開心打鬧的回憶、媽媽親手烹煮的美食、每晚爸爸讀給她聽的童話……整整三天的時間，她都沉浸在回憶裡。

第三天的時候，蓮花睡了一個很沉的覺。父母親離開後，她頭一次睡得這麼沉。當她像被母親擁在懷裡一樣沉沉睡去時，她聽到母親在她耳邊低聲說話。

「孩子，快來媽媽這裡。」

母親溫暖的氣息輕掃過耳際，她感覺渾身起雞皮疙瘩，又像被鬼壓床似地動彈不得。那聲音太過清晰，她甚至能感覺到母親說話時吐出的氣息。

「媽媽……」

蓮花猛然坐起身來環顧四周，母親並不在這裡。冷汗沿著她的背脊流下，她大口大口地喘著氣。

「媽媽真的來過。」

蓮花哭了起來。過去十九年來，她從來不曾哭過。這份對母親的思念一再啃食她的心，如今有如地底翻滾的岩漿終於噴發。她哭得像個孩子。母親離開之後，她日夜都在思念母親。但她明白自己再也見不到母親了，因此努力將這份情緒深藏在心中。本以為這份思念已經逐漸淡去，看來並非如此。她還是很想念母親。

蓮花來到衣櫃前，用顫抖的雙手打開衣櫃。令他訝異的是，母親的衣服依然掛在衣櫃裡。為了找尋父母的痕跡，她尋尋覓覓了十九年，本以為那只存在於回憶中，卻沒想到就近在咫尺。她為什麼從未想過要來這裡看看？

蓮花拿出放在衣櫃裡的箱子。打開箱子，裡頭發出一道燦爛的光芒。那光芒太過刺眼，她甚至無法好好睜開眼睛。在人類世界裡，她從未看過這樣晶瑩剔透又燦爛的光。這只存在於屬於母親的物品上，是只有羽衣會發出的光芒。

她從箱子裡拿出羽衣，那是唯一能夠證明她母親是仙女的象徵。她是仙女的女兒，韓蓮花。看著這件羽衣，這個事實明明白白地呈現在她眼前。她感覺父母親似乎就在家中的某個角落看著她。

這時不知哪吹來一陣風，輕輕掃過她的鼻尖。她左右看了看，並沒有看到任何一扇開啟的窗戶。一陣涼意襲擊了她。

「爸、媽。」

蓮花低聲呼喚，卻沒能像剛才一樣感覺到任何動靜。她甩甩頭，在心裡提醒自己，這裡可是足足十九年沒人進出的空屋。

蓮花帶著羽衣離開。外頭下了好多天的雨，如今終於放晴，繁星在晴朗的夜空中閃爍。恰巧，一輛空計程車就停在她家門口。她坐上車，計程車司機說她運氣好，客人才剛剛下車，他正打算要離開，蓮花就出現了。在山上的貧民區要搭到計程車，難度可說是比擬摘下天上的星星。要是再晚一步，蓮花恐怕就得等上一段時間了。

計程車沿著環山道路往下，來到南荷海水浴場。車窗外，熟悉的風景閃逝。蓮花始終沒有將視線移開，好像她將不再有機會看見那些風景一樣。一想到這就是結束，她始終無法堅定離開的決心。她在心裡想像自己堆著石塔許願，腦海中的石塔高度不知不覺已幾乎與她比肩。那些石塊彷彿散發著熱氣，令她胸口發悶，連呼吸都感到吃力。她極力避免去注意那自內心深處緩慢爬出的留戀，因為她的留戀只會危及更多人的性命。

計程車停在海水浴場的中央入口。下了車，鹹鹹的海風隨即迎面而來。她的目光自然而然停在銀河大橋上。在七彩燈光的照耀之下，銀河大橋時刻都在變換面貌，像是不斷換上新衣裳誘惑她，問她為何要離開如此美麗的地方。

蓮花在銀河大橋的吸引下走進沙灘。沙子十分細緻，彷彿只要一陣風吹來便能捲起一陣沙塵。沙灘上留有許多足跡，她也讓自己加入這些足跡的行列。每跨出一步，她的腳便陷入沙子裡，細碎的沙沿著縫隙深入她的鞋子。她感覺雙腳越來越費力，彷彿連沙子都在挽留她。蓮花搖搖頭，都來到這了，她絕不能被留戀打敗。曾經有位詩人說過，知道自己何時該離開之人，有著最美麗的背影。她非常清楚，此刻正是她該離開的時候。美麗的不是這個世界，必須是她的背影。

海潮聲越來越近。拍打上岸的浪花觸及到她的腳尖。一道浪打上岸，帶走許多腳印。很快地，她的腳印也將消失無蹤，但她並不在意。她知道她不該留戀，要像她從來不曾存在於這個世界一樣。海浪使她心中那座滾燙的石塔冷卻，並一一將用於堆疊石塔的石頭沖刷、帶走。在她感覺胸口不再那麼沉重時，她來到了沙灘的盡頭。

蓮花離開沙灘，沿著海岸道路走著。銀河大橋就在眼前。往東看過去，能看見海的另一端，西川市的海岸公路被路燈照亮。她決定閉上眼，不去看那些美麗的事物。

沿著海岸走沒多久，她便來到防波堤的入口。沿著防波堤走著，她最後停在盡頭處的白色燈塔下。白色燈塔是距離銀河大橋最近之處，也是家人在她眼前消失，她被獨自留下來的地方。

她像那時一樣，蜷縮在燈塔下方。海浪將許久以前的記憶帶了回來，映照在海面的月亮與父親的面孔重疊。小時候，她曾經想像寬廣的大海上，某處有著父親的臉、某處有父親的手、某處有溫暖的胸膛。父親的懷抱如大海一般寬廣，大海對她來說就是父親。等她再長了一、兩歲，進入了青春期，她便意識到父親根本不在海裡。大海不是魚缸，父親早已隨著海潮不知漂向何方。即便如此，每一次看到大海，她仍會想起父親。

不時有與她個子一般高的浪打在防波堤上。風將濺起的破碎浪花吹散，輕觸到她的臉龐。蓮花擦去噴濺到臉上的海水，重重吐了口氣。

「該走了。」

她打開箱子拿出羽衣。然而不知為何，剛剛那股玲瓏剔透的光芒，如今卻消失得無影無蹤。這令她感到慌張，生怕錯過了時機，她一隻手趕緊穿進羽衣裡。只是不知為何，那羽衣竟無比沉重。她再將另一隻手穿了進去，發現羽衣重得有如鎧甲。她深吸一口氣站起身，感覺羽衣沉甸甸地壓在自己的肩頭。

「媽，我準備好了，請帶我走吧。」

蓮花看著天空，閉上眼睛，雙手合十禱告。等待了許久都沒有動靜，她悄悄睜開眼查看，不知從何而來的一大片烏雲覆蓋了天空，那片雲在風的吹拂之下緩慢移動。烏雲背後的月亮短暫露面，隨後便隱沒在烏雲之中。那片雲來到她的頭頂，卻沒有立即降下雨水。沒過多久，雨水一點一滴落下，但她等待的事情終究沒有發生。

蓮花穿著羽衣癱坐在地。她想不通，為何什麼都沒有發生？難道因為她不是羽衣的主人嗎？就在這時，她背後傳來某人的聲音。

「那位小姐。」

轉頭一看，一位穿著黑色雨衣的大叔，正在防波堤的入口對她揮手。

「小姐，快點離開，妳不能待在那裡。」

蓮花轉了回來，發現漆黑的大海被一片灰白的濃霧所籠罩，雨勢越來越大。幾乎能捲走一棟房子的大浪，接連不斷地拍打在防波堤上。那一刻，蓮花想起不久前父親在她夢中說的話。

「蓮花，妳這段時間不能到水邊去。」

她渾身發毛，不祥的預感化作大浪將她席捲，她趕緊爬了起來。恰巧在這個時候，銀河大橋下方的海水被狂風捲起，形成一道水柱在海面旋轉。那道水柱看似就要被吸入烏雲，下一刻卻以極快的速度朝蓮花靠近。

蓮花轉頭看向防波堤的入口。水柱也在這時以驚人的速度來到她身旁，瞬間將她包覆，並以可怕的力量拉扯著她。蓮花被捲入水柱形成的漩渦之中飛上了天。有那麼一瞬間，她在想，是否就能這樣去到母親所在的地方？

如對望的燈塔

如絕對無法觸及彼此的燈塔

如果說那就是你與我的愛
如果說那就是我們的命運
那不觸及彼此也無妨
只盼能永遠遙遙相望

＊＊＊

剛過午夜，海秀站在救護車專用的出入口門前看著外頭。外頭正在下雨。每到雨天，急診室總會被來自各地的傷患擠得水洩不通，今天卻格外平靜。除了幾名腹痛患者之外，眾多患者如海水退潮般遠離急診室。這種機會，一年可沒有幾次。

「你在這裡做什麼？」

玄武帶著歡快的笑容來到海秀身旁。海秀皺著眉，用眼神警告玄武千萬別說急診室的禁語，他可不希望這難得平靜的夜晚被摧毀。

「蓮花什麼時候回來？」其實海秀是在等蓮花。

「不知道耶，她也該回來了……」玄武淡淡答道。

「雨下成這樣，蓮花到底跑去哪了？」海秀嘆了口氣。

「這好像是梅雨。」看著外頭的雨勢，玄武說。
「已經是下梅雨的季節了嗎？」
過去幾天忙著替父親舉辦葬禮，海秀早已失去對時間的感覺。
「已經快到七月七日了啊。」
玄武扯起嘴角，露出一個淺淺的微笑。
「你知道梅雨其實是螭的眼淚嗎？」
海秀噗哧一聲笑了出來。他知道玄武一直都跟一般人不太一樣，也經常有許多令人意外的發言。
「龍宮裡的螭失去了家人，每年到了跟家人分開的日子，都會因為思念家人而流淚，那就是梅雨的由來。」
玄武拿起夾在腋下的那本書在海秀面前晃了兩下，隨後轉身離開。海秀本想跟著他走開，只是越來越大的雨聲吸引了他。看著猛烈的雨勢，他有一股不祥的預感。他忍不住想，先前發生的那些事，難道只是序幕嗎？這樣的日子，應該要有嚴重外傷病患被送進來才對……他極力按捺內心的不安，轉身往內走去。
沒過多久，他就證明了他的預感並沒有錯。他才剛走進急診室，一名雙手緊握的中年女性便走了進來，海秀自然注意到了這名女性。元曉上前迎接她時，尹護理師大喊了一聲：
「五號床的病患腹痛加劇，十二號床的病患呼吸不穩定。」
海秀本能地緊張了起來。與此同時，遠方傳來救護車的警笛聲。海秀一來到門口，便看見救護車朝急診室疾駛而來。
「是一名被海浪捲入海裡的女性，沒有呼吸心跳。」
尹護理師接了救護車打來的電話，隨即扯開喉嚨大聲將資訊傳遞出去。
「你知道哪些人是世界上最難理解的人嗎？」
玄武來到海秀身旁，跟他一起準備迎接傷患。海秀問了一句，玄武則好奇地等他解答。
「就是雨勢這麼大，還偏偏要去海邊的人。新聞都說去海邊可能會有危險，他們還偏偏要去。」
聽完海秀的答案，玄武並沒有太大的反應。稍後，渾身濕透的救護隊員，推著載有傷患的移動病床下車進入急診室。他們行經之處滿地是水，分不清究竟是海水還是雨水。然後是一名禿頭的先生，激動地跟在後頭。
玄武跟元曉接手將患者推進急救室，元曉大喊：
「蓮花，是蓮花！」

海秀大吃一驚，慌忙衝上前去，只見蓮花毫無意識地躺在床上。
「蓮花……妳怎麼會在這裡……」
海秀像是故障的機器一樣，腦袋瞬間停止運轉，只能呆站在一旁。
「醫生。」
一旁的玄武拍了他的背一把，海秀才回過神來靠上前去。躺在床上的蓮花就像一具假人模特兒，海秀起先有些不知所措，後來才趕緊把手放在蓮花的胸口。
「啊？好。」
正在替蓮花做心肺復甦術的元曉，神色緊張地看著海秀。
「這件事只能有我們這些人知道，絕對不能讓院長知道。」
玄武對元曉使了個眼色，並強力要求在場的住院醫生保守秘密。海秀則在此時開始替蓮花實施心肺復甦術，緊張與不安令他的指尖顫抖。急救室裡瀰漫著一股緊繃感，讓人連呼吸都要小心翼翼。眾人耳裡只有海秀粗重的喘氣聲與機器運作的聲音。海秀奮力急救，不知過了多久，才有一個人的喊叫聲劃破了寧靜。
「在動了，在跳了。」
海秀趕緊抬頭看螢幕，只見心電圖開始有了微弱的起伏。他大口喘著氣，像是剛跑完馬拉松一樣渾身無力。他將剩下的工作交給玄武，癱坐在冰冷的地板上。難道神的詛咒也應驗在蓮花身上了嗎？

這時，急救室外傳來一陣騷動。轉頭一看，發現是跟著蓮花前來的男人正在糾纏忙碌的尹護理師。男人不知吼得有多麼用力，那極度沙啞的聲音撞擊著海秀的耳膜。無奈之下，海秀只能喘著氣來到急診室外。

「不是啊，我就跟那個小姐說她不能在防波堤，結果她根本不聽。我實在是很擔心，所以做完生意也沒有馬上回家，就在那邊看了一下。」

這樣的雨天，蓮花為何要去海邊？

「小姐到了燈塔下面大概過了十分鐘，突然就有水柱從橋底下冒出來，然後往小姐的方向靠近。那個叫什麼……龍捲風？哦，對，水龍捲，就是水龍捲。」

海秀皺起了眉頭，不管是龍捲風還是水龍捲，那都不重要，重要的是蓮花正在昏迷中。

「反正呢，那該死的水龍捲就追著小姐，一下子就把她捲走了。水柱的力量太強大了，一下子把小姐捲上了天！我這輩子真是第一次看到這種情景。」

水龍捲又沒有長眼睛，怎麼會追著蓮花跑？海秀實在不相信這個男人說的話。

「這時候，剛好有一道閃電劈下來，水龍捲突然消失，被捲到空中的小姐就掉到海裡了。」

男人拚命搖著頭，彷彿是在說即便親眼所見，他仍不敢置信一樣。海秀腦海中閃過幾個想法，他嚴肅地皺起眉頭。就算這世上真的發生過許多荒唐事，但這個男人說的話會是真的嗎？如果他說的是真的，那從高空中掉落海面的蓮花，真能平安無事嗎？他叫來玄武，並指示玄武為這個男人做所有可以做的檢查。玄武看了看海秀的神色，便帶著這名激動的男子離開。

海秀來到蓮花身旁握住她的手，突然感覺碰到一個硬邦邦的東西，他低頭一看，發現蓮花的手指上戴了一枚蓮花造型銀戒指。他拿下那枚戒指，試著往自己的手上一戴，沒想到戒指竟剛好吻合，好像他才是戒指的主人一樣。

元曉跟崔護理師走進來，打算替蓮花做後續的處置，海秀趕緊將戒指拔下並慌忙塞進口袋裡。稍後，他們為蓮花裝上監控裝置、氧氣機與點滴，並將她推到二十三號病床觀察。

海秀來到醫院旁的公園。不近人情的傾盆大雨此時終於停歇，深沉的黑暗降臨。他來到自動販賣機前買了杯咖啡，坐在長椅上回想剛才的情況。不同於其他病患，他並沒有看到蓮花的過去。為什麼？為什麼他看不見蓮花的過去？

海秀想喝口咖啡來撫慰鬱悶的心情，才發現握著紙杯的雙手正不停顫抖。他低頭看著自己的手，稍早替蓮花做心肺復甦術的感覺又回來了。他冷汗直流、呼吸急促，焦慮的症狀越來越嚴重。

今早被送進來的心驟停病患，過去是一名竊盜犯。他並沒有特別努力救活那個人，也或許是因為他不夠迫切，所以那個人並沒有醒來。從醫學大學畢業的那天，他不是以希波克拉底誓詞宣誓，願不分人種、宗教、國籍、政治黨派或社會地位，謹守對病人應盡的義務嗎？他已經好幾個月沒能守住當時的決心了。若繼續這樣下去，他還能繼續為病人看診嗎？恐懼跟著咖啡，沿著他的喉嚨緩緩流入體內，他不斷將咖啡往乾渴的嘴裡傾倒，不知不覺間，紙杯裡的咖啡已經見底。

這時，一隻貓突然冒出來蹭著他的腳，是上次看到的那隻貓。

「你這麼自由，真好。」

看著貓這樣自在的模樣，他重重嘆了一口氣，沒過多久便起身離去。

隔天早上，太陽依常升起，彷彿昨夜不曾發生任何事一樣。早班的醫護人員來到醫院，蓮花的檢查結果也出爐了。海秀停下手上的工作，來到護理站的電腦前查看。蓮花的檢查結果都很正常，根本不像昨晚那個男人說的，被捲上了天又甩到海裡去。但這樣的結果，反倒讓人不解蓮花為何仍未恢復意識。萬一那男人說的話句句屬實，那蓮花應該早就已經死了。

雖然早已過了下班時間，但海秀沒有離開急診室，而是守在蓮花身旁。連接在她身上那些監控裝置的運作聲，干擾著急診室裡的寧靜，但也只有這些聲音能證明蓮花仍然活著。

「韓蓮花，妳到底是誰？」

海秀握著蓮花的手。他很擔心，會不會像父親那時一樣，還來不及道別就得分離。此刻，他覺得自己實在是微不足道，連自己的父親、自己心愛的戀人都救不了，何必需要這樣一張醫生執照呢？

「蓮花，快醒醒啊。」

海秀握緊蓮花的手，迫切地祈禱著。而就像是要回應他的祈禱一樣，蓮花的食指竟輕輕敲著他的手背。

「蓮花，蓮花！」他著急地喊著蓮花的名字。

「發生什麼事了？」

聽到海秀著急的呼喊聲，玄武也跑了過來。海秀仔細一看，才發現蓮花依然緊閉著眼，一點動靜也沒有。剛才的反應只是他的錯覺。

「她什麼時候會醒來？她已經睡好久了。」

玄武低頭看著蓮花，語帶嘆息地說道。看著依舊沉睡的蓮花，海秀不禁在想，蓮花的意識究竟在哪裡徘徊？她現在人在哪裡？是跟身體一起在醫院裡，還是漂流在什麼地方？他下意識地隨著想像追尋著蓮花的蹤跡，不知不覺來到載夏的診間。

＊＊＊

載夏在電梯裡聽見其他醫院員工說的話，心情有些複雜。雖然他對別人的八卦傳聞沒有興趣，但海秀的事依然從各種管道傳入他耳裡。其實，跟海秀有關的事情已經傳了很久，只是這幾個月來他都假裝不知道。起初還只是偶爾聽到有人提起，現在則是所到之處都能聽到有人在說海秀的事。在學生時期，海秀的獨特之處始終讓他是眾人的焦點，載夏也不知道自己究竟該羨慕海秀的才能，還是該為海秀過度受到矚目而感到心疼。中了詛咒、做心肺復甦術時能看到患者的過去、父親去世後變得有些瘋癲，如果他是在不知道這些事情的情況下聽到傳聞，或許會覺得根本是空穴來風，一笑置之。但他聽海秀親口提過這些事，實在不能不相信。只是他覺得好奇，這些話究竟是從誰那裡傳出來的？想必海秀不會沒事跟別人說這些話。他確實有幾個懷疑的人選，例如上次在員工餐廳碰面的玄武，就曾經說過類似的事情。如果海秀沒跟他說過，那他怎麼會知道海秀能看見患者的過去？

就在他專注思考海秀的事情時，海秀恰巧開門進來。海秀一張臉無比憔悴，一屁股坐在載夏面前。

「怎麼了？發生什麼事了？」載夏刻意佯裝平靜地問道。

「蓮花昏迷了。」海秀雙眼無神地看著前方。

「昏迷是什麼意思？」

「她被送進來的時候沒有意識，到現在都還沒有醒來。」海秀嘆了口氣。

「她哪裡受傷了？傷得很重嗎？」

載夏從椅子上跳了起來，一副立刻就要衝出去的模樣。

「外表看上去沒事，檢查結果也都正常。」

海秀雙手抱著頭，一副懊惱的樣子。載夏發現，海秀實在憔悴得不成人形。他整個人瘦了一大圈，雙眼凹陷、顴骨凸出。不僅蓬頭垢面，衣服也皺巴巴的，狀況似乎一天比一天更差。

「然後呢？」

「但她一直沒有醒來，就像我爸一樣。」

海秀的眼神透露著不安，那眼神好像是在向載夏求救。

「我要怎麼幫你？你害怕什麼？是什麼讓你這麼難受？」載夏發自內心地詢問。

「聽說這是神給我的詛咒，你能怎麼幫我？」海秀搖搖頭。
「什麼？神？詛咒？這是什麼意思？」
「能看到患者的過去啊，聽說這是詛咒害的。」
載夏發現海秀的雙手都在流血。原來海秀進到診間後，便一直在拔手指上的倒刺，十根手指頭幾乎都是血。
「我想這應該跟蓮花有關。」
「蓮花？這又是什麼意思？」
載夏實在不能理解海秀的話。
「我也不知道。我總是想起我不願想起的事情，可能是神想要我記得吧。我實在不知道該怎麼辦，我好像不能再替患者看診了。光是這個月，就已經有五個患者因我而死了。」
海秀低著頭。在載夏的記憶中，這還是他頭一次看到海秀如此絕望。海秀不斷貶低自己，罪惡感蒙蔽了他的雙眼，正不斷把他拖入地獄的深淵。載夏知道，海秀需要的是擺脫詛咒的勇氣。
「這不是你的錯。是那些病患到你手上的時候，都已經回天乏術了。」
海秀搖了搖頭，說：

「我真的很害怕，但我還是無法離開急診室。一想到渾身是傷的患者……」

這時，海秀的手機響起。他接起電話，電話那頭的人說了句話，海秀隨即起身，對載夏扔下一句蓮花醒來了便衝出診間。

＊＊＊

巨大的水柱猛烈襲來。有那麼一瞬間，蓮花在想是否要轉身離開防波堤。但就在她再度回頭看向海面時，水柱便已經來到她面前。那超現實的畫面使她停止思考，她放棄了逃跑的念頭，只能呆看著沖天的水柱。水柱瞬間將她捲起，蓮花如隨風飄蕩的落葉被捲入其中，一下子衝到天上。她以為她就要去到母親身旁。雖與母親離開時的模樣不盡相同，但她穿上了羽衣，因此她相信水柱會帶她去找母親。然而，支撐著她身體的水柱瞬間消失，在墜落海面的那一刻，蓮花才意識到不是羽衣。她需要的不是羽衣，而是其他的東西。

失去意識後，她似乎一直以面部朝上的狀態浮在海面上。當然，那只是她身體的感覺，她的意識在類似宇宙空間的黑暗中徘徊。她聽見一陣震耳欲聾的吵雜聲，那讓她有些喘不過氣，但沒過多久又安靜了下來。在寧靜之中，她能聽見某種規律的機械聲。她的身體逐漸癱軟，心情也放鬆了。她在寧靜之中停留了許久，接著一道如白晝陽光般的刺眼光芒照亮了黑暗，她隨著那道光芒不知飛往何處，最後在那道光芒的盡頭停下。她彷彿進入了太陽之中，感覺四周都是耀眼的白光，令她連睜眼都有些吃力。她逐漸熟悉了這些光芒，才注意到海秀就站在她眼前。

「妳絕對不能鬆開手。」

在黑濛濛的煙霧中，海秀緊握著她的手。蓮花擔心會錯過海秀，便緊緊握住那隻手。她注意到兩人受困於火焰之中，在恐懼的逼迫之下，於黑暗之中尋找逃生的門。血紅的火焰將他們包圍，他們逐漸感到窒息。就在他們逃生的希望都被燃燒殆盡，以為或許會就此被燒死時，頭頂上著火的樑柱往海秀身上壓了下來，蓮花因而鬆開海秀的手。回頭一看，海秀已經失去意識昏倒在地。

「醫生、醫生！」

她試著把海秀拉出來，但火勢越來越大，濃煙嗆得她幾乎就要窒息。這時，突然有人喊了她一聲。

「蓮花。」

蓮花猛然睜開眼，眼前是掛在天花板上的日光燈，接著是玄武的臉孔擠進她的視野內。

「妳醒過來了嗎？」

蓮花輕點了點頭。剛才那似乎是一場夢，真是太好了。一股獲救的安心感湧上心頭，玄武則在此時悄聲在她耳邊說：

「那不是夢。」

玄武揚起一邊的嘴角，露出惡作劇般的笑容。蓮花沒有多加理會玄武無聊的玩笑，只是看了看四周。她能看見病患們躺在病床上。剛才那個夢難道也是預知夢嗎？她想起醫院較高的樓層有些行動不便的病患，如果她在醫院，那說不定是醫院會失火，她必須離開醫院才行。

「海秀醫生人在哪？」蓮花有些吃力地問道。

「妳等等，我去叫他。」

＊＊＊

海秀趕忙衝往急診室。才剛踏進急診室，便看到玄武守在蓮花身旁。一看到海秀靠近，玄武便尷尬地笑著說：

「她又睡著了。」

就在海秀檢視蓮花的狀況時，玄武轉身離開。蓮花似乎只是短暫醒來，很快又陷入了沉睡。見閉著眼的蓮花雙頰已經有了血色，海秀鬆了口氣。光是蓮花有醒來，就已經跟父親的狀況不同，這便足以讓他暫時放心。但那些懸而未決的問題，依然重重壓在他的肩頭。

海秀看了看四周，所有人都在做自己的事，沒有人注意到他。他深吸了口氣，並輕輕把手放在蓮花的胸口。他閉上眼，等著進入蓮花的過去。但他並沒有進入那條黑暗的隧道，反倒是聽見蓮花微弱的聲音在耳邊響起。

「你在做什麼？」

他吃驚地睜開眼，低頭看向蓮花，只見蓮花的眼睫毛微微抖動，眼皮緩緩抬起。

「不、不是……那個……沒什麼。」

海秀慌忙把手從蓮花的胸口拿開。他像是犯了錯當場被逮一樣，雙手不停顫抖。蓮花拉住他的手放到自己的胸前，海秀不知所措，只能左顧右盼。整張臉紅通通的，心也跳個不停。

「這……這是在做什麼？」

「你有看到我的過去嗎？」蓮花笑著問。

「沒有，我看不到妳的。但為什麼看不到妳的呢？」

他的答案令蓮花有些訝異。蓮花陷入沉思，一句話也沒有說。

「妳必須找到的東西是什麼？妳要從我這裡找到什麼？」

海秀看著蓮花，小心翼翼地詢問。

「戒指。」蓮花伸出了手。

「戒指？」

海秀突然想起，戴在蓮花手上那只蓮花造型的戒指，他都忘了要把那東西還回去。他趕緊低頭看了看自己的手，卻發現戒指不在那，他完全想不起來究竟把戒指放到哪去了。不明白自己怎會如此心不在焉，他重重嘆了口氣。

蓮花堅定地告訴他：

「我想，我要找的東西，得從我的過去裡面找。」

海秀點頭。他確實也在想，這件事似乎與使蓮花成為孤兒的那起事件有關。但在他的記憶中，那天他並沒有看到蓮花。他究竟是什麼時候見到蓮花的？海秀沒有說出心裡的疑問，只是用手抹了抹臉。

「妳為什麼要去防波堤？」他試圖轉移話題。

「我在想，說不定能找到解除詛咒的方法，但去了那邊才發現，事情不是我想的那樣。」

「……為什麼？那裡有什麼？防波堤跟詛咒有什麼關係？」

他很好奇蓮花究竟查出了什麼，而蓮花只是搖搖頭。

「一點關係也沒有，所以我才會在這裡。」

說完，蓮花露出一個苦澀的微笑。海秀低頭看向蓮花插著靜脈留置針的手。明知找到東西之後蓮花就會離開，但為了擺脫神的詛咒，他還是必須幫忙找到那東西。一想到這裡，他便忍不住覺得自己可笑。

「妳的身體還好嗎？」他把手放在蓮花的額頭上問。

「我沒事。所以……我想出院。」

「出院？」

「我覺得只要去西川公園吹吹風，應該很快就會好起來了。」

蓮花再度露出純真的微笑。

那天晚上，海秀在護理站徹夜守著蓮花。雖然得等檢查結果出來才知道，但他很清楚，蓮花正一點一滴地恢復。

「看吧，我就說了，她活過來了，對吧？她可是受神眷顧的孩子啊。」

玄武對著一群護理師大聲說道。

隔天早上，海秀便讓蓮花出院。蓮花恢復的速度快得驚人。昨天下午還沒有意識的患者，現在卻已經跟一般人沒兩樣，因而也沒有繼續待在醫院的理由。

＊＊＊

今年的梅雨季特別長。從六月底開始的梅雨季，一直持續到七月中旬仍沒有停歇的跡象。一直到昨天都還下著傾盆大雨，但海秀還是趁著今天雨勢趨緩的時候，帶著蓮花去她想去的西川公園。兩人開著車，久違地離開海東市，奔馳在銀河大橋上。電台的氣象預報說，從明天開始雨勢將會繼續。整片天空灰濛濛的，烏雲密布彷彿隨時都會下雨。雖然恢復了意識，但蓮花臉上的笑容卻一天一天失去光彩。

車子駛過銀河大橋，沿著海岸道路進入西川公園的停車場。他們停好了車，下車之後，原本密布的烏雲之間便透出了一絲陽光。海秀緊握著蓮花的手走下斜坡，蓮花卻始終神色僵硬，看不出一絲喜悅。

他們走到斜坡的盡頭時，蓮花突然停下腳步，勉強擠出微笑說：

「你先自己走走吧，我想去個地方。」

「妳要去哪？」海秀匆忙地想跟上去，蓮花卻一下便走遠了。

＊＊＊

留下海秀，蓮花沿著坡道穿越一片草地，來到郵筒所在的地方。上回只是路過這座郵筒，如今它看起來卻像在向蓮花招手。她來到郵筒後方，拿了張空白的明信片坐到草地上。她提筆準備寫字，卻在要寫「收件人」的時候有些遲疑。究竟該寫給誰、該說些什麼呢？想了很久，蓮花才一筆一畫將想說的話寫在上頭。寫好了留言，她突然覺得內心有些空虛，甚至有些憂鬱。她覺得自己是藉著書寫，將內心深處某個角落的感受轉移到明信片上。

她本想將明信片投入郵筒，卻突然不知從哪吹來一陣風，將她手中的明信片吹走。蓮花起身快步追趕，總算是撿回了那張明信片，並將它丟入郵筒。

「烏龜啊，幫我好好送出去吧。」

蓮花離開草地走下斜坡，回到剛才分開的地方，卻沒能找到海秀。不知道海秀究竟去了哪，連瞭望台也不見人影。她離開瞭望台，本想再次走下斜坡去看看，這時便看見海秀從遠方走來。

「醫生。」蓮花欣喜地高舉雙手揮舞。

「蓮花。」

海秀兩手拿著棉花糖笑著往蓮花走去，渾身散發著安穩的氣息。那一刻，彷彿時間靜止一般，一切都靜止了。布滿整片天空，令人感到壓迫的烏雲、飛濺的破碎浪花、隨風轉動的風車、在空中悠遊翱翔的海鷗，甚至是路過的情侶，全都停在原地，只剩下蓮花跟海秀仍在動作。

「惠淵。」

海秀迎面走來，嘴裡還喊著其他女人的名字。蓮花仔細一看，才發現面前的海秀似乎老了許多。她突然渾身發毛，發現自己面前的海秀，其實是幾年後的模樣。她的目光轉移到海秀的左手，只見無名指上戴著一只戒指。蓮花意識到，未來海秀的身邊將不會是她，而是會跟另外一個人共享幸福時光。一想到這裡，蓮花便忍不住眼眶泛淚，難道他們兩個真的沒有緣分嗎？

這時，海秀來到她面前。見她的模樣有些奇怪，海秀開口問道：

「妳怎麼了？」

海秀捧起蓮花的臉，蓮花努力擠出微笑。眼前的海秀恢復成現在的模樣，但她並沒有忘記稍早看見的幻影。海秀的未來沒有她，她必須離開，她必須要離開。

海秀抱住了她。蓮花想著這或許是最後了，便任由海秀抱著，並在心裡默默與他道別。

「就算我離開了，也不要難過、不要傷心。就把我當成是短暫盛開的蓮花吧。」

他們來到加勒比餐廳用餐。除了兩人之外，餐廳裡沒有其他客人。海秀坐在窗邊，上一次他們也是坐在這。和煦的陽光照進兩人之間，落在桌子上。蓮花看著陽光照耀在海秀的臉上，一段時間不見，海秀消瘦了許多。

「我現在弄清楚整件事了。過去我見到神，並把神的東西拿走，而妳就是來找那樣東西的。」

「神？你見過神？」蓮花驚訝地問。

「僧人說，人類會忘掉自己曾見過神的事，所以我才會不記得。」

對於遺忘如此重要的事，海秀顯得有些絕望。聽海秀這麼說，蓮花便決定要在今天把一直沒告訴海秀的事情說出來。

「你可能不相信，但其實我媽媽是仙女。」蓮花邊說邊把玩著咖啡杯。

「仙女？這是什麼意思？」海秀的眼睛瞪得像撞球那麼大。

「我知道你覺得難以置信，但這世上確實會發生很多難以說明的事。」

蓮花喝了一口咖啡，然後接著說：

「有很多神以人的模樣，居住在現在我們所生活的地方，只是人類不知道而已。」

海秀嚇得目瞪口呆，一句話也說不出來。

「所以你記不記得……自己曾經見過仙女之類的？」

海秀摀著嘴，神情十分驚訝，似乎不能明白這是怎麼回事。蓮花能夠理解，畢竟在得知自己的母親是仙女的時候，她也一度感到混亂。

「我不記得，我不知道這是怎麼回事。」

海秀低下頭，一個勁地搖頭表示不清楚。

「如果想擺脫詛咒，就必須找到仙女的東西。」

蓮花迫切地說，但海秀只是不斷搖頭。

「不，妳別想離開，無論妳是不是仙女的女兒，我都不在乎。」

＊＊＊

載夏興高采烈地來到約定的地點。自從海仁父親的葬禮之後，這是他第一次跟海仁見面。為了沉浸在悲傷之中的海仁，他事先預訂了海仁喜歡的高塔餐廳。海仁今天也提前到了。她看著窗外，只是不知為何，她的側臉看起來十分悲傷。

「等很久了吧？抱歉，路上有點塞車。」

他表達歉意，並在海仁面前坐下。

「你過得好嗎？」

海仁問。載夏沒有回答，他只是握住海仁纖細白皙的手。海仁柔軟溫潤的手上，帶有顏料的氣味。顯然，她是選擇用繪畫克服失去父親的悲傷。

許久未碰面的兩人，在和樂融融的氣氛中享受著晚餐。他們對話的主題，自然是圍繞在海秀身上。聊天的過程中，海仁的表情變得開朗，逐漸恢復成以前的樣子。載夏手往口袋裡摸，確認要給海仁的禮物還在。他的手指摸到禮物盒的一角，感覺一切都如他所預期的順利。

「我跟妳哥哥是大學同學。畢業之後我在明雲大學醫院實習，海秀在千明大學醫院實習，我們就沒有機會見面了。一直到前幾個月我調到千明大學醫院，我們才又有機會碰面。」

見海仁在閒聊之中逐漸綻放笑容，載夏也鬆了口氣。

「我說這些話或許無法帶給妳安慰，但我想告訴妳說，我爸爸也不在了，我多少能懂妳的心情。」

載夏喝了口紅酒，接著說：

「他原本是附近國中的老師，經歷了不好的事情之後就一直很痛苦，後來在我國中畢業典禮那天去世了。他是自己結束生命的。」

海仁露出些許訝異，小心翼翼地問：

「附近的話……他是在哪一間國中工作呢？」

「是洶云國中……他是個非常愛護學生的老師。」

載夏才說完，海仁便神情扭曲，看起來十分痛苦。

「我……我去一下洗手間。」海仁踉踉蹌蹌地站起身來。

「妳怎麼了？哪裡不舒服嗎？」

載夏擔憂地問，海仁卻沒有回答，只是逕自往洗手間走去。他不能明白，海仁的表情為何驟變？縱使焦躁，但載夏也只能一邊把玩口袋裡的盒子，一邊等待海仁回來。

等了許久，海仁才回到位置上。

「沒事吧？」

載夏擔憂地問道。只見海仁神色凝重地說：

「我們別再見面了。」

載夏感覺腦袋嗡嗡作響，彷彿有誰從後面重重敲了他的腦袋一下。他眨眨眼，以為是自己誤會了，沒想到海仁的表情依舊凝重。

「這、這是什麼意思？為什麼突然這麼說？」

他語無倫次，不敢相信事情竟如此發展。

「我們不適合彼此，最好不要再見面了。」

載夏知道海仁這番話並不是出自真心，但究竟是什麼讓海仁突然改變心意？

「我先走了。」海仁匆忙起身離開。

「海仁、海仁！」

載夏慌張地追了上去，海仁卻頭也不回地離開。載夏深受打擊，垂頭喪氣地回到原位。這一切對他來說就如晴天霹靂。

＊＊＊

不知不覺，再過十天七月就要結束了。自從去過西川公園後，海秀的每一天都過得無比混亂。他的疑問已經獲得解答。蓮花之所以要找神的東西、從空中掉落海面仍安然無恙、他之所以看不見蓮花的過去，都是因為蓮花的母親是仙女。但釐清了這件事後，其他的煩惱隨之而來。蓮花離開他後所要去的地方，或許是他無法想像的地方。這樣一來，他們或許會永遠無法再見面。他一度認為，即便蓮花離開了他，他們未來也有機會再見面，但如今連這樣的希望也化為泡影。

他站在護理站旁陷入沉思。突然一陣警笛聲傳來，尹護理師放下手中的話筒，不知對玄武說了什麼，玄武跟蓮花便趕緊往門邊跑了過去。

稍後，自動門開啟，三名救護隊員推著躺有病患的床進來，其中一人正在替患者做心肺復甦術。發現進門的是心驟停的病患，冷汗便沿著海秀的背脊滑落。

玄武、元曉與蓮花把床推進急救室。床經過海秀身旁時，患者垂落的手輕掃過海秀的手背，瞬間讓他渾身發毛。很久以前，他也曾經觸碰到一名死者的手背，當時他覺得那是不祥的徵兆，此刻他的感受就與當時一模一樣。他甩甩頭，試圖甩開不祥的預感，警察則在此時來到他身旁。

「這個人把車子停在登山步道的入口，然後在車子裡面燒炭。被人發現的時候已經沒有心跳了。還有，我們找到這個。」

警察拿出一個空的藥袋。

「這是在副駕駛座找到的，他在燒炭之前似乎還吃了藥。」

這是很重要的資訊。若病患恢復心跳，那還必須替病患洗胃。他帶著這重要的資訊進入急救室，元曉正在替病患做心肺復甦術。海秀示意元曉退開，並把手放在病患胸口。

「姜醫生。」

元曉看了海秀一眼，海秀則是毫不猶豫地按壓起病患的胸口。

「你在做什麼？院長不允許你為病人做急救！」

元曉大喊。一旁的住院醫生也都衝了上來，試圖將他拉開。

「快把手拿開，張醫生，你不想救這位病患嗎？真的要這樣嗎？」海秀惡狠狠地瞪著元曉。

「要是被院長知道了怎麼辦？如果救不活這個患者，這件事情就是你要承擔，你不知道嗎？」

元曉會如此制止海秀，都是出自於對他的擔心。

「張醫生，算了吧，反正人都已經死了，我們哪有什麼方法把他救活？我們又不是神。」一旁的玄武阻止元曉。

「我來負責，你就讓他去吧。」

元曉鬆開了手，海秀重新專注在患者身上。

「我們什麼都沒看見……這件事情絕對不會傳進院長耳裡……」

海秀感覺眼皮逐漸變得沉重，玄武的聲音逐漸模糊。這一次，他同樣來到沒有光芒的隧道裡徘徊，他感覺自己的呼吸越來越急促，一股莫名的力量牽引著他，將他吸入隧道盡頭的光芒之中。

男人坐在沙灘上哭喊著。

「老天啊，昌洙！」

男人視線所在之處，是一艘巨大的船，船艙正冒出熊熊烈焰。天空中，華麗卻不合時宜的煙火美麗綻放。沙灘上來看煙火的人群，都被失火的船嚇得不停後退。四周接連傳出撥打一一九報案的聲音，人們驚訝的尖叫聲此起彼落，某處也不斷傳來呻吟與哀號。

「老天啊，我的寶貝，我的昌洙啊！」

男人沒等救難隊員前來便衝入海裡。四周的人群試圖拉著他，男人卻甩開了那些拉著他的手。

「放開我！我唯一的兒子在那條船上！我得去救我兒子！」

男人往海裡走去。海面風平浪靜，沒有一絲波瀾。當海水的深度來到胸口處時，男人便被身後的人群給拉了回去，一把甩在沙灘上。

「我的孩子在火場裡……在等我這個爸爸去救他……拜託誰去救救他吧，拜託……」

八月的海，不願讓男人實現他的願望。

有人使勁推了海秀一把，他整個人向後跌倒，痛摔在沙灘上。這樣一跌，也讓海秀跌回了現實。他清醒過來，看了看四周，住院醫生們正圍著氣喘吁吁的元曉。

「你在做什麼，張醫生？」

玄武質問元曉，元曉怒瞪著海秀。急救室裡的氣氛劍拔弩張。

「你要繼續這樣到什麼時候？你沒聽到院長說什麼嗎？他說不能讓姜醫生為病患做急救。」

海秀轉頭看了看蓮花，蓮花搖搖頭，避開了他的視線。他轉向同事們，所有人都避開了他的目光。

海秀踉踉蹌蹌地離開急救室。他本想回去休息室，最後還是來到護理站的電腦前。他從患者名單上找出那個男人的名字，並查詢男人的就醫紀錄。男人是三個月前曾經被送來急診室的病患，主治醫生那一欄寫著「姜海秀」，病名是過度服用藥物。海秀想起男人三個月前的模樣。男人服藥過量被送進醫院，恢復意識後，海秀替他預約了精神健康醫學科的門診。他的本意是希望男人能好好接受精神健康醫學科的診治，怎麼也沒想到竟有機會再與他見到面。況且，這次男人選擇了很確實的方法。他選擇服用藥物加上燒炭，顯示死意十分堅決。這個男人難道對生命沒有任何留戀或後悔嗎？

看起來，男人確實也接受過載夏的診治。精神健康醫學科門診的就診紀錄上，寫著「創傷後壓力症候群、憂鬱症」兩種病名。海秀背脊發涼。一點一滴啃食人類生命，最終使人自我了斷的「憂鬱症」，實在比陰間使者還令人恐懼。男人似乎昨天領了整整一個月的處方藥，並在今天一口氣服下。在急診室服務期間，他看過許多不同的死亡，但從來沒有誰的死是相同的。有些人的死令人悲傷落淚，有些人淒涼地無人聞問。有些人會永遠留在他人心裡，有些人卻在告別式後沒多久，便從所有人的記憶中消失殆盡。今天這個男人的死，是否會有人記得？

突然，海秀看見一名身穿黑衣的男子站在死者身旁。他嚇得打了一個冷顫。因為那名穿黑衣、戴黑帽的男子，渾身散發出青色的光芒。海秀害怕地吞了口口水，急診室裡似乎沒人看見，只有他看到這名男子。

為了弄清那名男子是誰，海秀走上前去。就在他經過急診室的出入口時，急診室的門突然打開，玄武走了進來。玄武一進到急診室便立刻停下腳步，看向那個男人所在的位置。海秀順著玄武的視線看了過去，注意到玄武的視線停在那個男人身上，玄武也看見那個男人了！似乎是感覺到海秀的目光，玄武趕緊轉頭看向海秀，並露出尷尬的笑容。海秀沒有回應，而是轉頭看著那名黑衣打扮的男子，但就在那一刻，男子竟轉眼消失了。海秀四處張望，怎麼也找不到男人的蹤影。玄武則帶著若無其事的笑容走上前來。

「你在看什麼，看得那麼出神？」

海秀看著玄武說：

「你沒看到嗎？」

「看到什麼？」

玄武疑惑地搔了搔頭，沒等海秀回答，便逕自往休息室走去。海秀則瞪著他的背影。

「醫生。」

蓮花一臉驚訝地靠了過來。看樣子，她應該也看到稍早的情況了。

海秀帶著蓮花來到外頭的公園。

「玄武醫生……」

「玄武前輩……」

兩人不約而同地同時開口。

「好怪。」海秀先說。

「我剛才看到很奇怪的東西，雖然是人，但又不像人。」

「我也看到了，那個男人一直在看玄武前輩。」蓮花的臉上閃過一絲恐懼。

「玄武醫生怎麼看得到那個男人？」

「我其實一直覺得玄武前輩很奇怪。他每次講話，都表現出一副他很了解你的樣子。」

聽蓮花這麼一說，海秀便一一回想過去玄武所說的每一句話。

「對了，那個聲音！」

在夢中聽見的那個聲音，正是玄武的聲音。海秀突然感到一陣窒息，玄武究竟是誰？

「你看這個。」

蓮花拿出筆記本，海秀一眼就認出那本破舊的筆記。

「這是我在箱子裡找到的，你寫在這裡的東西……」

「沒錯，這就是我之前講的那個。」

「那……」

「沒時間了，得去問問看，玄武或許知道些什麼。」

蓮花與海秀回到急診室，但急診室內、急救室、處置室、休息室，都沒看到玄武的身影。

＊＊＊

七星寺大雄殿內，僧人與玄武面對面坐著。拉門敞開，外頭正下著雨，這場梅雨已經下了將近一個月。

「你過得好嗎？」玄武率先開口。

「龍王大人過得可好？」僧人以詢問龍王的近況代替回答。

「我已經兩百年沒見到龍王大人了。」

玄武拿起放在面前的茶杯，露出有些落寞的神情。僧人轉頭看向門外，低聲說道：

「這是螭在哭泣。據說他因為思念家人，徹夜哭個不停。」

「他怎會去碰愛情這東西，真是愚蠢的傢伙。」玄武無奈地搖著頭。

「您的意思是說，他真心愛著仙女嗎？」僧人問。

「沒錯。起初是因為仙女手中的如意珠，後來他真心愛上了仙女，還生了兩個孩子。那個女兒還出落得非常美麗。」

玄武嗤笑了一聲，像是不能理解螭的心情。

「在人類世界跟人類一起生活，他就成了人類了。」僧人垂下眼，點了點頭。

「對家人的思念讓他廢寢忘食，每天都以淚洗面。他還非常擔心獨自留在世上的女兒，人類啊，真的是……」玄武搖搖頭，喝了一口茶。

「府院君或許也要永遠跟人類生活在一起了，剩不到幾天了。」僧人以不帶任何情緒的語氣說道。

「我要回到龍宮，我必須回去……」玄武回答的聲音聽起來有些沒自信。

「等找到如意珠之後，就可以回到龍宮嗎？」

「是的，找到如意珠，並將如意珠交給那個人，那個人就能飛升成龍，這樣一來，我就能回到龍宮了。當然，是應該由那個人的女兒將如意珠交給他。」

「事情怎會變成這樣呢？這也不是府院君您的職責吧？」

「是啊。我的任務是幫助所有在海上航行的船隻與人類，還有引導落海而死之人的靈魂。」

「那您為何會被牽扯進這件事呢？」

「這是玉皇上帝的命令，但對我來說也不是什麼壞事。因為螭那傢伙回到了龍宮，我才得跟人類一起生活啊。等螭飛升離開龍宮後，我就也能回到龍宮了。」

「螭與烏龜，也就是與您，是永遠無法並存的關係啊。」僧人嚴肅地說。
「螭那傢伙跟我，實在沒有緣分。」
玄武陷入沉思，似乎是在思考自己的處境。兩人不發一語，大雄殿內再度恢復平靜，只有窗外的雨滴滴答答不停落下。稍後，玄武才說：
「師父您曾經說過，三次的偶然，便能稱之為必然。」
僧人點了點頭。他確實曾經說過，約莫一千五百年前左右，他曾經向府院君玄武這麼說過。
「那麼，螭的女兒與受詛咒之人，是必然的緣分嗎？」
「他們是有緣分。」僧人淡淡回答。
「那麼，除此之外，是否還曾有過兩次緣分，不，是否還有兩次緣分呢？」
僧人露出淺淺的笑容，沒有回應，而是轉移了話題。
「府院君這趟龍宮行並不容易。不過那如意珠終將會回到原本主人的手上，因為主人很焦急地在找，跟那孩子一起。
「但螭飛升之後，終究……」
這時，一個熟悉的聲音傳來。
「玄武醫生。」

「玄武前輩。」

＊＊＊

海秀一口氣往停車場跑去，蓮花也趕緊跟在後頭。

「你要去哪裡？」

見海秀上車，蓮花也跟著坐上副駕駛座。

「七星寺。前陣子我去七星寺見了僧人。是玄武告訴我的，說去七星寺就能見到那個僧人。」

海秀發動車子。蓮花也知道七星寺這個地方，她小時候常跟母親一起去。她也曾經在母親與僧人對話時和僧人對看了一眼。似乎是因為對僧人當時的眼神印象深刻，二十年後在急診室見到僧人時，蓮花也一眼就認出他。

「玄武前輩告訴你的嗎？玄武前輩怎麼會知道那個僧人？」蓮花嚇了一跳。

「就是說啊。最讓我生氣的是，當時我竟然一點都不覺得奇怪。」

海秀氣惱地說。玄武究竟是誰？難道是僧人口中會妨礙他們的傢伙嗎？

車子很快駛入南荷島環山道路。稍早外頭開始下起細雨，而他們越往山上開，霧氣便越濃，此刻窗外已經什麼都看不見了。他們只能依靠隱約朦朧的路燈緩慢前進。

好不容易停好車，兩人立刻爬上階梯。被濃霧所籠罩，看不見盡頭的那道階梯，瀰漫著一股陰森的氣息。蓮花一邊爬著階梯，一邊回想起過去為了驅散濃霧帶來的恐懼，曾經跟母親一起邊猜拳邊爬階梯的回憶。

穿越濃霧來到階梯盡頭，便能看見寺廟的中庭，那是蓮花小時候經常玩樂的地方。海秀大步越過中庭，蓮花跟在他身後，爬上大雄殿的石階。大雄殿的拉門敞開，一眼就能看見僧人與玄武坐在裡頭。

「玄武醫生。」

「玄武前輩。」

蓮花與海秀同時喊了玄武。玄武轉頭，那張熟悉的面孔今天看來格外陌生。

「你們終於發現了，我一直在等你們。」

玄武迎上前去，海秀一臉警戒地擋在蓮花前面。

「來，讓我聽聽你們都知道些什麼吧。」

玄武張開雙手，露出一派輕鬆的笑容。

「十五歲那年來找我，說我被神懲罰的那個人就是你。你當時的模樣也跟現在一樣，已經過了十九年，你卻一點都沒有老。你到底是誰？」海秀皺著眉問。

「你終於記起來了。」玄武露出滿意的微笑。

「詛咒與懲罰，都是你搞的鬼嗎？」

「下在你身上的詛咒，是玉皇上帝的旨意。你父親的死，則是閻羅王的意思。我只是生活在龍宮，傳達龍王旨意的一介淡水烏龜罷了。」

「那剛才在急診室那個戴黑帽子的男人呢？」

「那是在閻羅王手下工作的神差，人們都稱他為陰間使者。他經常出現在急診室，畢竟那裡每天都會有好多人死去，不是嗎？他今天也是來帶人走的，我只是在看他究竟要帶誰走。」

玄武說這段話的時候，臉上的笑意已經不見蹤影。他將目光從海秀轉移到蓮花身上。

「至於妳，蓮花，妳父親是螭。一千年前，不，以人類世界的時間來看是一百年前，螭奉玉皇上帝的命令，說只要找到丟入人類世界的如意珠便能夠飛升。在龍宮花了五百年的時間修煉之後，螭前往人類世界。以人類世界的時間計算，他只剩下五十年的時間能找。你們一家人生離死別的那天，就是他期待了千年的飛升之日。他必須拿著妳母親，也就是仙女手上的那顆如意珠回到龍宮。要是成功了，螭那天就已經成功飛升成龍，只可惜他失敗了。」

聽了玄武這一番話，蓮花無力地癱坐。父親竟也不是人嗎？這話的意思，便是否定了她人類的身分。不僅是母親，連父親也不是人，那她究竟是誰？

「他之所以失敗，是因為他真心愛著仙女。但他不知道，正是因為對仙女的愛，而使他最終不得不走向失敗的結局。」

「這是什麼意思？」

「螭那天可以從仙女手上搶走如意珠回到龍宮，但他實在不忍心丟下仙女跟孩子們一個人離開，便決心帶著孩子一起回到龍宮。但他的計畫失敗了，他不僅沒能飛升，甚至還失去了所有的家人。」

這一番話，讓蓮花眼眶泛淚。因為她從來不曾懷疑父親的愛，這證明了她的猜想，父親是真心愛著母親跟她。

「但妳不用太傷心，玉皇上帝又給了那愚蠢的螭一次機會。只要妳找到他拿不到的如意珠，並把那顆珠子送去給螭，玉皇大帝就會讓螭飛升。」

「我？如意珠？」蓮花吃驚地問。

「妳為什麼這麼驚訝呢？」玄武瞇起了眼。

「僧人說我應該去我母親身邊。」

「看來，你們一家人的命運都取決於妳的選擇。但妳要記住，螭只剩下這次機會了。」

蓮花咬著唇，露出掙扎的神情，她正站在選擇的岔路口。

「妳怎麼一點都不驚訝呢？妳知道妳父親是螭嗎？」

玄武帶著些許的驚訝問道。蓮花之所以很快便接受這個事實，是因為她雖沒想到父親是螭，但總覺得父親陰森的眼神和冰冷的手確實與眾不同。

蓮花陷入沉思之際，海秀焦急地喊了她一聲。

「蓮花。」

蓮花轉頭看著海秀，只見海秀慌張地說：

「玄武醫生不見了。」

蓮花看向玄武剛才所站的位置，才發現他已經消失了。

「才轉個頭他就消失了，他到底跑去哪了？」海秀看了看四周，卻都沒看見玄武的身影。

「他會再回到醫院嗎？」海秀問。

蓮花搖搖頭。既然已經曝光了自己的身分，那他就不會再出現在醫院。只是遲早有一天，他應該會再現身的吧？

「你先回去吧，我想在這裡再待一下。」

蓮花無力地拖著身體進入廂房。小時候她在中庭玩到累了，她總會去廂房睡午覺。她想在這裡整理一下思緒。

「不，我們一起回去吧。」

海秀跟在後頭。他坐在簷廊邊，臉上帶著不安。蓮花靠著牆坐下，將頭埋進雙膝之間。她覺得海秀身上真正的詛咒，其實是她待在海秀身旁造成的。只要她離開，海秀的詛咒、海秀的不安都會消失。

「妳不走我也不走。」

海秀進到房間躺在蓮花身旁，蓮花也跟著躺了下來。她盯著天花板，感覺屋裡的樑柱非常眼熟。她猛然想起不久前的夢。該不會……是在這裡？想起了那個夢境，蓮花希望海秀可以先離開，但海秀始終不肯走。無奈之下，蓮花整夜沒有闔眼。

朝陽穿透窗戶紙照進屋內，蓮花開門來到廂房外。海秀正坐在露水浸濕的石階梯上看著遠方的海面，蓮花也來到他身旁坐下。

「蓮花，我們走吧。」海秀握著她的手說。

「你先走吧，我有事情要問問僧人，問完我就跟上。」

無奈之下，海秀只好勉強答應蓮花。

「好，那妳要盡快跟上。」

蓮花望著海秀。這時，一陣風從樹林中吹來，吹起了掛在檐廊下的風鈴，風鈴響起了清脆的聲音。

「那我走了。」

蓮花點頭，海秀轉身離開。蓮花望著海秀遠去的背影，直到他的背影完全消失。

海秀離開後，蓮花再度回到廂房，繼續昨天沒能完成的思考。她是該去找母親？還是該跟著玄武去找父親？還是兩邊都不選，繼續留在海秀身邊？蓮花靜靜躺著，思索著沒有正確答案的問題，卻始終沒有定見。更困擾她的，是她不知道如意珠究竟是什麼樣子，而能帶她去往母親身邊的，屬於神的物品又是什麼？

徹夜未停的雨終於停歇，陽光照亮了被雨洗淨的天空。在時隔一個月的陽光下，蓮花感到一陣睏倦。她不知不覺間沉沉睡去。不知睡了多久，她聞到一股刺鼻的氣味。蓮花從睡夢中醒來並坐起身，汗水從她的額際流下，她的意識還有些昏沉。嗆人的濃煙不斷灌入她的鼻腔，她感覺身體漂浮在空中，就像躺在雲上。看到燒紅了的樑木落在自己身上，蓮花露出淺淺的微笑，她拯救海秀脫離了危險。

* * *

海秀拖著疲憊的身軀回到急診室。不過才穿過一道門，他便感覺自己渾身都沒了力氣，就好像靈魂被抽離了身體。他經過護理站，正打算回到休息室，坐在護理站的尹護理師趕緊追了出來。

「醫生，你跑去哪裡了？怎麼現在才回來？怎麼會這個樣子？」

他透過掛在休息室牆上的鏡子看到自己的模樣。身上穿的衣服皺巴巴的，已經好幾天沒換。頭髮亂蓬蓬的，雙頰也凹陷下去。他抬起手摸著自己的臉頰，感覺皮膚鬆垮且乾癟。

「你怎麼可以突然一聲不響就消失？你們兩人突然消失，大家都嚇死了！還以為你們遇到什麼大事了。」

雖然很想說「早就出了大事，現在對我來說沒有比這更重要的事」，但他還是忍了下來。海秀攤坐在椅子上，突然好奇玄武的動向。

「玄武醫生呢？」

「你說誰？」尹護理師反問。

「第三年住院醫生玄武啊。」

「你在說什麼啊？我們的第三年住院醫生只有申正植醫生一個人啊。」

記得僧人說過，人類會忘記見到神的記憶，難道玄武已經從大家的記憶中消失了嗎？那為何他依然記得這些事呢？

海秀拿起放在冰箱上的水，一口氣灌下肚。喝了一整瓶水，他卻還是感到口渴。他腦中的思緒雜亂，大腦也像是缺水一樣十分乾渴。休息室一角，不知是誰打開沒關的電視一直發出吵雜的聲響。喧鬧的電視聲令他煩躁，他拿起遙控器想關掉電視，卻在這時看見一則新聞插播。

「稍早上午八點左右，南荷島一處寺廟發生原因不明的火災。目前尚未確定寺內是否有人。」

海秀仔細看著畫面中的寺廟，那看起來十分眼熟，是七星寺。畫面上掃過一道石階梯，那是他稍早坐著的地方。接著畫面特寫蓮花所在的廂房，黑色的濃煙正從裡頭不斷竄出。海秀愣在原地，腦中不再有其他想法，只是充斥著那些濃煙。蓮花應該還在七星寺才對……

這時，他聽見逐漸朝醫院逼近的警笛聲。海秀感覺自己汗如雨下。他聽見匆忙的腳步聲與大力推動病床的聲音，身體卻沒有任何動作。

外頭傳來元曉焦急的喊叫聲。

「蓮花。」

海秀猛然起身衝了出去。政泰與正植拉著病床往急救室去，海秀跟在他們身後，擠在一群住院醫生之間。蓮花滿身是灰，毫無意識地躺在床上。海秀心中的不安化作現實，赤裸裸地呈現在他眼前。他以顫抖的手握著蓮花的手，蓮花沒有任何反應。

海秀把正在做心肺復甦術的政泰推開，雙手交疊按在蓮花胸前。他身後起了一陣騷動，卻沒有人阻止他。政泰退了開來。

「蓮花，快醒醒。妳不能死。神？我才不管那些，我只要妳，妳快醒醒啊。」

他迫切地替蓮花做心臟按摩，眼皮也開始變得沉重。很快地，他發現自己身處在漆黑的隧道裡，他在伸手不見五指的地方徘徊，但他覺得自己的模樣有些奇怪。現在的他很小，看起來就像個孩子，他變回了小時候的模樣。他發現某處有一道光芒照入，他朝著光芒走去，隨著距離縮短光芒也越來越刺眼。他舉起手遮住刺眼的光，並持續向前。等到熟悉光亮的存在、視力逐漸恢復之後，他看了看四周，發現自己正站在南荷島的沙灘上。他看見蓮花從自己的眼前經過，蓮花的模樣，跟上次在某位患者的過去所看到的一樣。

蓮花牽著父母親的手走在沙灘上。一年只有一天，空中會有無數華麗的煙火綻放。那天是蓮花九歲生日，也是陰曆七月七日。沙灘上擠滿了來看煙火的人群，滿心期待的人們帶著些許的興奮，也感染了整片沙灘。蓮花的父親帶著家人穿越人群，往沙灘的盡頭走去。

「爸爸，我們要去哪？」

蓮花眨著眼問。父親露出慈祥的微笑，沒有回答，只是繼續前進。蓮花跟著父親來到海岸東側盡頭的「郵輪碼頭」。

「這些學生好像是來校外教學的，船好像才剛準備出航。」

蓮花的父親探頭往轉運站裡看了看，裡頭擠滿了應該還在讀國中的男學生。蓮花的父親前往售票處，沒過多久便帶著滿臉的笑容與船票回來。正如他們所約定，蓮花生日這天，蓮花會跟家人們一起登上在南荷島海面航行的郵輪。

「我的公主，生日快樂。」

雙手合十許完願後，蓮花吹熄了插在生日蛋糕上的九根蠟燭。她一如既往地與父母親共度生日，今年還多了弟弟一起慶祝。

「我的公主，妳許了什麼願？」母親帶著溫暖的笑容問。

「噓，是秘密。」蓮花舉起食指靠在唇邊，還俏皮地眨了個眼。

「媽媽，這不是夢吧？」

這一切實在太過幸福，蓮花擔心這只是場眨眼便會醒來的夢。母親沒有回答，只是溫柔地一把抱住她。

「我去外面看一下再回來。」

慶生完後，父親便留下一家人獨自前去船尾。蓮花跟母親和年幼的弟弟留在四樓的甲板上，大多數的乘客都在四樓甲板上等待煙火。

蓮花一個人來到船右側的護欄邊。這是她有生以來第一次這樣近距離觀察夜晚的大海。黑暗籠罩的海面看不見地平線，與夜空之間的界線徹底模糊，蓮花感覺自己像悠遊在漆黑的宇宙。她好奇地低頭往腳下一看，漆黑的海面突然令她感到一陣恐懼，好像水裡有什麼看不見的東西，準備把整艘船拖入水裡。

在恐懼的驅使之下，蓮花往船的左邊跑去。有別於右邊的漆黑大海，左邊的海面在銀河大橋的七彩燈光照耀下顯得華麗燦爛。銀河大橋另一端，成排的大樓也都發出不同色彩的光芒。

「哇，好漂亮。」

蓮花禁不住感嘆。這時，砰的一聲，煙火在頭頂上綻放。朝銀河大橋上方射出的煙火如雨一般降下。人們抬頭仰望、歡呼，而在人群中的蓮花，正在享受一個永生難忘的生日。

第九發煙火在天空綻放時，船上的喇叭傳出警報聲。那警報聲彷彿施展了魔法，所有人的動作瞬間靜止。在寂靜之中，人們面面相覷，像在觀察彼此的反應。在令人窒息的緊繃之中，第十發煙火綻放，人們卻不再抬頭。警報聲沒有停歇，透過喇叭不停播放。一陣劃破寂靜的腳步聲，讓人們同時回過頭。一名少年跑上樓梯，蓮花緊張地抬頭看著母親。有別於其他人，母親正抬頭仰望著天空。

這時，一個男人焦急大喊：

「火，失火了！」

男人的喊叫聲像起跑的信號，人們紛紛開始逃竄。刺鼻的氣味從橫衝直撞的人們之間竄出，在一片混亂之中，蓮花的母親依然一動也不動地站著。是在等父親嗎？

接著母親單膝跪地，看著蓮花的雙眼說：

「蓮花，妳不要驚訝，好好聽我說。」

蓮花點點頭。

「其實媽媽……不是人類。」

「我知道，妳是仙女。」

母親驚訝地瞪大了眼。
「妳怎麼知道這件事？」
「我聽爸爸說的。」
母親顯得更吃驚了。
「所以……在爸爸回來之前，我們必須離開。」
蓮花想起父親曾經說過，擔心母親可能會離開，便把羽衣藏在衣櫃裡。蓮花很快便意識到，父親說的那一天就是今天。
「不要，沒有爸爸我不要走。」蓮花倒退了幾步，搖搖頭拒絕。
「今天不走，就永遠都走不了了，所以我們現在非走不可。」母親用哀求的語氣說道。
「不能不要走，繼續留在這裡嗎？妳也沒有羽衣啊。」
「媽媽沒辦法一直生活在這裡。如果不想跟蓮花分開，那媽媽就得帶妳去玉皇宮。只有今天這個日子，可以在沒有羽衣的情況下去玉皇宮。所以拜託……蓮花……」
看見母親眼眶泛紅地哀求，蓮花有些動搖。
「怎麼走？沒有羽衣要怎麼走？」

「這個戒指可以打開通往天上的門。」
母親摸了摸戴在手上的玉戒指，隨後玉戒指發射出一道剔透的光芒，指向天空的另一端。蓮花看著那道光芒，驚訝得合不攏嘴。
「快……蓮花，沒時間了。」
母親牽著她的手催促。蓮花看著母親焦躁不安的模樣，發現她的額頭上出現過去未曾有過的紅色斑點。她靠上前去想仔細看個清楚，船上的所有燈光卻在這時熄滅。霎時間，船消失在黑暗之中，只有母親手上那枚戒指發出的光芒劃破黑暗。
這時，父親從濃煙之中現身。
「老婆，快走吧，這樣下去我們都會死。」
父親焦急地牽起母親的手，母親被父親拉著離開，而被母親揹在背上的弟弟開始哭泣。蓮花擔心走失，便緊抓著母親的手，弟弟的哭聲則被人群的尖叫聲淹沒，他們逐漸被黑色的濃煙所籠罩。在父親的帶領之下，母親與蓮花往船艙內跑去，卻沒有一個地方能避開濃煙。人們一一倒在甲板上，還有意識的人則開始往海裡跳。他們別無選擇，只有留在被火焰吞噬的船上，還是跳入深不見底的海裡兩條路能走。這時，父親轉向海面。
「跳進海裡吧。」

父親爬上護欄大喊。就在母親有些遲疑時，父親從護欄上滑落，母親則甩開了他的手。

「老婆，不行。蓮花……蓮、花……」

父親就這麼落海，呼喊蓮花的聲音如山谷裡的回音一般在海面飄蕩。

「爸爸、爸爸！」

蓮花跑到護欄旁探頭往海裡看。父親掉下去的地方掀起一陣小小的浪花，隨後逐漸平靜。蓮花對著父親消失的位置不斷哭喊，她實在不敢相信，剛才所感受到的幸福瞬間蕩然無存，只有悲劇在等著她。父親才一消失，天空便頓時烏雲密布，一下子雷聲大作，很快下起了傾盆大雨。

「蓮花，我們快走吧。」

母親牽起蓮花的手。蓮花一轉頭，便看到母親的頭頂上站了一個人。蓮花揉了揉眼睛，擦去模糊視線的雨水，才終於看清楚等待母親的是什麼人。在燦爛的光芒之中，一名白髮老人低頭看著母親與蓮花。

蓮花的注意力集中在白髮老人身上，隨後便感覺身體飄了起來，接著便跟揹著弟弟的母親一起，被吸入那道光之中。腳一懸空，蓮花便感到緊張，手心也開始冒汗。

甲板上的人顯得越來越小。蓮花牽著母親的手，低頭看著越來越渺小的人群。這時，她牽著母親的手滑了一下，她掉落到甲板上。母親手上的玉戒指也跟她一起滑落，就在她眼前滾動。

「蓮花。」

母親焦急地大喊。戒指在甲板上滾了幾圈，隨後停了下來。

「媽媽，等一下。」

蓮花趕緊起身，伸手要去撿戒指。就在她要撿到戒指時，不知從哪冒出一名少年，一把攔截了那只戒指。

「不行。」

蓮花尖叫出聲，少年卻拿著戒指消失在黑暗之中。一瞬間，蓮花看見少年額頭上的紅色斑點。接著她才抬頭看向母親，母親卻早已離她遠去。蓮花意識到自己再也握不到母親的手，只能對著母親揮手喊道：

「我愛妳，媽媽，我們要再見面喔。」

「我也愛妳，我的女兒。媽媽一定會好好保護妳，我們一定會再見面。」

光芒之中，母親消失得無影無蹤。奇怪的是，蓮花並不感到恐懼、擔心或悲傷。只有不知何時才能見到面的期待，在她內心深處扎根。

父親與母親離開後，獨自留在船上的蓮花看了看四周。停電的船上，漆黑得伸手不見五指。火勢越來越劇烈，充斥船艙的濃煙嗆得要命。但奇怪的是，蓮花卻覺得自己越來越清醒。她回想稍早發生的事，不知哪來的少年拿走了母親的戒指，如果想追上母親，她就得找到那名少年。

話說回來，稍早四處逃竄的人們此刻早已不知去向，四周只剩下一片寂靜。蓮花試圖邁開步伐，卻被不知名的物體絆住，差點摔倒在地。低頭仔細一看，發現絆住她的竟是個人。蓮花倒退了幾步，四處張望，嘗試尋找安全的地方。這時，她看見一個白影晃動了一下便消失，她往白影的方向跑去。

蓮花來到船首時，恰巧看見拿著戒指的少年縱身往海裡跳。她追著少年來到護欄旁，發現下方有一艘小船，船身上寫有「海洋警察」。稍早跳入海裡的那名少年，就躺在海洋警察船的甲板上。她也趕緊站上護欄，但海洋警察船卻已經發動。

「救命啊，我在這裡。」

蓮花張開雙手左右揮舞，海洋警察船卻頭也不回地離去。此時，一名穿著救生衣的中年男子氣喘吁吁地來到她身旁。男人失魂落魄地望著逐漸遠去的海警船，見最後的希望消失，她潸然淚下。男人瞥了蓮花一眼。

「妳想活下來嗎？」

蓮花點點頭，男子便一把抱著她爬上護欄。雖然感到害怕，但男子沒有給她反抗的時間，縱身一躍往海裡跳。蓮花感覺自己被大海吸入，失去意識的她在深不見底的黑暗中徘徊，並聽見了父親的聲音。

「找到玉戒指後就來找爸爸，這樣我們一家人就能再見面。」

不知過了多久，有人搖醒了蓮花。

「孩子，快醒醒，妳快醒醒。」

蓮花清醒過來，雙手不斷摸索，她能感受到冰冷堅硬的地面。看來自己並不在海裡。她睜開雙眼，發現一個男人正盯著她看，就是那個抱著她往海裡跳的男人。

「孩子，妳醒了嗎？」

蓮花點頭。

「路過的漁船救了我們。」

蓮花深吸了口氣，呆看著面前的救命恩人，男人則看向逐漸遠去的漁船。漁船停在白色燈塔旁的防波堤邊，稍早那艘海警船也在那，卻沒能看見獲救的少年。男人躲避人群的視線，帶著蓮花來到燈塔下方。兩人窩在寒冷的海邊，呆望著海面看了好一陣子。慘遭火焰吞噬的船，與在船隻上方綻放的煙火形成強烈對比。那煙火彷彿要在今晚將一切燒盡，什麼也不留下。在船上聞到的那股嗆鼻氣味，在黏膩海風的吹拂之下鑽進鼻腔，讓蓮花想起稍早的事。跳進海裡的父親與飛到天上的母親，這個生日真如父親所願，成了蓮花永生難忘的一天。

稍後，男人便與前來會合的妻子一同前往指揮總部，蓮花則跟男人的兒子待在一起。沒過多久，蓮花注意到一名眼熟的少年，就坐在對面的紅色燈塔下。蓮花像是著了魔似地往那裡跑去，那名抱著雙膝坐在燈塔下的少年，在蓮花靠近時抬起了頭。

「是你對吧？是你拿走了，對吧？」少年眨了眨無神的雙眼。

「把東西給我。」蓮花小小的手湊到少年面前。

「什麼……？妳在說什麼？」少年皺起了眉。

「我媽媽的戒指，你快點還給我。」

蓮花終於忍不住哭了出來。她的哭聲讓少年手足無措，一名穿著黑色西裝的男子在這時走上前來。

「你在這幹麼？快走吧。」男子催促著少年。

「哥哥，你沒事吧？」

一個稱呼少年為哥哥的女孩子，上前摸了摸少年的臉，少年則一把將妹妹的手拉開。隨後少年便搭著黑色的小客車離開，留下蓮花一人在原地。蓮花無處可去，也不知道回家的路。即使回家，那裡也不再有會迎接她的父親跟母親。

蓮花癱坐在地，她不知道該怎麼做，也不知道該去哪裡。少年離開後沒多久，一名頂著一頭捲髮、留著濃密鬍鬚的男人便來到蓮花身旁。

「走吧。」

「大叔，你是誰？」蓮花鼓起勇氣詢問。

「我是妳親叔叔。」

海秀猛然睜眼。他心跳劇烈，大口大口地喘著氣。他額上流下的汗珠，正不斷滴至蓮花的胸口。看了看四周，住院醫生們都遠遠看著他。他轉頭看了看生理監視器的螢幕，蓮花的心電圖有了起伏，蓮花的心臟恢復了跳動。

海秀將剩下的處置交給實習醫生，隨後便離開急救室。他還沒能從稍早的衝擊之中平復過來。

「是戒指。」

存在於腦海深處的記憶一點一滴逐漸恢復。那天見到仙女、在莫名力量的牽引下撿起戒指的記憶、蓮花要找的東西就是那枚戒指的事情，都像拼圖一樣一片一片完整拼湊起來。但已經過了十九年，他不知該去哪找戒指的下落。海秀揪著自己的頭髮，他該上哪找戒指？

接近傍晚時分，蓮花的檢查結果出爐，這次依舊一切正常。

＊＊＊

載夏接到朋友御珍的聯繫來到一樓。一進到一樓的咖啡廳，便看到御珍朝他揮手。

「隱藏的真相到底是什麼？」

他一坐下便立刻問道。

「幹麼那麼急？先喘口氣，一邊喝咖啡一邊聊啦。」載夏焦急地等待御珍告訴他真相。

「這件事似乎跟握有巨大權力的人有關。」御珍先喝了口咖啡才緩緩開口。

「握有巨大權力的人？是誰？」載夏激動地靠向御珍。

「不知道。只知道在意外發生後大概一年吧，那個人就突然消失了。」

「消失？這好像有點怪耶。」載夏皺起眉頭說。

「重要的是，我去查了那個人到底是誰，卻什麼都沒查出來。但其中確實有點什麼，不太像是單純的謠傳。」
「到底有什麼？該不會是故意……引發意外吧……不會的……」載夏喃喃自語著。
「那個人的兒子似乎也在那艘船上。是他兒子造成那起意外，而那個掌權者則隱匿了真相。」載夏雙手摀著臉低下了頭。
「怎麼可能？那他兒子呢？死了嗎？」
「怎麼可能。他兒子似乎是倖存者之一。」
話才說完，兩人便陷入了沉默。
「如果這是真的……那就是倖存的兩名學生之一。」載夏一邊回想當時的情況一邊說。
「你是真的打算查清楚是誰嗎？事到如今才要查？這樣能讓死掉的人回來嗎？」
御珍從口袋裡掏出香菸，但看了一下周圍的情況，又重新把香菸塞回口袋裡。
「得讓他受罰啊，無論如何都得讓他接受懲罰。」
這時，突然有人拍了拍載夏的肩膀。
「你在這幹麼？」

載夏抬頭一看，發現是海秀。海秀似乎也是來喝咖啡的。

「我來跟朋友碰面。上次跟你說過，是為了我爸的事情，我拜託他幫我查一些東西。」

載夏的目光轉回御珍身上，海秀也看向御珍。

「他是新聞記者，也是我高中同學，叫朱御珍。」

御珍對海秀點了個頭。載夏轉頭看向海秀。

「這位是我大學同學，也是急診室的主治醫生，姜海秀。」

海秀用眼神向御珍示意，隨後便離開了。

＊＊＊

最後一次跟蓮花面對面說話，已經是一個星期前的事了。蓮花依然昏迷不醒，而海秀也越來越感到不安，生怕就此錯過蓮花回去的日子。蓮花不會就這麼死去吧？他不知能向誰詢問，只能這樣焦躁不安地任憑時間流逝。一把大火徹底將七星寺燒毀，僧人此後沒有再出現。消失的不僅是那位僧人，陰間使者與玄武也消失得無影無蹤。這彷彿是暴風雨前的寧靜，一股緊張感包圍著海秀。而他現在腦中唯一的想法，就只有好好保護蓮花。

海秀回到他位在海東新都市的家。從出生到成為實習醫生之前，他一直都在那裡生活。但在成為醫生之後，他已經八年沒有回去那了。戒指不在上次海仁替他帶來的箱子裡，若戒指真的在他手上，那肯定是在家中的某處。

「你要不要搬回家來？」

母親跟在他身後詢問。海秀沒有回答，只是逕自往房間走。坐在已經有些陌生的床邊，他環顧整間房間。仙女的戒指會放在哪呢？

這時，母親從口袋裡掏出一個東西。

「你在找這個嗎？」

意外的是，母親遞出的東西竟然就是他在尋找的戒指。

「不……這……怎麼會在這……」海秀驚訝得說不出話來。

「是海仁告訴我的，說你在找那時候的東西。」

母親有些消沉。她瞥了戒指一眼，接著說：

「所以我在想，你可能是在找這枚戒指，我一直覺得你也許有一天會需要。」

「這戒指一直在妳手上嗎？」

「那起意外發生之後，有一天我要洗衣服的時候，從你的口袋裡找到這枚戒指。本來想問你，但又覺得有些怪異，所以就保管著，一直放到現在。」

海秀想起那天的記憶。他像是著了魔一樣，在跳上海警船之前將戒指塞進口袋裡，接著他便失去了意識，什麼也不記得。

「這戒指到底是什麼？你為什麼急著要找它？」

海秀把那枚戒指握在手裡端詳，幾種不同的情緒在心中翻騰。

「我先走了。」

他將戒指放進口袋，沒有回答母親的問題。

「這麼快就要走？海仁也說要回來，一起吃個飯再走吧。」母親語帶遺憾地說。

「海仁嗎？」海秀停下腳步。

「你爸的葬禮結束後，她就一點消息也沒有，但今天突然說要回來。」

「為什麼？該不會是……發生什麼事了吧？」母親的臉蒙上了一層陰影。

「你還記得吧？爸爸去世之前說的話。海仁前陣子也說，她看到戴著黑色帽子的男人在附近出沒……」

陰間使者為何會出現在海仁面前？該不會海仁也是他深愛的三人之一，會在他眼前死去吧？海秀甩了甩頭，他可不能任由事情這樣發展，他不能讓妹妹因為他而陷入險境。

一想到跟自己待在一起，會害母親跟妹妹面臨危險，海秀便想趕緊離開家。母親追到門口想留住他。

「海仁……她不會有事的。妳快進去休息吧，媽。」

海秀正要坐進停在家門口的車子，就聽見母親在身後大喊：

「海仁！」

回頭一看，發現母親對著正要穿越斑馬線的海仁揮手。海秀則站在車旁，等著海仁過馬路。就在海仁要走過斑馬線時，一輛車子以極快的速度從約一百公尺以外的地方朝海仁衝去。那輛車沒有減速，始終以相同的速度前進。海秀的視線在車子與海仁之間來回，並連忙喊道：

「海仁，快停下來！」

在海仁聽到他的聲音之前，那輛車便撞上了海仁。海仁像一具玩偶被撞飛到空中，接著砰的一聲掉落到地面上。海秀跑上前去，許多人圍到海仁身旁，海秀從人群之間擠了進去，看見海仁的頭流出大量鮮血，柏油路都被染成一片血紅。

「海仁，妳快醒醒，不可以啊，海仁。」

海秀幾乎忘了自己該做什麼，只顧著抱住海仁哭喊。海仁頭上流出來的鮮血，流過他的指間。海秀只是不斷重複將流出來的血捧起來，試圖重新把血灌回海仁的體內。與此同時，開著警笛的救護車抵達，救護隊員確認海仁的狀況，隨即用擔架把她抬上車。

「請送到千明大學醫院。」

海秀跟在後頭，一邊上救護車一邊焦急地說。救護隊員透過後照鏡看了他一眼。

「千明大學醫院現在沒辦法收患者。」

身旁的救護隊員掛上電話，並將剛才接獲的消息告知海秀。

「這是什麼意思？去其他醫院可能會錯過黃金救援時機啊。一定要去千明大學醫院，拜託請送去千明大學醫院吧。」

「可是……醫院那邊說不能收，我們也……」

「我是千明大學醫院的醫生，我是急診室的醫生。」

海秀大聲喊道。無奈之下，救護隊員只能將車開往千明大學醫院。前往醫院途中，海秀暗自下定決心，無論發生什麼事都一定要救活妹妹。

救護車停在千明大學醫院急診室前，海秀跟救護隊員一起推著床進入急診室，卻不見任何醫護人員出來接手。

「這是急診患者，大家都去哪了？」

見尹護理師匆忙走過，海秀趕緊喊住她。

「剛才接連來了很多急診病患，現在大家都很忙，那名病患要交給您來處理。」

尹護理師為難地答道。海秀看了看急診室，確實就如尹護理師所說，整個急診室都像戰場一樣混亂。救護隊員把海仁送到急診室後便撤離了，無奈之下，海秀只能獨自把海仁推到角落的空床位。

海仁的心臟突然停止跳動。她已經失血過多，若想救她，就得盡快替她動手術。海秀替海仁施行心肺復甦術，並叫住路過的元曉。

「元曉醫生，現在趕快幫我查一下還有沒有OR（開刀房），再聯絡一下NS（神經外科）。」

他的聲音在空中飄蕩，沒有得到任何回應。元曉沒有空閒能處理他的指示。海秀無奈地看著海仁，乖巧的妹妹躺在病床上，就像睡著了一樣。

「神啊，如果祢在聽我說話，就請祢救救海仁吧。」

即使要求遍滿天下的神佛，海秀也希望能救回妹妹。

年幼的海仁跟父母一起搭著車前往某處。海仁不知道他們的目的地是哪裡，只是隔著車窗看著外頭的煙火感到興奮。車停在防波堤的入口處，海仁下了車，現場混亂的氣氛讓她有些退縮。防波堤入口處，許多人跺腳、哭喊，空中則有直升機穿梭。父母親前往郵輪碼頭處的意外指揮總部，哥哥則坐在防波堤盡頭的白色燈塔下。

海仁往哥哥所在的方向走去，路上聽見了其他人的對話。

「海警只救出兩名學生吧？那船上的其他人都死了嗎？」

海仁來到白色燈塔下，發現哥哥正抱著自己的膝蓋，整個人不停發抖。

「哥，你在這幹麼？」海秀抬頭，淚眼婆娑地看著海仁。

「你怎麼哭了？」

海秀靜靜地搖頭，之後也一直沒有說話。哥哥沒有理會自己，海仁覺得有些無趣，便轉身往車子的方向走。才一上車，外頭便下起一陣雨。海仁坐在車裡，靜靜看著打在車窗上的雨滴。她的手指跟著雨滴滑落的軌跡在車窗上移動，突然聽見一陣吵雜聲傳來。透過車窗，她看見一艘船正往白色燈塔駛去。船上是一名年紀與父親相仿的男子，以及看起來小她三、四歲的一個女生。似乎是從那艘船上被救出來的。

沒過多久，雨勢漸歇，海仁下了車，再次往防波堤走去。白色燈塔下方坐的已經不是海秀，而是跟海秀年紀相仿的少年。海秀已經換了一個位置，坐到對面的紅色燈塔下方。海仁本想走去哥哥身旁，最後決定在原地坐下休息。稍早才下過雨，地面還濕答答的，她一坐下去，衣服也跟著沾濕了。而一旁的少年把頭埋在雙膝之間，似乎是睡著了。

海仁覺得有些無聊，便打開素描本，開始畫下眼前所看見的風景。畫裡有夜幕低垂的海面、高掛夜空中的月亮、被烈火吞噬的船隻，以及極其突兀卻無比燦爛的銀河大橋。

突然感到有些睏倦，海仁將素描本放在一旁，頭枕在膝蓋上，閉上眼睛沉沉睡去。好一段時間過去，才有一陣聲響將她吵醒。身旁的少年不知何時醒來，正翻看著她的素描本。

「抱歉。」

少年向她致歉，但海仁並沒有把他的道歉聽進耳裡。從她與那名少年視線交會的那一刻起，海仁便被那雙褐色的眼睛所迷惑。那雙眼睛無比溫柔，是她未曾從「男人」這種生物身上獲得的情感。

少年面帶微笑地問道：

「妳叫什麼名字？」

「姜海仁。」海仁露出羞澀的微笑。

「我叫申載夏，我可以帶走這幅畫嗎？」

海仁點點頭，便將那幅畫從素描本上撕了下來。載夏接過那幅畫，並在素描本的角落寫下名字。

——姜海仁

「姜海秀，你在做什麼？海仁怎麼會在這裡？」

海秀突然驚醒，回頭一看，是載夏站在身後。載夏的眼睛緊盯著海仁，海秀轉過頭查看生理監視器的螢幕。螢幕上的心電圖依然呈現一直線，並不斷發出吵鬧的警報聲。海仁的心臟依舊沒有恢復跳動，究竟過了多久？冷汗沿著海秀的背脊流下。

同時，他在往地下靈堂的門前發現了陰間使者。那名陰間使者看著他露出微笑。現在一切都結束了，茫然的海秀背靠著海仁的病床無力癱坐。

「海仁，海仁！」

「海仁，不行，妳快醒醒啊，快！」

載夏與母親的哭喊聲竄入耳中，無論他們如何搖晃海仁的身軀，海仁終究沒有重新活過來。海秀痛哭失聲，害死妹妹的罪惡感將他拖入深不見底的地獄。

「爸，我現在該怎麼辦才好？」

＊＊＊

醫院裡的喇叭響起「黑色警報」的廣播，載夏恰巧在這個時候踏進醫院。醫院門口停了一整排救護車，本就讓他有些吃驚。一進到醫院，便看到一群穿著白袍的醫生衝進急診室。掛在急診室院務科對面牆上的電視，正在播報緊急插播的新聞。似乎是西川工業園區發生爆炸事故。

載夏按了電梯上樓鍵，並回頭看著急診室。院務科前面的那扇自動門始終敞開，幾乎沒有時間關上。透過敞開的門縫，他能看見病床在急診室裡不斷來去。今天要搭電梯的人似乎格外地多，電梯每一層都停靠，花了不少時間才到一樓。

就在他本想改走樓梯時，他看見海秀推著一張病床進到急診室。病床經過候診室進入急診室那短短的一瞬間，載夏看見躺在床上的人。他像被磁鐵吸引，跟著病床進到急診室。急診室裡，所有人忙得不可開交。

載夏環顧急診室，尋找海秀的身影。海秀將病床推到角落，他有些遲疑地靠了過去。海秀開始替患者做心肺復甦術，而載夏則仔細看了看那名患者的臉，竟然是海仁。

載夏吃驚地摀住了嘴，海仁頭上不斷流出紅色的鮮血。載夏以顫抖的雙手握住海仁的手。那隻手既不冰冷也不溫暖，證明海仁還沒有離開。海秀獨力救治海仁，而一看到海仁悽慘的模樣，載夏的思緒瞬間停止運作。不知過了多久，載夏才回過神來，並對著海秀大喊：

「姜海秀，你在做什麼？海仁怎麼會在這裡？」

海秀嚇了一跳，回頭看了看他。豆大的汗珠從海秀額頭上滑落，海秀看了看生理監視器的螢幕，雙手便離開了海仁的胸口。載夏不敢相信眼前的事實。

「不行，姜海秀，你在幹麼？快把海仁救回來啊！」

載夏趕緊對海仁進行心臟按摩，海仁的心跳卻沒有一點回應。

「這麼漂亮的一張臉，怎麼弄成這樣。」

載夏用手擦去海仁臉上斑斑的血跡。海仁沒有任何反應。他難以置信，他不敢相信。不久前才在他面前對他歡笑的海仁，為何會突然遭遇這種事？載夏覺得自己要崩潰了。

「快醒醒啊，海仁，我們還要去遊樂園啊。妳快醒醒啊……」

載夏在海仁身旁哭喊了好久。

＊＊＊

蓮花感覺頭痛欲裂。好不容易睜開眼，發現稍早跟自己在一起的父母親跟弟弟都不在身邊。她似乎是被送到醫院了。她想起在天空綻放的無數煙火、著火的船、跳進海裡的父親與飛上天的母親、戴在母親手上的那枚戒指滾到地面上的那一刻，以及撿起戒指的那名少年。雖然想起了這麼多事情，卻記不得自己是怎麼被送到醫院的。蓮花躺在床上，試著回想稍早的情況。少年額頭上有個紅斑，那名少年是海秀，是海秀拿走了母親的戒指。海秀……

後來她才意識到，稍早經歷的事情是一場夢。但要說那是夢，似乎又太過清晰，因為她現在感覺自己是剛從意外現場被送到醫院。她環顧四周，完全無法確定那是一場夢。這時，她聽見一名男子悲傷哭泣的聲音。她朝哭聲傳來的方向看去，便看見海秀與載夏圍繞在一張病床旁哭。

蓮花下了床來到兩人身旁，發現躺在床上的是海仁。海仁身下的那張床沾滿了鮮血。蓮花小心翼翼地握住海仁的手，雖然還能感覺到溫度，卻也能感覺到那溫度正逐漸冷卻。她不敢相信，便靠到海仁的胸口試圖聽聽心跳，卻發現自己什麼也聽不見。

「醫生……不，海仁姐……海仁姐怎麼會在這？」

蓮花搖晃著海仁的雙肩，海仁卻沒有任何反應，像是陷入了深深的沉睡。

「海仁姐，我們去畫畫吧，快起來啊……」

蓮花拉著海仁的手，海仁的手卻無力地滑落。

「不，這不可能，海仁姐，快起來。」

蓮花趴在海仁胸前哭喊。就像她幾個月前看到的幻影，海仁終於還是離開了。

＊＊＊

辦完海仁的葬禮，海秀時隔五天回到醫院上班。不到一個月便送走了父親跟妹妹，他如今已失去能夠逃避現實的避風港。他能待的地方，只剩下急診室而已。對他來說，急診室是他送走父親、妹妹的地方，更有許多送進急診室的患者在他手中離開人世。他無法守住這些人，這是個令他感到心痛的場所，卻也是他唯一的歸屬。

海秀坐在公園的長椅上呆看著空中。他愛的兩個人離開，現在只剩下一個人了，只剩下蓮花了。

這時，蓮花來到他身旁坐下。

「我想起來了。」

海秀轉頭看著蓮花。

「是戒指。」

蓮花的話令他的心沉了下來。蓮花果然也知道了。但她是什麼時候知道的？她知道的內容究竟有多少呢？海秀盯著蓮花看。

「失去意識的時候我做了一個夢。與其說是夢，我覺得更像是找回記憶。」

「我也看到了妳的過去。」蓮花瞪大了眼睛。

「我在妳的過去裡看見，我們……是在失火的船上相遇的。」

「那你是那天的倖存者之一？」海秀緊咬著下唇，點了點頭。

「如果你看見我的過去，我想那天應該不遠了。」

仔細一想，不知不覺已經進入八月，當年的意外也差不多是在這個時期發生的。那天，救護車經過兩人面前，並停在救護車停靠區。海秀與蓮花停止對話，立即衝進急診室。一名看起來像是某位病患家屬的女性，滿面愁容地跟在他們身後進入急診室。

蓮花與正植推著病床進入急救室。

「是TA（車禍）。」

跟在後頭的救護隊員告訴海秀。海秀查看患者的狀態，發現患者的肚子異常脹大。應該是多重器官破裂，造成腹部嚴重出血。但比這更引起海秀注意的，是他發現患者的膚色嚴重蠟黃。

「他有罹患什麼慢性病嗎？」

海秀轉頭看向男人的妻子，那名女子停止了哭泣，以顫抖的聲音答道：

「他肝癌末期。」

海秀垂下頭，他的猜想果然沒錯。無論是否將這名男子緊急送去動手術，應該都撐不過今晚。既然都逃不過一死，那還有必要將患者送進手術室嗎？海秀站在一旁苦惱，頻頻哭泣的女人讓他十分掛心。他希望能讓這名女子跟自己的先生道別。

他進到急救室，所有人都警戒著他。他來到患者身旁，正在為患者做心肺復甦術的正植轉頭看他。

「姜醫生。」海秀雙手放到男人的胸口。

「醫生，我們什麼都不知道，我們什麼都沒看到。」

正植說的話，他左耳進右耳出，沒有真的聽進去。他開始替男人急救，隨後他發現自己身處漆黑的隧道裡，正跟著光芒前進。

海秀站在郵輪四樓的甲板上。兩名少年從他面前走過，他一眼就認出自己十九年前的模樣。那兩名少年分別是十五歲的他與他的朋友，鐘哲。他們是洶云國中二年級的學生，這天一起參加校外教學。當時，他們正以各自的方式享受著夜晚的大海。

稍後，煙火在他們頭頂綻放，甲板上的人群看著煙火出了神。海秀也看著煙火，卻不怎麼感興趣。因為他找到比這更有趣的消遣。他想證明自己不是父親的傀儡，要藉此宣告自己絕對不會順從父親的心意。

「鐘哲，我們下去一樓吧。」

原本看著煙火的鐘哲瞥了他一眼。海秀偷偷拿出口袋裡的香菸跟打火機給鐘哲看，鐘哲搖搖頭拒絕。

「別這樣啦，我們一起走嘛。我已經先看好了，貨艙裡一個人也沒有。」

鐘哲怎麼也不肯走。

「你上次期末考……」

見鐘哲有些退縮，海秀便語帶威脅地提起期末考的事情，並露出一個略帶深意的微笑。

「我會幫你保密的。」

鐘哲低下了頭。海秀之所以希望鐘哲能加入他，是因為如果有人跟他一起做壞事，他就能稍稍減輕罪惡感。

海秀帶著鐘哲從中央階梯下樓。就在這時，身後有人叫住了他。該死，是二年級的學年主任申善道。他從剛剛開始就一直在同學身旁來來去去，緊盯同學的一舉一動。鐘哲用眼神詢問海秀：「不會被發現吧？」海秀也用眼神回應，要鐘哲放一百二十個心。

「你們要去哪？」老師的一句話，讓兩人心跳加速。

「去廁所。」

海秀露出尷尬的微笑答道。他想趕快離開這裡，總覺得再繼續待下去，因為緊張而加速的心跳可能就會被老師聽見。幸好，救世主教務主任正從不遠處走來。

「你們自己注意安全。」

教務主任出聲喊了學年主任一聲，學年主任便叮嚀兩人要小心點，便趕緊讓他們離開了。海秀做了個手勢要鐘哲跟著自己，便繼續沿著中央階梯下樓。經過二樓時，鐘哲停下腳步指著船艙。他們才發現，原來老師們正聚在二樓船艙裡喝酒。這讓海秀覺得自己真是幸運極了，因為這樣一來，就只有學年主任會盯著他們，沒有比這更適合闖禍的時候了。

來到一樓，海秀加快腳步。由於郵輪是沿著海岸航行，不需要額外負責載運車輛，因此貨艙是空的。也就是說，沒事不會有人跑到這裡來。海秀跟鐘哲鬆了口氣，他們大步穿越貨艙。不知是不是因為過去曾經載運過貨物，貨艙裡四處是破損的木棧板，地板有一層黏黏的東西，還發出極為刺鼻的油耗味。

海秀來到監視器照不到的死角，一屁股坐在棧板上。鐘哲也撿了根木頭來當椅子，坐在海秀面前。海秀從褲子口袋裡掏出香菸和打火機交給鐘哲，鐘哲先是猶豫了一下，才從盒子裡抽了根菸。海秀以不熟練的動作替自己和鐘哲點燃了菸。

咳、咳。

兩人咳了起來。看著彼此被菸嗆到咳嗽的模樣，他們忍不住大笑。確實就像母親說過的，凡事起頭難，但一回生二回熟。海秀享受著小小的叛逆，但才沒享受多久，他便聽見中央階梯傳來動靜。海秀嚇了一跳，手上的菸掉到地板上。而沒有熄滅的菸與地面接觸瞬間便竄起了大火，一切像慢動作一樣在他們眼前發生。鮮紅的火光竄出，火勢一下子燒得跟海秀一樣高。兩人呆看著這幅情景，好不容易才回過神來。他們面面相覷，接著便爭相恐後地逃上樓。當他們回頭查看情況時，火已經蔓延了大半個貨艙。

海秀往四樓衝去，火災警報很快響起。當他爬到四樓時，發現人們都因為警報而愣在原地。他刻意避開人們的視線，躲在船頭左側的角落。他沒看到鐘哲往哪裡去，也無暇去想這件事，只顧著看著眼前人群的動作，並試著調整自己急促的呼吸。

這時，一名男子從中央階梯衝上來，一邊高喊「失火了」。濃煙從中央階梯竄出，所有愣在原地的人都開始橫衝直撞。看著這幅情景，海秀手伸進口袋裡摸出手機，以顫抖的手打電話給父親。幾聲訊號音過去，父親接起了電話。

「爸，是我。」他以顫抖的聲音說。

「什麼事？」父親不耐煩地問道。

「船失火了。」他哽咽地說。

「失火？這是什麼意思？」父親的聲音聽起來很焦急。

「對不起，是我……不小心……把香菸……」

海秀哽咽地說。一想到這或許是與父親最後一次通話，他便將自己的錯誤全盤托出。

「你這傢伙，你不該這麼慌張，應該要冷靜點才對。你一個男子漢不冷靜下來，在那裡哭哭啼啼做什麼？你一定會活著離開那艘船，給我冷靜點在那裡等著。我會再打電話給你。」

父親冷酷地掛上電話。家人的臉孔在海秀眼前閃現。非得要將所有家人牢牢掌控在手裡才肯罷休的父親、不敢違抗父親說的話，只是一味順從的母親，以及總是躲在父親視線範圍之外的妹妹……在這樣的環境之中，他沒有喘息之處。即便如此，死亡逼近之時，他仍然想念自己的家人，仍然想回到父親的圍籬之內。

像在暗示他的未來一樣，沒過多久，船上的燈光便全部熄滅，整艘船籠罩在黑暗之中。漆黑的海面上，只有銀河大橋與遠方的燈塔發出光亮。

此時，手機在黑暗中響起，是父親打來的電話。

「等等會有一艘海洋警察船過去，那是小型快艇，沒辦法讓船上所有人都逃生，你一個人到船頭去搭那艘海警船。」

海秀緊張地吞下口水並點點頭。

「要是被其他人知道，你可能會沒辦法上船。所以海警船會過去的事情要保密，知道嗎？」

「是。」海秀以顫抖的聲音簡短回答。

「記住，你一定要上那艘船。」

父親再次叮囑，隨後便掛斷電話。這時，海秀才終於能看清四周的狀況。甲板不知何時已滿布黑色濃煙，人們要不是倒在地上，就是害怕地往海裡跳。看著陷入恐懼的人們，海秀只能抱著雙膝不斷顫抖。

他好幾次差點就要失去意識，好不容易才堅持下來，他注意到靠在護欄旁的一家人。試圖跳入海裡的父親、背上揹著嬰兒的母親，以及緊緊牽著母親的年幼少女，與一般的家庭無異。經過一陣拉扯，父親摔進海裡，母親甩開父親的手，接著難以置信的光景在眼前上演。天空降下一道燦爛的光芒，照在那個母親與女孩身上。孩子的母親有著晶瑩剔透的雪白肌膚，美得一點也不像人類，令人看得目不轉睛。最讓人驚訝的是，那個母親牽著孩子逐漸升空，像是被那道光芒吸了上去。

海秀著了魔似地往他們的方向走去，當他來到附近時，牽著母親的女孩突然落到甲板上，一個閃閃發光的東西滾落到女孩面前。那東西也發出了燦爛的光芒，就像從天而降的那道光、像從女孩母親身上所發出的光芒。

海秀不自覺跑上前去，一把抓起發出光芒的物體，轉頭便往稍早他所坐的位置衝去。他感覺到後頭有人在追，但他沒有多餘的力氣回頭。他一邊跑一邊躲開倒在地上的人，跑得渾身是汗。即使不斷吸入濃煙，他依然覺得自己的意識非常清醒。情況實在非常怪異。

當他來到船頭，他便看見遠方有一艘小船靠了過來，應該就是父親所說的海警船。他來到護欄旁把頭探出去，船上的海警隊已經就定位，並朝海秀揮舞雙手。海秀深吸了口氣，往下看了一眼，卻被嚇得一陣頭暈。郵輪與海警船之間的漆黑大海，彷彿正在伸手要將他拖入。他真的能夠順利跳到海警船上嗎？

但如果想活命，無論如何他都得上那艘海警船。海秀回頭看了一眼，濃煙之中，他能看見模糊的動靜。他想起稍早追在身後的腳步聲，確實有人正追趕著他。接著他想起父親的叮嚀，沒有時間再猶豫了。

這時，他感覺到身旁傳出動靜。低頭一看，發現是鐘哲靠坐在欄杆邊。

「海秀……我都聽到了……把我……也帶走……」

鐘哲似乎就要暈過去了。

「你能走嗎？要用跳的。」

他邊扶起鐘哲邊問。鐘哲點點頭，海秀便扶著鐘哲小心翼翼地爬上欄杆。但他支撐不住鐘哲的重量，腳下突然一滑，他們一起向下掉。啪噠一聲，一股柔軟的觸感包覆了他，他感覺自己正跌落深淵的泥沼。

當他恢復意識時，海警船已經抵達防波堤。他內心升起一股存活下來的安心感，隨後便想起鐘哲。轉頭一看，發現海警正在為鐘哲急救。他無力地躺在船上，雙唇不斷顫抖著。眼淚沿著太陽穴流下，浸濕了他的頭髮，鐘哲失去意識躺在船上的模樣，便是他記憶中鐘哲最後的樣子。此後，他便沒再聽見過鐘哲的消息。

他離開海警船上到防波堤，不知是幸還是不幸，除了頭有些昏沉之外，他還能正常走路。只是才沒走幾步，他雙腿便癱軟無力。他覺得自己無法再往前進，便癱坐在白色燈塔下方。他這才發現，不知從何時開始，便不再聽見煙火的聲音。稍早在天空綻放的無數煙火，就像夢一樣遙遠。他還真希望那是一場夢，只是銀河大橋下方，那不斷噴發黑色濃煙的巨大鐵塊，提醒著他這不是一場夢。海秀不敢相信自己做了什麼。倒在四樓甲板上的人們……都死了嗎？跳進海裡的那些人又怎麼樣了？他甩甩頭，但始終甩不開那些殘影。烏雲聚集，似乎很快就要下雨。

海秀試圖甩開剛才的記憶，緊抱著雙膝，將臉埋入雙膝之間。潮濕的空氣沾在他的背上，雨滴沿著他的後頸滑落。接著，他聽見遠方有腳步聲靠近。

「海秀，那件事……你絕對不能忘……記……」

不知是誰一把握住他的手。回神低頭一看，發現那個人竟是鐘哲。

「朴・鐘・哲……」

男人的臉上，隱約還能看見少年鐘哲的模樣。海秀當場癱坐在地。

「對不起，鐘哲，對不起，這都是因為我。」

強忍的眼淚終於爆發，他不該忘記那件事的，那是他絕對不能忘記的事。受害者都還活在痛苦之中，他卻事不干己地將這些事拋諸腦後。自從那天之後，這件事在他家便成了禁忌，而他也逐漸忘了這件事。

海秀在通往地下室的門旁注意到陰間使者。環繞在陰間使者身旁的青綠色光芒逐漸向他靠近，他害怕地後退，舞動的光芒卻穿過緊閉的門進入急救室。海秀汗如雨下。稍後，青綠色的光芒停在鐘哲的身上，鐘哲飄到空中。海秀吃驚地向後退開，眼睜睜地看著青綠色的光將鐘哲帶離急救室。

「不行，鐘哲，你不能走。」

他對鐘哲伸出手，那一刻，鐘哲回頭看了他一眼。鐘哲笑了，臉上露出如釋重負的神情。海秀沒有再說任何一句話，只是呆看著鐘哲往地下去。

「送患者離開吧。」正植低聲說。

「朴鐘哲先生，八月二日九點九分宣告死亡。」

海秀好不容易忍住悲傷，以顫抖的聲音做死亡宣告。當他做完死亡宣告，便立刻聽見女人的啜泣聲。回頭一看，鐘哲的妻子，帶著一個年約五、六歲的女孩來到鐘哲的遺體旁。

「老公，這些日子以來你受苦了。放下罪惡感，到天國去好好過生活吧，我愛你。」

鐘哲的妻子握住他的手說。像是聽見了妻子的道別，鐘哲的表情看起來十分安詳。

海秀背對著病床癱坐在地。他能聽見同事們忙亂奔走的聲音。稍後，急救室再度恢復平靜。他轉頭一看，才發現鐘哲的遺體早已被送到地下室去。他離開急救室，正打算回休息室時，有人叫住了他。

「那個，醫生。」

回頭一看，是鐘哲的妻子牽著孩子站在那。海秀不自覺地後退了幾步。

「醫生，謝謝你。」鐘哲的妻子向他鞠躬致謝。

「我先生因為小時候經歷的意外，一輩子都活在罪惡感裡。自從我們生了孩子之後，他的罪惡感就更重了。不喝酒根本就睡不著覺，也就是因為這樣才會得了肝癌。雖然好幾次從鬼門關前撿回一條命，現在他覺得自己可以毫無留戀地離開。本以為他還能多陪我們一點時間，沒想到最後竟不是因為肝癌離開，而是因為交通事故。」

海秀不斷冒出冷汗。鐘哲的妻子對他表示感激，他卻無法把真相說出口。

「這樣也好。過去他活在痛苦之中，至少以後不會再感受到痛苦了。相信是神提早帶走他，是希望他不要再受煎熬，從此可以放心休息。」

不知是不是眼淚早就哭乾了，鐘哲的妻子竟沒有流下一滴淚。身上所受的傷能用手術治療，但心所受的傷卻無法完全康復。越是努力忘記，就越會被內心的傷所吞噬。他不知道該對鐘哲的妻子說些什麼，經過一番努力思考，才終於擠出了一句話。

「就算是為了孩子也要加油。沒能幫上忙……沒能把他救回來，我真的很抱歉。」

鐘哲的死、鐘哲的妻子必須獨自扶養孩子、那孩子必須在沒有父親的陪伴下成長，對海秀來說都像是他一手造成的，因此他實在不敢抬頭面對鐘哲的妻子。

他回到休息室，從掛在牆上的鏡子裡，他看見在當年那場火災中，為了活命而自私逃生的孩子。

＊＊＊

海秀看起來很痛苦。這是他第一次因為患者的死而如此悲傷。看起來，患者似乎是他認識的人。但就算是這樣，他的模樣也和平時不太一樣。他從患者的過去裡看見了什麼？

蓮花別過頭，實在不忍心去看海秀痛苦的模樣。也就是在這時，她注意到站在電梯前的陰間使者，那是通往地下靈堂的電梯。陰間使者戴著寬帽簷的帽子，遮住了臉孔，讓蓮花看不見他的表情。她皺起眉頭，試圖看清楚陰間使者的臉。她感覺自己像戴上了望遠鏡，陰間使者的臉逐漸放大、清晰。瞬間，蓮花意識到陰間使者是誰。那名陰間使者就是十九年前救了她的人，也就是載夏的父親。

急診室很快便恢復平靜。蓮花將死去的患者送到地下室的靈堂之後，便來到醫院前的公園找海秀。為患者做完死亡宣告後，海秀便離開急診室，一直待在公園裡。

「你沒事吧？」

蓮花坐到海秀身旁問。海秀沒有回答，只有雙腳不斷顫抖。

「那個陰間使者……」

「陰間使者？」

海秀猛然轉頭看向蓮花，顫抖的眼神中滿是不安。

「我知道陰間使者是誰了，就是載夏哥的爸爸。」蓮花輕輕點頭說道。
「載夏的爸爸？這是什麼意思？」海秀瞪大了眼睛問。
「我第一次遇到載夏哥，也是在那意外的現場。載夏哥的爸爸當時也在那艘船上，他也是受害者。」
「原來如此，難怪海仁的過去會有載夏。」海秀喃喃自語道。
「他說他是老師，所以說不定……」
海秀的臉上閃過一絲慌張的神色。
「那天的倖存者有四個人，不，是三個人。兩個學生跟載夏哥的爸爸，也就是學校的老師。」
「剛才送去地下靈堂的死者，就是跟我一起被救出來的另一個學生。」
海秀雙手摀著自己的臉，感嘆地說。那天倖存下來的人，如今只剩下海秀了。
隔天下午，蓮花正打算去急診室時，便接到載夏打來的電話。
「是我，海秀在你旁邊嗎？」載夏的聲音聽起來非常激動。
「沒有。怎麼了？發生什麼事了？」載夏的態度讓蓮花有些慌張。
「他手機關機，妳知道他在哪嗎？」
「早上下班之後就沒看到他了。」

「好，遇到那傢伙就叫他打給我。」

結束這通電話後，蓮花正打算離開值班室，陰間使者卻現身擋在她面前。

「孩子，妳過得好嗎？」

蓮花愣了一愣，隨即轉移視線假裝沒有看見。對於蓮花能看到他，陰間使者並不感到訝異。反倒是蓮花覺得有些驚訝，陰間使者竟知道自己能看到他。

「妳不要驚訝，我知道妳能看到我。」

「祢怎麼會知道？」蓮花覺得自己實在不該回答。

「妳身上有人類沒有的東西。」

說完這句話，陰間使者先是看了看值班室，隨後問道：

「那個男孩子現在在哪裡？」

「祢、祢是說誰？」蓮花冒出冷汗。

「在船上放火的那個孩子。」蓮花瞪大了眼睛。

「祢說的是誰？」蓮花甩了甩頭，試圖甩開浮現在腦海中的名字。

「跟妳在一起的那個孩子，就是拆散你們一家人的罪魁禍首。」

陰間使者一張蒼白的臉湊到蓮花面前低語道。蓮花實在不敢相信。她回想起身上著了火四處逃竄的人、慌慌張張步履蹣跚的人、受不了恐懼而跳海逃生的人，以及她的父母親。那天死去的無數臉孔，都在她眼前清晰浮現。

「不，就算船沒有失火，我的爸爸媽媽也打算在那天離開。」

「當然，這是當然的。但要是沒有失火，妳應該就能跟妳媽媽一起離開了。」在沒有母親的陪伴下度過的歲月，如跑馬燈一般閃過她的腦海。

「妳可以不必告訴我他在哪，我還是能找到他。不過我先告訴妳，我打算把他帶走，妳最好先跟他道別。」

「帶走？這是什麼意思？」

蓮花還來不及拉住陰間使者，陰間使者便一溜煙消失了。既然陰間使者在找海秀，那海秀就有危險了，他究竟去哪了？

＊＊＊

接近傍晚時分，海秀開著車離開醫院。哪裡都好，他想逃去一個沒有人認識他的地方。他不斷變換車道，奮力踩著油門。車子的喇叭聲此起彼落，他卻絲毫不在意，只是開著車逐漸遠離醫院。

開了大約二十分鐘，他開進一條只有雙向單線道的路，前頭沒有任何車輛。他踩足了油門，突然有什麼東西衝到馬路上。他趕緊踩下煞車，慣性作用讓他整個人向前撲出去，胸口重重撞在方向盤上。

「呃。」

他的嘴裡吐出一聲呻吟。感覺胸口十分疼痛。他氣沖沖地搖下車窗探頭察看，發現一名穿著黑衣的男子站起身來，拍了拍身上的灰塵朝他走來。

他按了幾下喇叭，繼續踩下油門。他聽見男人的高喊，但他沒有理會。海水的氣味自敞開的車窗飄入車內，他轉頭一看，遠遠便能看見銀河大橋的主要支柱。原來，他所在的這條路，就是南荷海水浴場白沙灘前的道路。是潛意識帶著他來到這裡。

海秀把車停在防波堤的入口，這是他時隔十九年來到這裡。防波堤後方新建了一座海岸公園，印象中他曾經聽說，公園裡有高塔餐廳和小型遊樂園。公園的入口處，立了一座小小的石碑。

「二〇××年八月四日，人生號火災意外追思碑」

海秀嚇了一跳，先是倒退了幾步，隨後便匆忙逃跑。那座石碑對他來說，就像是全世界的人都在指責他的證據。好不容易冷靜下來，他才發現自己已經站在白色的燈塔下。

海秀調整了呼吸，望向遠方的銀河大橋。就像十九年前的那天，海上的大霧逐漸往防波堤的方向湧來，雨水一滴滴落下。海秀站在那裡，面對蜷縮在燈塔下方的十五歲少年。

他一瞬間哭了出來，像個孩子一樣放聲大哭。他回想起十九年前，搭乘海警船回到防波堤後，他覺得所有人都在注視著他。那一刻，他極度渴望能躲進海水裡，別讓任何人看見。批評的聲音、葬身大海的人們所發出的慘叫，一下子竄入他的耳裡。比起揭發他所犯的罪，更讓他害怕的是，他這些年來竟沒有一絲罪惡感。沒有罪惡感，等同於放棄了「人性」。這樣的他，怎麼能夠成為救人的醫生？他沒有那樣的資格。

他一腳踩上防波堤外。黑夜裡的大海即使將他吞噬，也會像從不曾發生任何事一樣平靜。雨勢漸強，像在催促著他。他這一生都不曾因為自己犯的罪而產生罪惡感，這樣的人生與死了沒有兩樣。而這與死無異的人生，實在也沒有必要再繼續。仔細想想，藉由這種方式擺脫詛咒與懲罰，似乎比想像中更容易。只要沒有他，蓮花就能活下來。只要跨出這支撐他生命的最後一步，懲罰、詛咒、蓮花遭遇的危險都會畫下句點，他也能離開這毫無意義的人生。他實在沒有必要再猶豫。

他深吸了口氣，視線轉向遠方，突然發現一道藍色光芒在海面閃爍。陰間使者正站在海面上看著他。一與他視線交會，陰間使者便以極快的速度來到他面前，接著一眨眼便消失得無影無蹤。緊接著海秀感受到背後傳來陰森的氣息，他像被鬼壓床一樣動彈不得。他聽見一個男人的聲音在他耳邊低語。

「沒錯，孩子，跟我一起走吧。」

男人冰冷的吐息流遍他的全身，令他寒毛豎立，渾身都起了雞皮疙瘩。他想收回自己的腳回到岸邊，背後卻有一股強大的力量在推著他。那陣風使他失去重心，將他推出了防波堤。就在他一個踉蹌要落海時，突然有人從後面揪住他的衣領，將他往回一拉。他摔在地面上滾了幾圈，一切都來得如此突然。

他倒在地上喘著氣，一個黑影包圍了他。他睜眼一看，是載夏站在那看他。

＊＊＊

下班後回到家，載夏躺在床上呆看著天花板。海仁的葬禮結束後，他便對什麼事情都提不起興趣。沒了海仁，什麼事都變得沒有意義。甚至連自己是精神健康醫學科醫生的這件事，都令他感到可笑。他無法好好治癒自己的心，又要怎麼替別人看診呢？當他躺在床上思索人生意義時，母親突然開門走了進來。

「我找到你要找的東西了。」

母親把裝有父親遺物的箱子放在床上。載夏坐了起來，激動地打開那個箱子。一看見還留有使用痕跡的那些物品，他便忍不住眼眶泛淚。父親究竟遇到了什麼事？為何連兒子的畢業典禮都沒能參加？他想要理解父親。

打開箱子，第一個看見的物品，是父親的日記本。載夏翻到父親去世前的那一天。

「我身為帶隊的老師，卻自己活下來，沒能救出任何一個孩子，真是感到罪孽深重。我要去找孩子們了。」

載夏緊閉上眼。父親因為沒能拯救任何一個學生的罪惡感，日日夜夜都過得十分煎熬。接著他翻到意外發生的那天。

「因為一個孩子的錯誤，讓許多高貴的人失去了生命。我看到那孩子拿著香菸下去一樓貨艙，卻也沒有阻止他。那孩子不懂事的惡作劇點燃了這把火，而我沒能說出真相。要是我有沒收他的香菸，想必就不會失去這麼多學生……奪走朋友性命的孩子竟存活了下來，這世上真有神的存在嗎？」

在那場意外中倖存的學生只有兩個，也就是說其中一人正是放火燒掉那條船的始作俑者。究竟是有多大的權力，才能夠隱瞞真相十九年？

載夏繼續翻看箱子，想尋找能查明意外真相的其他物品。他在箱子深處發現幾張照片，有人拍下了學生登船的樣子。正準備登船的父親神色相當不安，而他的前面則是一個非常眼熟的少年。那是海秀。雖然長相比現在稚嫩許多，但與大學時期沒有太大分別，因此他一眼就能認出來。

也就是說，海秀是洵云國中的兩名倖存者之一。他突然想起大學時期曾經聽過傳聞，說海秀的父親是這個地區上很有名望的人士。載夏突然覺得思緒有些混亂。

接著他發現一張有些破損的素描紙。竟在這個箱子裡找到那張不知何時消失的畫？當年他找了很久，原來是父親將畫收走了。他小心翼翼地打開素描紙，那是十九年前，他從燈塔下遇見的少女手中收到的禮物。令他驚訝的是，那幅畫竟與他掛在診間裡，由海仁所畫的那幅畫一模一樣。他看向紙張的右下角，那裡寫著少女的名字。

——姜海仁

載夏離開房間要去廁所時，母親正坐在沙發上收看九點晚間新聞。由於父親是海東市洶云國中二年級的學年主任，這天擔任領隊帶學生去校外教學，因此今晚只有他跟母親兩人在家。上完廁所後正準備回房，母親便叫住了他。

「天啊，載夏，你快看。」

母親指著電視，螢幕上用紅色打出了新聞速報的字幕。

「南荷島近海，人生號郵輪發生火災。乘客全數避難中。」

母親的神情不知為何相當焦躁。很快地，主播以凝重的神情開始播報這則消息。

「稍早八點七分左右，於南荷島近海航行的郵輪發生火災。目前尚未掌握現場狀況與乘船人數，但所有乘客均安全避難中。」

「載夏，你爸爸說今天要搭船。」母親神色凝重地說。

「打電話給爸看看。」

載夏催促。母親這才回過神來，趕緊拿起話筒撥了通電話。等待電話接通的訊號音不斷在耳邊響起，父親終究沒有接起電話，不安漸漸成了現實。

「我看我們得去一趟。」

母親猛然站起身，隨後往房間跑去。載夏也趕緊進房換上外出服。母子倆搭著計程車前往南荷島，外頭一直下著雨。不會吧？不可能的，不是那艘船的。載夏不斷否定自己腦中浮現的念頭。而在前往意外現場的路上，母親一句話也沒說。

才靠近海水浴場，計程車便被人潮塞得幾乎要動彈不得，只能以龜速前進。載夏轉頭看向窗外，發現海邊也擠滿了人。來看煙火的人潮，把整條海岸線擠得水洩不通。銀河大橋下方竄出的濃煙，則吸引了更多人湧入。

「司機，麻煩請在那邊防波堤前面停就好。」

母親指著可以更近距離看見郵輪的燈塔，而不是人潮洶湧的海岸。司機在母親的要求下將車子開往白色燈塔所在的防波堤。下了計程車，他們便注意到防波堤後方成排的生魚片店家老闆，都在外頭查看失火的船隻。載夏的母親往店家老闆的方向走去，所有人卻沒意識到有人靠近，只顧著交頭接耳。

「老天啊，那些人該怎麼辦？」

母親清了清喉嚨，強壓住緊張的情緒問道：

「請問你們知道被救出來的人在哪裡嗎？」
「哎呀，哪有什麼人被救出來啊！」
一名中年婦女嘆了口氣，搖搖頭說。
「新聞上說乘客都被救出來了啊。」母親難以置信地回應。
「妳自己看，現在海上根本沒有海警跟救難隊員。」
母親轉頭看向海面，果真如店家所說，海上除了幾艘漁船之外，幾乎沒有載運乘客的船隻。
「那直升機呢？」母親指著飛越銀河大橋上方的那兩架直升機。
「那兩架直升機也只是來查看情況的，一直在上面盤旋。沒有人被直升機救走。難道你們的家人在那艘船上嗎？」
店家看著母親，語帶遺憾地詢問。母親垂下頭，店家則憐惜地拍了拍她的背。
「大概一小時前，有一艘漁船救出一個女孩子和她爸爸。那孩子好像失去意識，剛剛才醒過來，妳去那邊看看吧。」
「如果是帶小孩的男人，那就不是我先生了。」
母親搖搖頭，無力地轉身離開。然而她還是抱持著或許能打聽到什麼的心情，拖著步伐朝防波堤走去。往燈塔前進的過程中，母親幾度踉蹌，載夏則下意識地感受到，他的人生也將因為這件事情而變得顛簸。

他們來到白色燈塔下方，沒想到竟看見了奇蹟。坐在燈塔下方，那名店家口中帶著女孩的父親，竟然就是他的父親。他本以為自己看錯了，揉了揉眼睛再仔細一看，發現那確實就是他父親沒錯。

「爸！」

載夏甩開母親的手，往父親的方向跑去。父親被濃煙燻黑的臉孔，露出的不是欣喜的神色，而是絕望的陰影。見母親走上前來，父親的眼角泛著淚光。

「老婆……」

父親哽咽得說不出話來，母親靜靜抱著他，輕輕拍著他的背安撫。看見父母親的模樣，載夏忍不住一陣鼻酸。直到這個時候，載夏都還認為父親活著回來真好。

沒過多久，父親便說要跟母親一起到郵輪碼頭設立的意外指揮總部去一趟。載夏來到從剛剛開始便一言不發的女孩身旁坐下，那是跟他父親一起被救出來的女孩。

「嗨。」

載夏率先開口打招呼。但女孩只是瞥了他一眼，便將頭轉開。

「妳叫什麼名字？」

「韓蓮花。」

雖然才剛剛經歷過一場大災難，但那孩子的態度卻十分沉著。

「妳的家人呢？」

蓮花伸出小小的手指著遠方的海面。載夏又接著問了其他有關家人的問題，蓮花似乎是覺得有些厭煩，便起身走到燈塔後方，不願繼續跟載夏交談。白色燈塔的後方，恰好能看見另一座紅色燈塔。蓮花站在那裡看著那座紅色燈塔，隨後便離開了防波堤。載夏站在原地，看見蓮花走到紅色燈塔下方找另一名少年。

載夏不再繼續關注蓮花的動向，而是轉而關注持續冒著黑煙的船隻。那火會燒到什麼時候？他感覺自己似乎能聽見人群的哭喊聲，那使他感到不適，於是他從口袋裡拿出耳機戴上。重新見到父親讓他感到安心，也令他突然感到睏倦。海風吹來刺鼻的燃燒氣味，他打起了瞌睡。

他睜開眼時，父母親還沒有回來，反倒是另一個從未見過的女孩子也在旁打瞌睡。不知那孩子是不是畫圖畫到一半睡著了，只見她身旁放了一本素描本。那名少女便是海仁。

載夏抱著素描本無聲痛哭。一陣悲痛的情緒過去，他知道海秀就是那場火災的犯人。御珍所查到的真相、從海仁那裡聽到的關於海秀的故事、大學時期圍繞的海秀的傳聞……這一切都在在證明，火災的犯人就是海秀。海秀的錯誤，使所有受害家屬的人生天翻地覆，因為他的錯誤而喪命的人，說不定遠遠多過三〇四人。

他打電話給海秀，海秀卻沒接。他也試著撥電話給蓮花，卻沒能問到海秀的下落。

這時，他的電話響了。他以為是海秀，便立刻接起電話。

「是我。」電話那頭傳來御珍的聲音。

「這麼晚了，有什麼事嗎？」載夏轉頭看著牆上的時鐘，時針指著數字八。

「我不管怎麼想都覺得很怪。」

「哪裡怪？」

「上次在醫院一樓咖啡廳遇到的那個急診室醫生啊。」御珍激動地說。

「你說海秀？」

「對，就是他。」

「為什麼突然提起海秀的事？」載夏冷冷地問。

「我剛才在南荷海水浴場那邊過馬路的時候，看到一輛車速很快的車子衝出來，然後就停在我前面。呼，我差點以為我要沒命了。」

「你有受傷嗎？」

「我是嚇到跌倒，但沒事。更重要的是，我站起來想跟那個人理論，沒想到駕駛只是搖下車窗探頭看了一下，然後就把車開走了。我覺得那個駕駛很眼熟，想來想去，都覺得應該就是那天遇到的那個醫生。」

「那是怎樣的車子？」
雖然覺得應該是御珍看錯了，但以防萬一，載夏還是問了一下。
「是一輛黑色的進口車。」
載夏愣了一愣。如果是黑色的進口車，那御珍看到的男人很有可能真的是載夏。
「是什麼時候的事？」
「大概一小時前吧？」
「那輛車往哪裡去了？」
「不知道，好像是防波堤那個方向。」
「我知道了，謝啦。」載夏從床上跳起來抓了鑰匙。
「什麼？謝什麼？」
沒有理會電話那頭御珍的疑問，載夏抓起車鑰匙出門。他想聽海秀親口說明那起事件的真相。來到南荷海水浴場附近，外頭開始下起雨來。幾個小時過去了，海秀還會在那嗎？載夏有些焦慮。
他把車停在防波堤入口，下了車走進防波堤。果不其然，他看見遠方白色燈塔下站了一個男人。那走路的模樣無疑是海秀。載夏擔心會錯失詢問海秀的機會，便加緊腳步走上前去。

他看見海秀一腳踩在防波堤外，難道海秀來這裡是為了自殺嗎？這可不行。載夏可不允許他藉著結束自己的生命，逃避面對受害者承受的痛苦。

他來到海秀身後，恰好也在這時，海秀的另一隻腳也準備跨出防波堤。載夏從後面揪住衣領把他往後拉，海秀摔在地上，他自己也跟著重摔在地。海秀不停喘著氣，載夏也仰躺在地上大口喘氣，零星的雨滴打在臉上，雨勢越來越大。

他一個翻身壓在海秀身上，揪住海秀的衣領。

「是你吧？是你在船上放火吧？」

「對不起，對不起，這一切都是因為我。」

海秀哭了出來，淚水沿著他的臉龐流下。

「真的是你嗎？是你幹的好事？」

他揪著海秀的衣領不斷搖晃，海秀只能無力地任他擺布。載夏不敢相信，也不想相信。雖然在見到海秀之前，他就已經認定海秀是犯人，但他其實希望聽到海秀否認。沒想到海秀竟一下子就承認了，他的內心感到無比失落。

載夏揪著海秀的衣領站起身來。

「起來。」

海秀無力地任由他拉扯。

「你到底為什麼要做那種事？為什麼？」載夏大喊。

「那時我以為自己無所不知、無所不能，我覺得我的判斷跟想法都是最正確的。我想我已經不再是小孩，是一個成熟的大人……我覺得我能為自己的人生負責……但我其實不行。親眼看到那麼多人死去，我才意識到我的行為很愚蠢。」

海秀垂著頭，渾身不停顫抖。

「我坐在防波堤上，看著被火焰吞噬的船，也看到我不負責任、只顧自己逃跑的卑鄙模樣。我很害怕……我實在沒臉面對所有人。」

海秀哽咽地說。面對陷入絕望的海秀，載夏無法忍受地轉過身去。海秀的哭泣聲被雨聲蓋過，雨水淋濕了他的全身，載夏覺得自己的肩膀比任何時候都要沉重。

「所以害死我爸的……就是你……？」載夏的內心湧現一陣悲傷。

「我以為受害者跟受害家屬都已經忘記那天的事了，但其實並沒有。我沒想到已經過了十九年，竟然還有人繼續活在痛苦之中。」

「呃……啊……啊！」

載夏奮力踢開地上的石子仰天大喊。海秀的道歉不僅沒有讓他釋懷，內心的憤怒更是不能平息。

「所以……所以你現在是打算要去死嗎？」載夏瞪大了眼問。

「那些人都還活在痛苦中，只有我忘了那件事。看到我父親失去意識躺在加護病房裡，我才終於意識到這一點。對自己犯下的錯沒有任何罪惡感，那就等同於是死了。就算大腦依然運作、心臟依然跳動、依然會呼吸，那有什麼用？我至今的人生都跟死了沒有兩樣……」

載夏握緊了拳頭。海秀卑劣的模樣令他失望透頂。

「你不能死，你必須活著感受那些受害者的痛苦，所以你可別卑鄙地想要逃跑。」

＊＊＊

載夏離開了，只有海秀獨留在燈塔下。一如十九年前的那天，一名撐著傘的男人來到海秀身旁。海秀擦去臉上的雨水，好不容易才看清眼前的人。雨傘下的男人正是玄武。

「成為醫生，去拯救人命吧。這是神給你的懲罰。神不允許你獲得幸福。在你最幸福的時候，你所愛的三個人將會在你眼前死去。」說完，玄武便轉身離開。

「等等。」海秀著急地呼喊，玄武停下了腳步回頭。

「最後一個人……該不會是蓮花……不會吧？蓮花不行，蓮花她……」

玄武露出不明所以的微笑，轉眼間便消失了。

「神啊，我現在該如何是好？現在該怎麼做才好？」

海秀終究沒有尋死。他回到醫院的值班室，他無力地正想躺到床上，卻發現有人佔據了他的床。又是誰來找他呢？他背脊發涼。他沿著牆壁摸索，找到電燈開關，燈一開，照亮了整間值班室，原來佔據他床位的人是蓮花。

「醫生。」蓮花擔憂地看著他。

「妳怎麼在這？」海秀渾身濕透地坐到蓮花身旁。

「發生什麼事了？你怎麼這個樣子？」

蓮花上下打量他。海秀垂下了頭，他知道自己應該把事情告訴蓮花。

「載夏哥在找你。」

「我見到他了。」海秀極力壓抑情緒，以平靜的口氣說道。

「陰間使者也來找我了，他說他要帶你走。」

海秀想起在防波堤上從後面推他的陰間使者，原來是為了要他的命。要不是載夏出現，他現在已經沉入海底了。

「聽說是你在船上放火，所以你才會受罰。不是吧？應該不是這樣吧？」

蓮花淚眼汪汪地看著海秀。海秀只是低著頭，一句話也說不出來。他應該要說的，但直到最後，他都沒有辦法把自己的錯誤說出口，只能任由他人追問。

「你為什麼都不說話？快說不是啊，快否認啊。」

蓮花搖晃著他的肩哭喊，海秀只能無力地任她擺布。

「對，是因為我，是我做的。過去我一直責怪我爸，一直替自己找藉口，但那確實都是我的錯。」

海秀抬不起頭。隱藏了十九年的錯誤終於公諸於世，這世上果然沒有永遠的秘密。

「什麼叫責怪你爸？這是什麼意思？」

「我一直覺得是我爸限制了我的自由，一直以為只要脫離我爸的掌控，我就能夠獲得自由。但其實奪走我自由的人不是他，而是我自己所犯的錯……懲罰我的人其實是我自己。」

說起父親的事令他哽咽，讓他幾度說不下去。

「我看到我爸的過去，他的過去也一直停留在那天。就停在接到我那通電話的時候。是因為我，他才一直活在痛苦中，我爸也是受害者。」

海秀無法按捺心中的悲傷。

「對不起，這一切都是我的錯。」

蓮花抱住了他，輕拍著背安慰他。

「其實……我一直都知道。就在我知道原來是你拿走戒指的時候，我就知道這件事了。意外發生那天，我有聽到大人說的話。他們說是其中一名倖存者在船上放火。在船上放火的人……讓那麼多人喪命的人……我一直很害怕就是你，害怕如果真的是你，那我不知該如何是好……」

海秀在蓮花的懷裡痛哭。

「我很怕連妳都離開我……我真的很害怕。他們說我愛的三個人會死在我眼前，我爸跟海仁已經離開了，現在只剩下一個人。」

海秀喘了口氣接著說：

「蓮花，不要離開，我求妳，拜託妳留在我身邊。」

他能聽見蓮花的心跳聲，感覺蓮花的心跳聲逐漸與他同步。

「妳的心臟這麼強而有力，他們卻說妳不是人？我能感受到妳的感情，妳怎麼可能不是人類的孩子？」海秀哭喊著。

海秀哭了好久才平息下來，兩人一起躺在床上。一整個晚上，海秀都在想自己未來該如何是好，直到天色破曉才終於入睡。在蓮花平穩的呼吸聲陪伴下，他陷入深深的沉睡。

當他醒來的時候，太陽已經逐漸往西邊落下。蓮花仍在睡夢中，海秀看著她沉睡的臉孔。白皙的臉龐、泛著紅暈的雙頰、小巧的鼻子以及如櫻桃般的嘴唇。他輕輕吻了蓮花的唇，雙眼注視著蓮花的臉孔，久久沒有移開。

海秀到辦公室去拿要還給蓮花的戒指。他正想從辦公桌的抽屜深處拿出那只玉戒指，卻注意到戒指下方的門票。那是玄武送他的「煙火大會」門票。

日期：二〇××年八月四日（陰曆七月七日）晚上八點

地點：銀河大橋上

日期就是今天。玄武為何會送他煙火大會的門票？肯定是有什麼原因。他得立刻去見玄武。

太陽剛下山，海秀便跟蓮花一起前往銀河大橋。

「我們要去哪裡？」蓮花擔憂地問。

「去見玄武。」

海秀將門票拿給蓮花看，嗓音中帶著一絲悲傷。蓮花接過門票，看著上頭所印的時間。

兩人來到連接銀河大橋的路口，車子因交通管制而停下。護欄上頭寫著「前方為活動會場，禁止通行」等幾個字，四周還有交通警察在疏導。看來是無法再開車前進了。

海秀跟蓮花下了車，將門票拿給銀河大橋入口處的工作人員看。工作人員為他們指了一條路，示意他們入場。兩人沿著馬路來到橋最大的柱子下方，那裡已有人群聚集，人們既興奮且期待地等待煙火施放。這幅情景，讓他們想起十九年前的那天。

兩人停在銀河大橋最大的兩根支柱中間，天色已經完全暗了下來，人群也逐漸聚集。海秀轉頭看著蓮花，蓮花從剛才開始便一言不發。

一到八點，砰的一聲，煙火便射上天空。當人們不約而同地仰望天空時，玄武來到兩人身後。

「兩位正在共度美好時光呢。十九年前的受害者想必也是如此。」

玄武嘴角微微上揚露出了微笑。這時，零星的雨滴從天而降。

「你為什麼要叫我們今天來這裡？」

海秀抬頭看著天空。雨勢越來越大，人們紛紛開始躲雨。

「因為尋寶遊戲玩太久也會無聊，所以我才想給你們一點提示。」

「提示？」海秀瞪大了眼問。

「提示你得找什麼，還有蓮花在找什麼。」

「你說的是這個嗎？」

海秀從口袋裡掏出玉戒指。

「對，沒錯。你果真聰明，很快就找到了。」

玄武一把拿走海秀手中的戒指，蓮花紅著眼眶看著那時隔十九年再度現蹤，屬於她母親的玉戒指。就在這時，玄武一把拉起蓮花的手，並伸出另一隻手將海秀推開。他喊道：
「是陰間使者！」
海秀像個彈簧一樣彈了出去，向後摔在路上。陰間使者不知從哪冒了出來，背對著玄武，低頭看著摔在地上的海秀。海秀尋找蓮花的身影，才看到玄武正在護著她。他注意到僧人就站在玄武身後，正看著這一切。
玄武來到陰間使者身旁。
「好久不見了，申差使。你怎麼會來這呢？」
玄武露出從容的微笑。對於玄武的插手，陰間使者似乎不是很滿意，他面露不悅的神色。
「府院君，你在這裡做什麼？」
「申差使，你已經違反了天界的律條。請快離開這吧，不然你就得永遠在陽間徘徊了。」
陰間使者大聲笑了出來，像在嘲笑玄武的荒謬。
「這種事情對我來說一點都不重要。他是奪走他人的生命，卻毫不自覺地活過十九年的人。我要帶走這個該死的傢伙，這就是我存在的理由。」
陰間使者大步朝海秀走去。
「他正在承受比死更重的懲罰，你不需要帶他走。」玄武趕緊大喊。

「比死更重的刑罰……」

即便聽了玄武的話，陰間使者仍毫不猶豫地朝海秀走去。他並一把揪住海秀的衣領，將海秀拉了起來。海秀被陰間使者拉往護欄邊，整個人幾乎掛在護欄之外，好不容易才攀住護欄。

「你當時為什麼要那麼做？為什麼只有你一人逃跑？明明能讓大家都活下來。要不是你父親，那艘船上的所有人都能活下來。你跟你父親害死了好多人。」

海秀沒有回答，他沒有辯解的餘地。就如陰間使者所說，他確實該死。

「申差使，快放開他吧。你如果想帶他走，就得拿生死簿來，你應該很清楚才對。你可知道現在你所做的事情是滔天大罪？」

遠方，玄武扯開喉嚨大喊。陰間使者卻沒有理會，只是更用力地將海秀往護欄外推。海秀的上半身離護欄越來越遠，他轉頭看了看身後的海面，漆黑的大海正凝視著他。

這時，有人喊了他一聲。

「姜海秀！」

＊＊＊

最後一名患者離開診間，載夏立刻趴下來閉上眼。可能是因為昨晚去防波堤見海秀時淋了雨，他覺得自己有些感冒。雖然只是趴著休息一下，他卻立刻睡著了。不知睡了多久，他聽見他所思念的海仁在他耳邊低語。

「載夏，我們去看煙火吧。」

載夏猛然驚醒，總覺得海仁似乎就在房間的某處。只是他環顧診間，除了掛在牆上那幅畫之外，沒有任何海仁的痕跡。

恰巧在這個時候，崔護理師開門探頭進來。

「醫生，你不下班嗎？」

「要。」載夏抹了抹自己的臉。

「外面在下雨，你有帶雨傘吧？」

「在下雨嗎？」

氣象預報似乎沒有說今天會下雨。

「每年到了這天都會下雨呢。」崔護理師露出尷尬的笑容。

「今天是什麼日子？」載夏轉頭看著掛在牆上的月曆。

「陰曆七月七號啊。就是南荷島近海意外的……應該是那些冤死的人的眼淚吧……唉。」

崔護理師說完這無心的一句話，便關上診間的門離開了。載夏想起今早上班路上，看見附近掛著布條，說是銀河大橋要舉辦煙火大會。而他稍早聽見海仁邀他一起去看煙火……載夏沒想太多，便出發前往銀河大橋。

＊＊＊

「姜海秀！」

伴隨著腳步聲，不知是誰出聲喊了他的名字，並使勁將他拉了回來。海秀跌在地板上滾了幾圈，並注意到載夏躺在他身旁。

「你怎麼會在這？」

海秀看著載夏。載夏的目光則越過海秀，停在後方的陰間使者身上。

「爸……」

載夏沒能繼續說下去，只是驚訝地愣在那。

「載夏，很危險。你爸……是陰間使者。」

海秀壓低聲音，載夏則緊盯著那名陰間使者。

「爸，你在這裡做什麼？」

「載夏，那傢伙是害死三〇四人的殺人犯，我今天一定要帶他走，你快回去吧。」

載夏起身跑向陰間使者。

「我叫你回去！」陰間使者怒斥。

「爸……忘記那件事吧，那不是你的錯啊！」

載夏跪在陰間使者面前，他不斷哭泣，渾身不住顫抖。

就在這時，玄武將玉戒指戴到蓮花的手上。他告訴蓮花：

「差不多該離開了。」

蓮花被玄武拉著往護欄走去。

「不行，蓮花！」

見蓮花被帶遠，海秀趕緊追上去。就在他伸手要拉住蓮花時，玄武帶著蓮花一起跳入海中。海秀在護欄邊看著蓮花墜落，落入海面之前的時間，彷彿永遠那麼漫長。蓮花看著他說：

「我們會再見面的。」

蓮花流出的淚水飄浮在空中。她掉入海裡，消失得無影無蹤。

海秀撕心裂肺地呼喊蓮花的名字，陰間使者則在此時衝上前，一把從後頭抓住他的衣領，載夏也衝上前來抱住海秀。霎時間，一道水柱衝向天際，他們便乘著那道水柱飛上了天。

穿越銀河

熟悉的警笛聲傳來。海秀感覺自己的身體微微騰空，接著背部碰到一個硬邦邦的東西。稍後哐啷一聲，他開始往某處移動。接著說話聲在耳邊響起，沒過多久四周又恢復安靜。不知過了多久。

答、答、答。

規律的水滴聲與機械音傳來，海秀逐漸恢復意識，吃力地睜開眼。

「醫生，你恢復意識了嗎？」

眼前看到的是尹護理師的臉。海秀試著挪動自己的手指和腳趾，坐起身來環顧四周。他在急診室裡。

「我怎麼會在這裡？」

海秀問。他聽見自己發出如金屬般尖銳的聲音。

「你不記得你昨晚去銀河大橋的事嗎？」

「昨晚？銀河大橋？」

他試著回想，卻什麼也想不起來。

「你看新聞。」

尹護理師指著吊在急診室天花板的電視，電視上正播抱著新聞。

「昨晚九點左右，南荷島近海出現水龍捲風，使兩名在銀河大橋觀賞煙火節的男性失去意識，目前正在醫院接受治療。」
「新聞裡說的兩名男性之一就是你，醫生。」
海秀舉手指著自己，尹護理師帶著尷尬的笑容點了點頭。
「我為什麼……會去那……」
「這我也不知道。」
尹護理師淡淡回了一句，便轉身回到護理站。海秀開始想，他為何會突然去看煙火大會？這時有人跟他搭話。
「你怎麼睡那麼久？」
回頭一看，是載夏躺在隔壁病床上。
「你怎麼會在這？」海秀問。
「我哪知道我怎麼會在這裡。」
載夏聳聳肩，他似乎也不明白自己為何會躺在這。海秀連自己為何去銀河大橋都搞不清楚了，實在也沒有多餘的心力弄清楚載夏為何在這。最重要的是找到跟他一起去煙火大會的男人，這樣或許就能弄清他為何會出現在那。
「另一個人被送到哪裡去了？」

「就在你旁邊啊，躺在六號床的患者。」
尹護理師停下手上的工作，指了指海秀身旁的床位。海秀轉頭看向六號病床，只見載夏對他傻笑。
「什麼……該不會……我是跟這傢伙一起去看煙火大會嗎？」海秀結結巴巴，十分吃驚。
「你也搞不懂為什麼，對吧？」
載夏下床，露出一個假笑。這輩子還真是沒想到會發生這種事。他不可能是找不到人，無可奈何之下才跟載夏一起去看煙火吧？海秀不敢置信，始終以懷疑的眼神盯著載夏。
「我覺得我身體還滿正常的，就先回診間去嘍。」
載夏揚起嘴角，揮揮手便離開急診室。
就這樣懷抱著不解之謎過了三年，海秀一如既往，過著白天休息、晚上在急診室值勤的生活。假日就聽聽音樂、看看電影、讀讀書。千篇一律的生活，如今也開始有些變化。小時候擁有過的吉他被父親摔壞，現在他又花錢買了回來，甚至還參加了吉他同好會。他正在找回自己遺忘的夢想。
生活無比平靜，他卻總覺得空虛，好像失去了什麼重要的事物。一年前，他順利升格為臨床助理教授，內心的空虛卻始終填不滿。不知道自己究竟失去了什麼的他，某天來到載夏的診間。

「你來這幹麼？」

看著海秀進入診間，載夏不解地問道。

「不曉得這種感覺有沒有辦法治療……」

海秀在載夏面前坐了下來，支支吾吾地說。

「怎樣？有什麼問題？」

載夏沒好氣地問。海秀先是愣了愣，隨後才鼓起勇氣說：

「我覺得我的心好像破了一個洞，裡面空蕩蕩的。感覺像失去了什麼，但我不曉得是什麼東西。我沒有煩惱、沒有擔憂也沒有什麼糾結的事情，我沒有任何問題，就是覺得心很痛。」海秀邊說邊搖頭嘆氣。

「人還是要有一點適度的壓力才行。」載夏有些傲慢地說。

「不是那種問題，我的意思是說——」

他正想說些什麼，卻被盯著螢幕的載夏打斷。

「喂，你有看過你自己的病歷嗎？」

「病歷？我沒生過病啊，怎麼了？病歷上有什麼嗎？」

「不，沒什麼。我會先開點抗憂鬱的藥給你，你吃吃看吧。」

載夏語帶保留地回答。但海秀並不是為了拿藥才來找載夏，他之所以來到載夏的診間，是因為他覺得如果能找人聽聽他說話，他就能想辦法撐過這一天。只是載夏的反應讓他覺得鬱悶，他也只能無奈離開。

平日白天的急診室相當悠閒。海秀回到急診室來到護理站。

「今天特別安靜呢。」

他背靠著護理站說。陽光自窗外照進室內，他看著吊在天花板上的電視機。電視上正在播報新聞。

「海東市三樂公園的蓮花池蓮花盛開。正如您所見，許多市民朋友都為了欣賞蓮花而來到這裡。」

新聞裡，記者走在環繞蓮花池的步道上一邊播報。

「蓮花。」海秀喃喃自語。

「怎麼了？你喜歡蓮花嗎？」

一旁的尹護理師抬頭問。海秀笑了笑，沒多說什麼，只是搖了搖頭。

隔天，海秀恰好休假，他匆忙準備外出。連續幾天的梅雨終於停歇，天氣十分和煦，天空萬里無雲。不知不覺夏天的腳步已近，原本正煩惱要去哪的他，突然想起昨天在新聞上看到的三樂公園。新聞說很多人造訪，讓他也想去看看。

海秀停好車後，下車走到公園入口。他沒有事先查看公園地圖，不曉得該往哪個方向才能看到蓮花，就這麼漫無目的地走著。他對這裡感到十分熟悉，好像自己曾經來過這座公園。沿著種了兩排水杉樹的筆直道路前進，騎著雙人自行車的情侶迎面而來。經過他身旁的自行車帶起一陣風，輕輕吹過他的臉龐。那一刻，他忽然感覺渾身發麻、心跳加速、雙耳燒紅。總覺得自己曾經走過這條路。

「這是既視現象。」

他像是被什麼所迷惑，繼續沿著水杉樹步道前進。離開了水杉樹步道，人潮開始湧現。看來公園的遊客大多聚集在此，他不知不覺間來到蓮花池。蓮花在水底的淤泥中扎根，長長的莖長出了水面，在人群面前展現高傲的姿態。這是他這輩子第一次欣賞蓮花，那花實在美得迷人，讓他禁不住想折一朵帶走。

就在他被蓮花迷得神魂顛倒時，遠方傳來人群騷動的聲音。他往聲音的方向走去，發現人們正在那裡圍成一圈。

「發生什麼事了？」

他擠進人群，發現是一名女子倒在那裡。女人似乎是失足跌落蓮花池，只見她渾身濕透，昏迷不醒。海秀跪了下來，耳朵靠在女子的胸口，卻聽不見心跳聲。接著他把手放在女子的鼻子下方，也感覺不到氣息。女子已經沒有呼吸，他趕緊開始替這名女子做心臟按摩。

「請趕快打一一九叫救護車。」

他著急地說。人們拿起手機，卻對要不要撥電話有些猶豫。海秀拚命拯救這名女子，不知過了多久，穿著橘色防水衣的救護隊員才帶著擔架，從水杉樹步道的方向前來。也就是在這時，女子吐出了一口水，隨後緩緩睜開眼睛。人群裡傳來此起彼落的驚呼聲。

「妳醒了嗎？」

海秀搖了搖那名女子，女子眨眨眼。救護隊員上前來，海秀趕緊退開。救護隊員將女子抬上擔架，便抬著女子往救護車的方向走。海秀跟在後頭，也跟著上了救護車。

「請到千明大學醫院。」

＊＊＊

蓮花緊閉著雙眼。要不是心裡對落海這件事感到恐懼，她會覺得自己只是飛在空中，一點落海的感覺也沒有。其實，只有身體與水面接觸的那一刻，才讓她真的感覺自己落海了。之後她只覺得一片寂靜，甚至感覺不到時間的流逝，彷彿連她自己的時間也暫停了。

當她被某個聲音喚醒時，那張這些年來只在夢中見過的臉孔出現在她眼前。

「爸……」

看見父親，蓮花的反應就像個孩子。她不敢置信地眨了眨眼，發現父親依舊在那。父親溫柔地摸著她的臉，就像小時候一樣。那雙手的觸感讓她確信，那就是父親沒錯，父親仍是十九年前落海時的模樣。

「這是怎麼回事？」

蓮花實在不敢相信，她竟然見到父親了。

「我的女兒，沒想到能再見到妳……」

父親眼眶泛淚，溫柔地摸著蓮花的臉頰。

「這裡是哪裡？爸，你怎麼會在這？」

「這裡是龍宮。蓮花，爸爸……」

「沒關係，你是誰一點都不重要。無論你是螭還是什麼，你都是我爸爸。」

蓮花用手捶著父親的胸膛，哽咽地說道。她本以為父親死了，以為永遠見不到面了，沒想到竟能這樣與父親重逢，她滿心只有感激。

「蓮花，我們走吧。」

父親一臉歡喜地牽起她的手，蓮花雖仍然不太明白目前的狀況，但還是跟著父親離開。父親帶著蓮花走在一條長長的步道上，那步道的牆壁、地板、天花板都鑲滿了蛋白石，觸目所及之處都發出七彩的玲瓏光芒。蓮花跟在父親身後，驚奇地環顧四周。來到步道盡頭，一道無法推估高度有多少的門矗立在眼前。

父親開了那扇門，領先走進門內。門後是個寬敞如足球場的房間，也同樣鑲滿了發出七彩光芒的蛋白石。她驚訝地張嘴環顧四周，父親在這時拍了拍她的手背，她嚇了一跳。往前一看，一位老人頭戴著鑲滿蛋白石與珍珠的王冠，坐在一張巨大的椅子上。父親再次拍了拍她的手背，蓮花回頭一看，才發現父親已經雙膝跪地。蓮花遲疑了一會，才跟著跪在父親身旁。她這才發現，她與父親左右各站了一排人，他們看起來像是誰的臣子。

「這是龍王大人，快請安。」

父親拍了拍蓮花的背，蓮花則依照指示向龍王低頭請安。

「孩子，妳帶著如意珠來找妳父親了。」

龍王帶著慈祥的微笑。蓮花低頭，看著戴在手上的玉戒指。她想起海秀。海秀還是找到了戒指，並把戒指還給了她。選擇權在她手上，而她決定離開。留在海秀身邊看著他承受這麼多的痛苦，如今蓮花只希望海秀能獲得幸福。這個決定雖然痛苦，卻使她得以與父親重逢。只是到現在她還不知道，這個選擇究竟是好還是不好？

「來，現在去走你該走的路吧。」

龍王收回微笑，換上嚴肅的神情。說完，蓮花的父親便起身向龍王拜別。

「蓮花，我們走吧。」

父親說完便拉著蓮花離開。兩人離開龍王所在的房間，雖然不曉得飛升究竟代表什麼，但她知道父親要飛升了。

來到一處露天的圓形廳堂，蓮花的父親停下腳步。一股莫名的緊張感流遍全身，父親拿走戴在她手上的玉戒指，戴在自己手上並抱緊了蓮花。隨後蓮花與她的父親，乘著巨大的水柱一飛沖天。

龍宮曆七百年前，螭跪在龍王跟前。

「你開始修煉已經五百年了，現在就去人類世界尋找如意珠，把珠子帶回來吧。你要記住，一旦你是螭的事被發現，你將無法飛升，絕對不能被任何人發現。」

螭前往人類世界，不久後便對一名美麗的女子一見鍾情，墜入了情網。他遺忘了尋找如意珠的任務，與心愛的女人組織家庭、過著幸福快樂的時光。某一天，來自龍宮的府院君找上了他。

「你來到人類世界不知不覺已經五百年了。今年的陰曆七月七日，你必須找到如意珠並返回龍宮。」

府院君斬釘截鐵地說。府院君與螭無法共同生活在龍宮，自從螭來到人類世界後，府院君便在龍宮生活，但若螭因為無法飛升成龍而再次回到龍宮，府院君就必須離開龍宮，以人類之姿跟人類生活在一起。由於深知人類的生活有多麼辛苦，府院君自然不希望事情如此發展。因此在幫助螭找到如意珠成龍飛升這件事上，府院君比誰都要積極。

螭知道如意珠的下落。但他是在深深愛上妻子之後才得知，原來妻子手上所戴的那枚玉戒指就是如意珠。是要向妻子拿取那顆如意珠返回龍宮，還是要與妻子一起生活在人類世界？他必須做出選擇。

府院君與螭在院子裡說話時，螭的女兒開門走了出來。

「爸爸，你在做什麼？那個叔叔是誰？」

年幼的少女直盯著府院君看。

「嗨，我是妳爸爸的朋友。」

府院君對年幼的少女露出神秘的微笑。

蓮花再度失去意識。夢裡，她變回九歲的少女在花田裡奔跑。在一望無際的百日紅花田裡，蝴蝶翩翩飛舞，哼唱美麗旋律的歌聲乘著山風飄進她耳裡。那是幼時母親曾唱給她聽的歌。專心一聽，那聲音像極了母親的聲音。這時，一個鬆軟如棉花的嗓音呼喚了她。

「孩子。」

是母親。那聲音無比清晰，就近在耳邊，幾乎能感覺到母親的吐息。蓮花猛然睜眼。

「媽媽。」

她看見母親。雖不敢相信，但那真是母親。繼父親之後又見到母親，這究竟是怎麼了？蓮花看了看四周，她躺在母親的膝上，母親正摸著她的頭輕輕唱著歌。難道她還在做夢嗎？難道連剛才見到父親都只是一場夢嗎？

「這是夢吧……」蓮花很不安。
「孩子，這不是夢。」
母親帶著微笑，眼淚滑落臉龐，那是喜悅的淚水。
「這是怎麼回事？我明明去爸爸那了……」
「孩子，妳做了最好的選擇。多虧了妳，我們一家人才能夠生活在一起。」
她看見父親跟弟弟就在母親身後。父親正讓弟弟騎在他肩上，在花田裡頭跑跳。真不敢相信，不是說父親要成龍嗎？這是怎麼回事？
「妳爸爸當上王了。」
蓮花這才終於理解事情的來龍去脈。成龍飛升後，就會成為玉皇宮裡的王。
「這些日子來，妳一個人很辛苦吧？」母親抱著她，輕拍著她的背。
「媽，妳一點都沒老，弟弟也都沒變。」看著坐在父親肩上笑開懷的弟弟，蓮花說。
「來到這裡就不會再變老了。妳也會繼續維持現在的模樣。」
「時間在這裡不會流逝嗎？」聽她這麼一問，母親笑著搖了搖頭。
「不是的。陽間的一天，就是這裡的一年。」
「那我來這裡已經幾天了？」

「在人類世界裡，還是妳離開的那個晚上。」

蓮花擔心海秀。海秀現在怎麼樣了呢？似乎是看穿了蓮花的心思，母親露出苦澀的微笑說：

「走吧，去見妳外公。」

蓮花跟著父母和弟弟進入玉皇殿。殿內四面八方皆以翡翠色的玉裝飾，當蓮花一家人走過玉石環繞的步道，步道兩側的宮女便紛紛鞠躬致意。

步道盡頭是一扇巨大的門。走進那扇門，只見一張巨大的桌子邊，主位坐了一位白髮老人，正等待著他們一家四口。母親悄聲提醒，要蓮花稱那位白髮老人為玉皇上帝。

「坐吧。」

蓮花向玉皇上帝請安，隨後便跟著父親和母親坐下。

「你終於成功了，恭喜。」

玉皇上帝首先開口恭喜順利成龍的螭。螭站起身來，恭敬地向玉皇上帝鞠躬。

「你未來的任務非常重大，之後我再與你慢慢談。」

玉皇上帝接著轉頭看向蓮花。

「妳就是蓮花吧？」

蓮花也學父親起身向玉皇上帝鞠躬。

「妳一個人也勇敢地長大了。」

玉皇上帝靜靜看著蓮花，那眼神像是在撫慰蓮花這些時日以來所吃的苦，讓蓮花內心深處都獲得滿溢的溫暖。

「來，跟我來吧，我帶你們看看未來妳要生活的地方。」

玉皇上帝一起身，臣子們便有條不紊地擺出護衛的動作。蓮花不明所以地跟在後頭，玉皇上帝登上準備好的雲朵，蓮花也跟著登上去。

「來，我們下去。」

玉皇上帝與蓮花乘著雲，沿城牆飛出城外向下飛去。

「玉皇宮是人類無法進入的地方，但離開玉皇宮往下，便能夠看見人類，當然，那也都只是亡者。」

腳下的雲停在河的上方，蓮花低頭向下看。

「人死之後會翻越十二座山嶺，最後抵達黃泉江。」

蓮花看著那正前往黃泉江的隊伍。

「妳可看到其中戴著黑帽子的人？」

玉皇上帝將手裡的扇子指向站在亡者身旁，戴著黑帽子的人。

「他們是陰間使者。亡者要與陰間使者一同跨越黃泉江，才能來到陰間。」

蓮花緊盯著人群聚集處。

「妳可看到河邊渡口處的兩名老者？將過路錢交給波利功德老人，便能夠乘船渡河。」

蓮花點頭表示明白。

「渡過黃泉江，去到缽里公主的身旁，她會用河水洗去亡者的遺憾與怨恨，還能夠安撫亡者即將面臨審判的緊張心情。」

蓮花看見一名少女來到亡者身旁。

「渡河後便會有三條路，右邊通往極樂世界，左邊通往地獄，中間的路則通往西天西域國。」

玉皇上帝以扇子指著眼前的三條岔路。蓮花轉頭看向地獄，玉皇上帝便張開了扇子遮住她的眼睛。

「孩子，那裡最好別看。」

「前往地獄還是極樂世界，是由誰決定的？」

「妳可看到那個岔路口？」

蓮花點點頭，岔路的入口處，有一座宮殿與一座村子。

「那裡就是閻羅大王所在的閻羅國。渡過黃泉江的亡者，在死後的四十九天，會在該處接受七次審判。」

看著那些渡過黃泉江前往閻羅國的亡者，蓮花短暫陷入沉思。

「妳在想些什麼？」

「在我跟母親分離後，有一位老師照顧我，她不久前因意外去世了。四十九天的話，她現在應該還在接受審判。」

想到都還來不及道別就離開人世的海仁，蓮花實在是放心不下。

「說說她的姓名與她為何而死。」

蓮花將海仁的死因，以及整件事情的始末說給玉皇上帝聽。

「好，我來查一查。」

兩人腳下的雲，順著路往西天西域國方向前進。一路上是寬廣的花田，兩片雲最後就停在花田的中央。

「這裡是西天花田。此處的花朵能帶給人們希望，也能使人慈悲。枉死之人會在此地轉世，失去靈魂之人則會在此地找回靈魂。而新生命也是從此地萌生。」

蓮花看著一望無際的花田。這也是她稍早恢復意識時，與父母親一起來過的花田。

與家人重逢後，蓮花度過了一段幸福的時光。然而那也只是暫時的，她無時無刻不想起海秀。吃飯時、讀書時、打算出門散步時，海秀都如影隨形。最痛苦的時間，莫過於睡覺時。無論她是向左翻還是向右翻，都能看見海秀的臉孔在眼前浮現。海秀的臉孔、海秀的氣味、海秀的吐息，她都無比思念。

她徹夜以淚洗面、夜不成眠。一天，玉皇上帝召她，她便來到玉皇殿。

「孩子，怎會每晚都聽見妳房裡傳出哭聲？」

玉皇上帝問。蓮花哽咽，卻不知該如何說明。

「快說來聽聽。只要是妳的要求，我都願意幫忙。」

蓮花想了想，隨後才開口說：

「我想回去我過去生活的地方。」

玉皇上帝驚訝地瞪大了眼。

「妳的家人都在此處，為何還要回去人類身旁？」

「那裡有我愛的人。」

蓮花的聲音雖然顫抖，意志卻十分堅定。

「妳愛的人？」玉皇上帝皺了皺眉。

「我因為無法繼續看心愛的人受苦，因此卑鄙地選擇獨自逃跑。但無論發生什麼事，我都應該在他身邊才對。」
一陣凝重的沉默過去，玉皇上帝才終於開口。
「妳離開之後，那些人記憶中的妳便已徹底消失。即使妳回去，他也不會記得妳。」
「他不記得我也沒關係，只要能看看他過得好不好，只要能遠遠看他一眼……這樣就夠了。」蓮花語帶哽咽地說。
「要回到妳過去生活的地方並不難，但妳需要答應我一件事。」玉皇上帝嚴肅地說。
「這次去到人界，妳就跟妳母親一樣，在找到相愛的人，並跟他生下三個孩子之前，妳都無法再回來。這樣也不要緊嗎？」
「我願意。」蓮花堅定地回答。
「還有，妳要記住。妳是天界的孩子，到了人界妳將不會再衰老。」

＊＊＊

海仁搭著一輛缺了一個輪子的拖車，越過十二個山頭，來到一處茂密的草原。

「還有多遠？這條路再走下去會到哪裡？」

海仁很好奇，她出發時聽說自己的目的地是閻羅國，不曉得那裡還有多遠？聽說靠近目的地就會看見黃泉江，但她至今仍沒見到。

「這裡沒辦法預測前面是什麼地方。而且每個亡者的路都不一樣，沒有人知道接下來的路會是什麼樣子。」

海仁看了看四周，看見幾步之外的地方，有跟她一樣正在穿越草原的人。每個人都走在同樣的路上，卻有著截然不同的模樣。

「剛到這個地方的時候，有些人像妳一樣，只有一輛少了輪子的拖車，也有些人得到帥氣的跑車。還有些人得坐其他人的車子走一程呢。」

陰間使者看著經過他們面前的中年男性說。男人穿著寒酸鬆垮的衣服，嘴裡不斷喃喃自語，踉踉蹌蹌地前進。隨著男人接近，他們也逐漸能聽見他說話的聲音。

「這該死的八字，生錯了家庭，又沒有娶老婆的福氣，真是一件好事也沒有。」

男人靠近海仁所坐的拖車，陰間使者擋在他們兩人之間。海仁看了一眼，陰間使者低聲道：

「跟那種人一起，可不會有什麼好事。」

男人身旁，有個女人揹了一個滿是石頭的背架，一拐一拐地走著。

「應該可以讓那邊那位坐我的拖車吧？」

海仁指著那名揹著背架的女子。

「當然，這當然沒問題。只是妳要記住，如妳所見，這輛推車少了一個輪子。若讓那位亡者跟石頭一起上車，拖車很可能會壞掉。拖車一旦壞掉，妳可能會受傷，也可能得用雙腳走到目的地。就算是這樣，妳也願意跟她一起坐嗎？」

海仁毫不猶豫地點頭。

「你們這些人類也真是的！」

陰間使者無奈地搖了搖頭。

「請過來這邊吧。」

陰間使者把肩上揹著重擔的女人喚了過來。女人拖著瘸了的腿，吃力地走上前來。

「請上車吧。」

女人驚訝地看著陰間使者與海仁，隨後才登上了拖車。為了讓女人能爬上來坐好，拖車暫時停了下來。而緊追在後頭的紅色跑車則飛快地跟了上來，在拖車後頭停下。跑車的車窗搖下，一個男人探頭。

「前面是在磨蹭什麼啊？」

男人憤怒地高聲質問。海仁心想，如果她跟男人吵起來，可能會讓這個搭便車的女人感到抱歉，便決定敷衍一下就好。拖車吱嘎吱嘎地繼續上路，速度比剛才更慢了。那個搭便車的女人一句話也沒說。

不知走了多久，一輛藍色的跑車出現。海仁有些緊張地看著那輛跑車。但不知為何，已經超越他們的跑車竟慢了下來，並把路讓給他們。

「謝謝。」

她向車上的人道謝，跑車上的男人面帶微笑地說：

「謝什麼呢？我才要謝呢。我竟能獲得這樣一輛好車，舒舒服服地走過這段路。」

男人的微笑閃閃發光，讓海仁也跟著笑了。

後來，又有形形色色的人路過她身旁。剛才她還能看見騎馬的老人，但不知何時開始，那名老人便消失在她的視線之中，如今周遭只剩下走路的人了。

「那個人一直跟我走同樣的路耶。」

「是啊，也有些人會走相同的路，但並不是所有人都過著相同的人生。」

「為什麼？」

「剛才妳也看見了吧？」陰間使者露出神秘的微笑。

「有些人不知道自己是在走路，還是搭一輛好車。有些人即使搭的是好車，仍有許多抱怨和不滿。但也有些人只要有雙堅固的鞋子，就會心懷感激。」

海仁看向經過拖車旁的一名老人。老人衣衫襤褸，腳上穿著一雙馬上就要分離的老舊鞋子，一言不發地靜靜走著。

「老人家，您會不會累？上車吧。」

「謝謝妳的心意，但不要緊。剛才是走碎石路有些辛苦，但現在走在草地上，感覺舒服多了。而且雖然累，但只要稍微休息一下就好，這裡還有野花能看呢。」

老人指著開在雜草叢中的一朵蒲公英。海仁伸手想去摘，老人開口道：

「年輕人，妳要是摘下那朵花，就只有妳一個人能夠享受花帶給妳的喜悅，但沒過多久花就會謝。可是如果妳不去摘，那走在這條路上的每一個人，就都能看見那朵花。花也能夠開得比在妳手裡更久。」

老人的一番話讓海仁瞬間感到有些羞愧。

這時，陰間使者說：

「好像快到了。」

陰間使者指著遠方的那條河。拖車發出的噪音似乎比剛才更大了，但幸好在壞掉之前便抵達了黃泉江。海仁跟女人下了車，女人一言不發地揹起背架走上前，把雙腳浸在河裡。海仁看了看她，隨後發現她身後的渡口。海仁來到渡口，一對老夫婦擋住了她的去路。陰間使者小聲地告訴她，這是功德婆婆。

「要想渡江，就得留下船資。」

功德婆婆伸出皺巴巴的手。

「妳有拿到任何盤纏嗎？」

陰間使者問。海仁從口袋裡掏錢遞了出去，兩位老人數了一數，便指示海仁去搭渡船。海仁與陰間使者一同上船。

「渡過黃泉江後，去到那裡的閻羅國，妳就能接受審判了。」

陰間使者指著遠方的宮殿。海仁突然哭了出來，她明確地感受到自己真的來到了陰間。她淚流不止。

這時，跟她一起行動的陰間使者在旁咂了咂舌。她隨著陰間使者的目光看去，只見旁邊一艘船破了個洞，上頭的人正努力將滲進來的水舀出去。

「那些人在做什麼？」海仁語帶哽咽地問。

「肯定是給的錢不夠，只能坐那樣的破船吧。」陰間使者搖搖頭。

「那些人應該是生前積的陰德不夠，所以黃泉路上才會沒有足夠的盤纏。」

海仁這才注意到，有不少人試圖游泳渡江。她心疼地看著這些人，耳邊聽到陰間使者說：

「我們快到了。」

陰間使者率先下了渡船，海仁也跟著下船。才一下船，一名少女便迎上前來。

「妳何以哭得如此傷心？」少女問。

「我突然來到這裡，都沒能跟心愛的人做最後的道別。」

海仁想起載夏。跟載夏分手後回家的那天，海仁哭了一整夜。第一次見到載夏那天，她立刻就知道，她會真心愛上這個男人。那是她有生以來第一次產生這樣的感受。載夏的眼神總是帶著悲傷，而在得知那股悲傷是因為他父親的死時，海仁希望能夠分擔載夏的傷痛，也希望能帶給他安慰，所以她才會詢問關於載夏父親的事。

「附近的話……他是在哪一間國中工作呢？」

「是洵云國中……他是個非常愛護學生的老師。」

只是她做夢也沒想到，載夏的回答像一支銳利的箭矢，狠狠刺入她的心臟。洵云國中是海秀讀的學校。得知載夏的年紀時，海仁發現載夏跟自己的哥哥海秀一樣大，因此載夏的父親很可能是海秀的老師。雖然是她小時候的事，但她依稀記得因為海秀的錯而釀成的那起意外，最後只有海秀、他的朋友與一名老師被救出來。她隱約記得，被救出來的老師，在海秀畢業典禮那天便自殺了。海仁猜想，載夏的父親與那位老師，很可能就是同一個人。也就是說，載夏的父親也是海秀所引發的那場意外的受害者，沒能參加兒子的畢業典禮便結束了自己的生命。

在意識到這一點之後，海仁瞬間感到頭昏眼花。她說要去一趟洗手間，便起身離開座位。她不記得自己是怎麼走到洗手間，只記得一進到洗手間內照了鏡子，她便忍不住哭了出來。她覺得自己實在無法正視載夏的臉，便決定跟載夏提分手。

少女沾了點江水，抹去了海仁臉上的淚痕。

「這會讓妳忘記所有陽間的悲傷、怨恨與痛苦。」

令人驚訝的是，少女的手所觸及之處，淚水便隨之消失。在旁看著這一幕的陰間使者，心滿意足地說道：

「忘卻是神賜給人類最大的禮物。即便過去曾經痛苦，但只要時間一久，那就會成為美麗的過往。」

這麼說來，稍早那悲傷的心情，似乎真的一溜煙地消失了。

「若沒有忘卻，人必將日日活在痛苦之中。必須懷抱著悲傷、懷抱著每一個痛苦的記憶。」

一旁的少女看了陰間使者一眼，陰間使者隨即住了嘴。

「請跟我來吧。」

少女慈祥地引導海仁。海仁跟在她身後前往閻羅國。跟少女一同進入閻羅國，隨即就有一名戴著黑帽子的人低頭向她請安。

「公主大人，您怎會親自駕臨此地？」

少女對男人下達指示。

「去查查此女為何而死。」

稍後，海仁跟著男人來到閻羅大王跟前。

「妳叫什麼名字？」閻羅大王問。

「我叫姜海仁。」

一聽見她的名字，閻羅大王便有些驚訝，他說：

「玉皇上帝召妳。妳現在立刻去玉皇殿，晉見玉皇上帝。」

海仁乘著雲朵前往玉皇殿。她才下了雲，便有幾位臣子上前來領她去到玉皇上帝跟前。雖然不明白自己為何受召，但她還是跟著臣子來到玉皇上帝跟前。玉皇上帝一手持扇，坐在一張大椅子上。

「妳就是姜海仁？」玉皇上帝開口，聲音在殿內迴盪。

「是的，沒錯。」海仁十分緊張，只能簡短回答。

「聽聞妳是冤死的，就讓妳回去原本生活的地方吧。」海仁吃了一驚。
「要我回去？怎麼回去？」
「人類的肉體死去後便會消失，但靈魂會永遠存在。」
海仁不能理解這番話的意思，卻也沒有繼續追問，只是點了點頭。
「妳來此處之前，可在江邊遇見一名少女？」玉皇上帝摸著鬍子問。
「是的，我有遇見。」
「那孩子叫做缽里公主。缽里公主會抹去妳所有的悲傷、怨恨與痛苦，妳就忘記過去的不幸，去過新的人生吧。」
「新的人生？」
「是。妳重生之後，想回到什麼時候？」玉皇上帝帶著仁慈的微笑詢問。
「我想回到穿制服的時候。」

＊＊＊

海秀停好車，隨即便來到急診室。一起出發的救護車已經先到了。他往救護隊員走去，隊員們正打算離開，稍早送來的那名女子也已經搬到急診室的病床上。

「要接受治療的話就得先掛號，請告訴我們妳的姓名和身分證字號，我們會聯絡家屬。」

海秀站在女子身旁說明，女子一言不發，只是眨著眼。見女子的反應，海秀心想她或許是聽不懂自己說的話，他便轉過身背對著女子，試圖尋求其他人的協助。

「醫生。」

轉頭一看，躺在床上的女子正盯著他看。

「是，請說，妳哪裡不舒服？」

海秀詢問。發現女子能夠正常與人溝通，他鬆了一口氣。

「這是夢嗎？」

女子的眼眶泛淚。海秀心想，她或許經歷了什麼坎坷的遭遇。待在急診室的日子，他每天都會遇到許多有著不同故事的患者。

「這不是夢，妳活下來了。」

海秀帶著微笑說。女子的淚水從眼眶滑落。

「韓……蓮花，我是韓蓮花。」

女子用沙啞的聲音說出自己的名字。

「好，韓蓮花小姐。也麻煩妳把身分證字號和家屬聯絡方式告訴我。」

海秀在紙上寫下「韓蓮花」，並等著抄寫身分證字號。

「我沒有家屬，也不知道我的身分證字號。」

女子有些怯懦地回答。不知道自己的身分證字號？這是什麼意思？海秀吃驚地看著女子。

「不知道身分證字號的話，就沒辦法使用健保。必須以『一般』病患的身分掛號，這樣看診的費用會很高。而且如果沒有連帶保證人，我們也無法替妳掛號。」

海秀為難地搔了搔頭。但話才說完，他便感到自責，身為救人的醫生，這似乎不是在為病人看診前該說的話。雖不知道這名女子經歷了怎樣的故事，但海秀莫名地想幫助她。

＊＊＊

救護車停了下來，應該是已經到醫院了。救護隊員上前來，推著她躺的床進入急診室。醫院天花板上的燈一一閃過蓮花眼前，護理師跑上前來迎接。那是熟悉的臉孔，是尹護理師。救護隊員把她搬到醫院的床上便離開了，海秀接著上前來。她以為這是一場夢，但只要能再見到海秀，即使是夢也無妨。但這不是夢，海秀真的在她眼前。蓮花呆看著海秀，她是怎麼從陰間使者手上存活下來的？

海秀說要去向社會福利組詢問一些事情便離開了。蓮花獨自留下，她環顧整間急診室，跟她離開之前幾乎沒有什麼不同。即使沒有她，急診室也依然如常運作。

蓮花下了床，離開急診室來到醫院外頭。不知不覺間，太陽已經下山了，她聽見自己的肚子咕嚕嚕叫了起來。摸了摸口袋，裡頭當然不可能有錢。況且她剛才掉進水裡，整個人十分狼狽。唯一值得慶幸的是，沒有人把這樣狼狽的她當成怪人看待。

她隨興地走著，不知不覺來到一條開滿餐廳的巷子。餐廳外放了幾張桌子，客人的歡笑聲與談話聲十分宏亮。炭火的香味刺激著鼻尖，也刺激了她的唾腺，只是空蕩蕩的口袋不允許她坐下。

一邊回味著可口的美食，一邊嚥著口水的蓮花突然停下腳步。透過餐廳的玻璃窗，她能看見裡頭一張熟悉的臉孔。蓮花像著了魔似地靠到玻璃窗前，恰巧與那個正打算喝酒的男人對上了眼。那是載夏。載夏面無表情地呆看著她。玉皇上帝說的沒錯，她已經從所有人的記憶中消失。這個地方沒有她的容身之處，沒有人會迎接她或記得她，她無處可去，也沒有人會收留她。夜越來越深，口袋裡沒有錢，她不知該上哪去才好。她心想，再怎麼樣也不該在街頭過夜，只好回到醫院。醫院的值班室，或許整晚都會是空的。

蓮花看了看四周，趁著沒人的時候進入值班室。一如預期，值班室空蕩蕩的，一個人也沒有。她鬆了口氣，躺上自己許久以前曾用過的床鋪。雖然已經過了很久，但那感覺依然十分熟悉，好像她今早也躺在這張床上一樣。她很快便墜入夢鄉。

直到隔天下午，她才從睡夢中醒來。發現自己依然身處值班室，她實在難以置信。怎麼還是一樣呢？原來這真的不是夢。會不會見到父母跟玉皇上帝的事情，才是她做的一場夢？

蓮花環顧值班室。昨天她像被誰追趕一樣躲進了值班室，一躺下便立刻睡著，這才終於注意到一些昨晚沒注意到的事情。值班室也沒有任何改變，就跟她離開之前，最後一次跟海秀一起躺在這裡時一樣。

她注意到放在角落的一個箱子。箱子上頭積滿了灰塵，似乎已經許久沒人去動。打開那箱子，她驚訝地發現是自己當時留下的衣服和背包。背包裡的存摺是過去她存下的所有財產。天無絕人之路，此刻她正親身驗證這樣的奇蹟。

蓮花換上那套衣服，離開了值班室。

＊＊＊

隔天早上，即將交班之際，海秀突然想起昨天下午逃走的那個女人。

「尹護理師，昨晚那個患者有再出現嗎？」

尹護理師搖頭。

「她穿著濕答答的衣服離開，應該不會有問題吧？」

「如果再發生什麼事，她應該會再被送來醫院。畢竟這附近有急診室的地方，也就只有我們千明大學醫院而已。」

一如尹護理師所說，要是再出什麼事，那名女子肯定會被送進來。海秀知道，他這是無謂的擔憂。但奇怪的是，他莫名掛念那名女子。不知為何，她看著自己的眼神十分悲傷。而看著那名女子，他覺得自己心裡也很悲傷，甚至有落淚的衝動。

「教授，你怎麼了？她是你認識的人嗎？」

海秀搖頭，其實他也不敢確定自己真的不認識對方。三年前，記憶空白的那六個月期間究竟發生了什麼事，他至今仍想不起來。

「你不記得嗎？說不定是那時候認識的人。」

尹護理師看了看他的表情，隨後補上一句。周遭的人這樣小心翼翼的行為和發言，反倒讓海秀更加心煩。三年過去，從他人生中消失的那六個月怎麼也找不回來。有時候他覺得，那或許永遠也找不回來。而那六個月的空白，使得他的人生就像拼不完的拼圖。

「聽說人受到太大的打擊就會暫時失憶。」

精神健康醫學科教授申載夏醫生幾年前也曾經這麼說過。話說回來，他突然想起，前陣子載夏一臉不敢置信地問他，是否看過自己的病歷。

海秀來到護理站的電腦前，打開電子醫療紀錄程式。輸入病歷編號，他的病歷便立刻出現在畫面上。他打開精神健康醫學科的紀錄，裡頭仔細記錄著他與載夏對話的內容、諮商的內容。

二〇××年四月九日

imp（*impression*，診斷名）：*delusions R/O*（可能為妄想）

C/C（*Chief Complain*，主訴）：可以看見患者的過去，很痛苦。

這時，急診室的門打開，有人喊了他一聲。

「姜海秀先生。」

轉頭往門口一看，是郵差走了進來。

「你是姜海秀先生嗎？」

「對，有什麼事嗎？」

郵差不發一語，只是交給他一張明信片便離開了。海秀糊裡糊塗地盯著那張明信片看，明信片的正面，畫的是一隻揹著郵筒的烏龜，上頭寫著「來自緩步前進的郵筒」。

「這是誰寄來的明信片？」

尹護理師問。海秀聳了聳肩，翻到背面查看。上頭第一句話寫著：「給我的命運。」海秀帶著滿心疑惑讀起上頭的內容。明信片的最後一句話，寫的是：「現在我們的愛實現了嗎？」下方則是日期與署名。他緊盯著那一行字。

二〇××年七月十二日 *from.* 你的命運，韓蓮花

這是三年前寄出的明信片，而且這名字還有些眼熟。韓蓮花是誰？他跟這個女人是什麼關係？海秀感到十分混亂。

「韓蓮花？就是昨天那個女人吧？」

看了明信片一眼，尹護理師隨口說道。海秀驚訝地來回看著明信片與尹護理師，難怪他就覺得這名字很熟。他趕緊從口袋裡掏出手冊，找到昨天寫下的名字。

「韓蓮花」

是那個女人沒錯。

「妳三年前見過這個女人嗎？她有沒有來過醫院？還是……」

海秀瞪大了眼睛看著尹護理師，她卻只是搖搖頭。

「這明信片是從哪來的？」海秀嘆了口氣問道。

「應該是西川公園的郵筒吧？」

尹護理師漫不經心地回答。海秀有些焦躁，想立刻衝去那公園查看郵筒。

「再忍耐一下，再一個小時就下班了。」

尹護理師安撫他，海秀把注意力轉回到病歷上。這次吸引他注意的，是二○××年七月九日的紀錄。

C/C：我的詛咒似乎跟蓮花有關。

他的視線停在「蓮花」兩個字上。詛咒是什麼？蓮花又是誰？三年前他究竟發生了什麼事？海秀無力地手摀著臉。那肯定是重大到足以顛覆他人生的事，若要查清楚這件事，似乎得去見見這個叫蓮花的女人。

一下班，海秀便開著車往西川市去。一看到「西川公園」的指示牌出現，他便開始心跳加速。好像認定只要去到那裡，他就能找回遺失的記憶。

停好車子，海秀沿著斜坡向下。一如尹護理師所說，花田中央確實有個巨大的郵筒。他沿著花田裡鋪好的石子路來到郵筒旁，旁邊所立的告示牌寫著「緩步前進的郵筒」。海秀按捺激動的心情進到郵筒內，發現裡頭放著一些空白明信片，上頭畫的畫就與他所收到的明信片一模一樣。叫做蓮花的這個女人，應該是三年前在這裡寄了明信片給他。那他現在得去哪裡才能找到這個女人？

他走到郵筒外。這時，令他難以置信的事發生了。一名女子正朝他走來，就是他要找的「韓蓮花」。

＊＊＊

蓮花一步步朝海秀靠近，海秀怎麼會在這個充滿兩人回憶的地方？難道他恢復記憶了嗎？蓮花心中暗自期待。她走到海秀面前停了下來，海秀不發一語，只是一直盯著她。一陣悶熱的風吹來，輕輕吹過他們身旁。

「居然在這裡遇見妳。身體好點了嗎？」

海秀露出淺淺的微笑，蓮花以微笑點頭回應。

「蓮花小姐，妳吃飯了嗎？」

聽見海秀喊了她的名字，蓮花瞬間眼眶泛淚。海秀喊了她，海秀還記得她的名字。

「如果還沒，那要不要跟我一起吃飯？我剛好缺一個飯友。」

蓮花都還來不及開口，肚子便咕嚕嚕叫了起來，代替她回應海秀的邀約，悲傷的氣氛頓時蕩然無存。

她跟著海秀來到山丘上的加勒比餐廳。海秀選了他最喜歡的靠窗座位，並點了要跟蓮花一起享用的餐點。一連串如行雲流水般的動作，讓蓮花幾乎要相信海秀並未失憶。

「你怎麼會來這？」蓮花問。

「今天早上我收到一張明信片，是從那郵筒寄出來的。」

海秀尷尬地笑了笑，蓮花看著放在桌上的明信片。寄明信片給他的人是誰呢？自己離開已經三年了，海秀也可能已經開始了一段新的戀情。

蓮花感到有些消沉，海秀則在此時皺起了眉。

「你怎麼了？」注意到海秀的不對勁，蓮花趕緊詢問。

「沒什麼，我只是覺得這情景似曾相識。」海秀搖搖頭，露出了苦笑。

「快吃吧。」

恰好餐點在此時上桌，他們的對話沒有繼續下去。只是海秀始終無法專注用餐，不知哪裡感到彆扭，他的目光一直在空中飄來飄去，似乎是有話想說。見海秀坐立難安的樣子，蓮花心中再度燃起希望。他該不會是想起來了吧？

「我想請問妳，我們三年前曾經見過面嗎？」

面對海秀的問題，蓮花有些遲疑，沒能輕易回答。見蓮花露出為難的神色，海秀趕緊補充：

「抱歉突然問這種問題，其實我失去了之前的記憶。」

海秀果然不記得她。但這其實沒什麼好失望的，光是能這樣坐在彼此面前、能夠看著海秀平靜的面容，她便心滿意足了。看到海秀過得這麼好，也讓蓮花決定自己只需要在遠方悄悄守候。

跟海秀分開後，蓮花前往海仁工作室所在的藝術家之街。確認海秀跟載夏都過得很好，她也開始想念海仁。雖然知道海仁已經不在了，但還是想去留有海仁痕跡的工作室走一走。總覺得光是回想起過去與海仁共度的時光，就能夠感受海仁的存在。當然，她也不敢確定海仁的工作室還是保留原本的樣子。

藝術家之街有許多改變。原本小店林立的巷子裡，如今開滿了咖啡廳，行人似乎也比以往明顯多上許多。但其中最吸引她目光的，還是海仁工作室所在的那棟建築物。曾經的工作室，如今已成了民宿。

蓮花推開民宿的門入內，過去海仁坐著畫畫的空間，如今已改裝成櫃檯。站在櫃檯裡的員工，正與一名穿著制服的少女爭執。蓮花站在少女身後，靜靜等待他們把事情處理完。

「同學，沒錢就不能讓妳入住。我是不知道妳發生什麼事了，但妳還是回家吧，爸媽應該在家等妳。」

員工果斷拒絕少女，並將目光轉向蓮花，擺出一副不想再與少女爭執的態度。

「我想住一個晚上。」

蓮花側眼看了看那名少女，少女只是面無表情地站在那。蓮花付了錢拿到鑰匙，少女依舊站在原地沒有離開。員工領著蓮花上到二樓，介紹完環境之後便回到櫃檯坐下，沒有再理會少女。而直到此時，少女也都沒有要離開的跡象。蓮花雖假裝不在意，但內心依舊有些掛念那名少女。她想，要是放著不管，少女恐怕就得在街頭露宿了。

蓮花折返，重新回到一樓，來到少女身旁。少女的臉非常小，五官也非常鮮明，是個不輸海仁的美女。那冷漠高傲的氣質，也與海仁如出一轍。看著她，蓮花幾乎就要相信是海仁死而復生了。

「那個，請問……」

蓮花小心翼翼地跟少女搭話，少女警戒地看著她。

「妳要不要跟我一起住？」

少女沒有拒絕，蓮花連她的費用一起結清，便帶著她來到房間，少女也乖乖跟著蓮花上樓。

兩人入住雙床房。兩張單人床分別靠著左右兩旁的牆壁，房間小到連轉身的空間都沒有。蓮花先進到房裡，倒頭便躺了下來，少女跟在後頭，一屁股坐在另一張床上。一躺上床，疲勞便瞬間湧現，只是一想到自己跟陌生人一起待在這狹小的房間裡，蓮花實在也無法輕易入睡。

蓮花側過身看著少女，少女動也不動地坐在床上。蓮花將視線移向少女胸前的名牌，原來她叫「朴恩惠」。面對恩惠，蓮花覺得有一種在面對海仁的親切感。她突然想起在西天花田看見的轉生花，但她很快便決定不再深入去想。

這時，恩惠主動打破沉默開口。

「謝謝妳。因為妳收留我，今天晚上可以好好睡一覺了。」

蓮花想起從前，想起大學入學考試結束的那天、她拿著一個睡袋露宿街頭的那天、想起她無處可去徘徊街頭的時候，也想起了海仁。當時透過介紹認識海仁還不到三個月，但她只覺得海仁應該能夠幫助她。就這樣，她在海仁的工作室寄住了一個多月，而那裡恰好就是現在這個房間所在的位置。

蓮花徹夜未眠直到天亮。另一張床上，恩惠正在熟睡。蓮花躺在床上想海秀的事。海秀為何會去公園賞蓮？為何會去西川公園？她突然想到昨天白天海秀手上的那張明信片。她只覺得那明信片有些眼熟，但現在仔細一想，她才想起自己曾經寫過明信片給海秀。海秀收到了嗎？去公園管理處查詢，是否就能知道海秀是何時收到明信片的？蓮花趕緊起身穿好衣服，匆忙離開房間。

＊＊＊

進到研究室，海秀立刻躺到研究室裡的行軍床上。今天這張床躺起來格外不舒服，都是因為那個叫「韓蓮花」的女人。見過那女人之後，她便一直在腦海中揮之不去，讓海秀對一切都感到厭煩。

翻來覆去、思緒無比混亂，海秀再也無法忍受這張吱嘎作響的床，便決定改到值班室去睡一覺。雖然只是普通的雙層床，但總比他的行軍床要舒服多了。這是自從一年前他升格成為教授之後，第一次回到值班室。

海秀躺到許久以前他經常使用的那張床上。思緒依舊混亂，他想立刻離開，卻覺得眼皮越來越沉重，隨即便沉沉睡去。夢中，他在蓮花盛開的池子邊與一名女子親吻。他想仔細看清楚那名女子的臉孔，卻怎麼也看不見。不知是從那名女子身上飄出了香氣，還是盛開的蓮花散發出香氣，只覺得隱約的花香搔癢著他的鼻尖。這是在哪聞過的香味？滲入鼻腔的氣味纏繞他的身體，他突然感到心跳加速，一股劇烈的疼痛襲遍全身。瞬間，女人轉過身來，竟然是韓蓮花。海秀驚醒，猛然坐起身來，冷汗沿著他的額際流下。是因為他一直在想那個女人的事嗎？根本也算不上認識的女人，竟然就出現在自己的夢裡。

為了甩開在腦海中遲遲不肯離去的身影，海秀決定來到急診室。急診室裡，住院醫生們正聚在護理站閒聊。他默默來到他們身後，加入他們的對話。

「小偷哪可能只拿那個東西？」第三年住院醫生世允沒好氣地說。

「就是說嘛！但為什麼偏偏只有那東西不見？」第一年住院醫生聖元提出他的疑惑。

「是什麼東西？什麼東西不見了？」在旁靜靜聽著的海秀這時插話。

「值班室裡有一些放了很久，一直找不到主人的東西，昨天晚上消失了。」
「找不到主人的東西？」
「這我們也不太清楚啦，因為我們進來的時候就在那了。連教授也不知道嗎？」
海秀搖搖頭。他對與自己無關的事情可說是毫無興趣。
「但為何之前都沒人提起這件事？」
「因為大家都很忙，就想說應該會有人去處理，所以一直放到現在。」世允尷尬地笑了笑。
「裡面沒有什麼有寫名字的東西嗎？怎麼不去問問人事科物主的聯絡方式？」
海秀一邊環顧著急診室，一邊漫不經心地參與話題。
「名字是韓蓮花吧？」
「對，韓蓮花。」
聽到這個名字，海秀瞪大了眼睛。他吃驚地轉頭看著幾名住院醫生，懷疑是自己聽錯了。世允與聖元見到他的反應，也顯得有些訝異。
「怎麼了嗎？是教授認識的人嗎？」
「不，不認識。」

海秀趕忙離開急診室，回到樓上的值班室。他開了燈環顧值班室，發現角落裡就放著聖元說的箱子。他打開那箱子，拿出裡頭的白袍，上頭以藍色的絲線繡著「急診醫學科韓蓮花」幾個字。他的病歷、明信片、醫生袍……這一切都在他的腦海中盤旋。還能不能找到其他的線索？

他拿著那件白袍回到自己的研究室。打開辦公桌抽屜，試圖尋找可能成為線索的東西。他看見抽屜深處，有某樣東西在閃爍。他小心翼翼地拿出來查看，發現那是一枚銀戒指，上頭刻了蓮花的圖案。戒指內側還刻了幾個字。

H.Y.H

這肯定是「韓蓮花」的縮寫。他試著戴上那枚戒指。就在戴上的那一刻，他感覺頭一陣刺痛。他呻吟著抱住了頭，與蓮花共度的回憶閃過他的腦海。所有的記憶瞬間恢復，彷彿一切就像一場騙局。他想起那晚去銀河大橋的事，也想起過去他曾經到西川公園去賞過蓮花。

「是蓮花，是蓮花來了，她回來了。」

眼淚瞬間奪眶而出。本以為永遠離開的蓮花，竟然再度回來找他了。過去三年，他生命中那無法填補的空缺正是蓮花。他所遺失的，就是與蓮花共度的回憶。

海秀衝出醫院想去找蓮花。無處可去的蓮花，現在會在哪徘徊？他突然想起忘

在餐廳的那張明信片，是三年前蓮花寄出的明信片

為了取回那張明信片，海秀趕緊前往「西川公園」。停好車，他立刻往餐廳的方向跑去，餐廳老闆也出門來迎接

「您來了，我本來就在想您應該會再過來，這是您忘了帶走的東西吧？」

老闆拿出明信片，海秀一把接過，看著手上的明信片，眼淚在眼眶中打轉。本以為與他無關的明信片，竟在一天之內變得無比重要。

這時餐廳的門突然打開，四周也亮了起來，蓮花從那刺眼的光芒中走了出來。海秀不敢置信地眨眼，他甩了甩頭，眼前的景象依舊沒有消失，那真的是蓮花，是她沒錯。

「蓮花。」

海秀哽咽，眼淚不聽使喚地流了出來。視線被眼淚模糊，蓮花的臉也變得模糊。海秀趕緊擦去淚水，生怕一個閃神蓮花就會消失。蓮花來到他面前。

「醫生。」蓮花擦了擦眼淚看著海秀。

「這是怎麼回事？」

海秀握著蓮花的手，他能明確感覺到透過雙手傳來的溫度。他實在不敢相信，這竟然不是幻影，而真的是蓮花。

「你真的遵守了我們說好每年一起去賞蓮的約定。」蓮花溫柔地笑著說。
「我命中注定要再次跟妳相遇。」
那一晚，兩人就像多年前蓮花將要離開的那晚一樣，並肩躺在值班室的床上。
「時隔三年才有這麼一個幸福的夜晚，現在我一分一秒都不想跟妳分開。」

＊＊＊

結束與朋友的聚會，載夏走在藝術家之街上。三年前開始，咖啡廳一間一間進駐，現在人們已經改稱這裡為「咖啡街」，而不是藝術家之街了。也因此他想獨自珍藏的回憶一一消失，只剩下進出咖啡廳的人潮。載夏也有間常去的咖啡廳，那裡是四處都掛著畫作的溫馨空間。

咖啡廳裡，只有平靜的音樂、翻書的聲音與喝咖啡的聲響。點完餐之後，他也拿了一本書找了個位置坐下。他喜歡這樣獨處的時間。

就在他讀書讀到忘我時，叫號器響了。他到櫃檯拿了咖啡回到原位，正準備坐下時，注意一名穿著制服的少女呆站在畫前。那是他喜歡的畫。其實他之所以經常造訪這間咖啡廳，也是因為那幅畫的緣故。

載夏走向少女。

「妳喜歡這幅畫嗎？」

少女轉頭看著他。

「我跟畫這幅畫的人很熟。」

載夏面帶微笑說著，少女不發一語地望著他。

「要是她知道有人喜歡這幅畫，她應該也會很開心。」

少女露出淺淺的微笑。載夏很自然地與少女坐到一塊，但聊完畫的事情之後，他們便不再有任何對話。成年男性與穿制服的少女坐在一起喝咖啡，看在一般人眼裡實在是不太好。一想到這裡，載夏便覺得跟少女待在一起很不自在。他覺得自己實在不該跟對方搭話。

「時間晚了，走吧，不然妳爸媽要擔心了。」

載夏正要起身，少女便開口說：

「我沒有爸媽。」

少女的一句話，讓載夏又坐了回去。

「啊，真是抱歉，但應該還是有家人在等妳吧？」

「我沒有家人。」

少女平靜地搖搖頭，這反倒讓載夏有些慌張了。跟離家出走的青少年牽扯在一起，一般人非常容易誤會，但若他就這樣留下少女離開，又讓人感到有些心疼。

「但應該還是有……能住的地方吧？」載夏小心翼翼地問，少女卻搖了搖頭。

「我之前遇到車禍，醒來後發現自己人在醫院，可是我完全想不起以前的事情。」少女平淡地說著自己的遭遇。

「是哪間醫院？」

「千明大學醫院。」

載夏看了看少女胸前的名牌。朴恩惠，她叫做朴恩惠。載夏陷入思考，少女則在此時開口：

「所以說，今天可不可以讓我借住一晚？」

簡單的一句話，就讓載夏瞬間停止思考，腦袋一片空白。他感覺自己冷汗直流。他憑什麼相信初次見面的少女，隨隨便便就把人帶回家，還讓她借住呢？理性知道自己不能這麼做，心卻不聽使喚。他的心告訴他，應該讓這名少女借住一晚。

無奈之下，載夏帶著少女來到醫院對面新落成的商務公寓。三年前發生意外被送入急診室後，他便搬離跟母親一起的住家，到醫院附近租了間商務公寓。這是他有生以來頭一次獨立生活。當然，他也依然掛念獨居的母親，因此他還是經常回家探望。

一進到屋內，恩惠便開始查看環境。因為是新建的商務公寓，所以環境十分乾淨，但除此之外也沒有其他優點。從大門進來，左手邊是衛浴，再走兩步就是廚房、客廳兼臥房。說好聽是商務公寓，充其量就是個套房。唯一值得慶幸的是樓中樓的格局，爬上樓梯還有個能放單人床的小空間。

「妳睡二樓吧，我睡客廳。」

「謝謝。」

恩惠大力點點頭，隨後便爬上樓梯。

「等、等一下。」

載夏叫住恩惠，恩惠嚇了一跳，轉過頭看他。

「那妳昨天是睡在哪裡？」

他突然有些好奇，若少女真的無處可去，那這段時間都是住在什麼地方？

「昨天就睡在咖啡廳對面的民宿。」

「怎麼會住在那？」

「我遇到一個姐姐，她讓我跟她一起住，還給了我一些錢。」

「姐姐？」

「就是在民宿偶然遇到的姐姐，該怎麼說……感覺就像是從天而降的仙女。」

聽恩惠這麼形容對方，載夏忍不住笑了出來。

「那妳今天睡在這，明天開始要怎麼辦？」

「我在找能打工的地方，之後就有錢找房子了。無論如何都有辦法活下去的，我相信天無絕人之路。」

＊＊＊

載夏徹夜未眠，天一亮便急忙準備上班。恩惠似乎還在睡，樓上沒有任何動靜。本想上去把她叫醒，最後還是決定直接出門上班。希望她能趁著自己不在時好好休息。

拖著疲憊的身軀進入診間，載夏癱坐在椅子上看著掛在牆上的畫。

「海仁。」

三年前被龍捲風捲上天之後，載夏也失去了所有的記憶。神雖然抹去了他的記憶，卻沒將記憶的痕跡一起帶走。這難道也是神的旨意嗎？他恢復意識，他發現自己躺在急診室裡。他回想起自己醒來之前見到父親的事。雖不知道那究竟是不是場夢，但父親離開之前告訴他：「載夏，別浪費時間去憎恨別人，去過你的人生。」雖然是短暫的會面，他始終沒能忘記那個夢。離開急診室回到診間時，他看到了海仁的畫。那天下班之後回家，他發現床上擺了一本素描本，而那裡頭有張一模一樣的畫作。

「海仁。」

跟海仁有關的記憶保留了下來。就在他因為想起海仁而感到心痛時，恰好御珍打電話來。

「你知道你上新聞了嗎？你紅了。」

面對御珍的玩笑，他卻一點也不想笑。

「好啦，不開你玩笑了。我去打聽了那個地區的有力人士到底是誰，才發現那個人的兒子好像是千明大學醫院的醫生。就是急診醫學科的姜海秀。」

一開始載夏還有些不明所以。他試著回想了一下，才想起意外發生之前，他曾經與御珍聊過父親的遭遇、為了查清楚父親之死的秘密而做的行動，以及去找海秀的事情。

隔天，他查看了海秀的病歷。妄想、詛咒、蓮花，載夏一一看著自己寫下的內容，才終於想起海秀曾經來找過他，說自己因為能看到患者的過去而痛苦。唯一想不起來的只有蓮花。蓮花究竟是誰？

而這三年來沒能解開的謎團，終於在三天前的晚上得以了結。他坐在餐廳裡喝酒時，不小心跟窗外一名女子對上了眼。那一刻，他突然感到嚴重的頭痛。站在窗外的那名女子是蓮花嗎？明明那天晚上，他就親眼看見蓮花跳進海裡了呀。

奇怪的是那個叫恩惠的女孩子，載夏從她身上感覺到海仁的影子。無論是長相還是聲音，都像是海仁重生了一樣。也是因為這樣，當恩惠問載夏能不能收留她一晚時，載夏之所以無法拒絕，是因為他總覺得海仁又活過來了。

載夏拿起手機撥了通電話。經過短暫的等待，海秀接起了電話。

「是我。」

「怎麼了？」

載夏感覺到海秀的聲音有些不同，那是過去幾個月不曾聽過的，有些興奮的聲音。

「我才想問你怎麼了。」

「這個嘛……要解釋起來會有點長，而且……沒有啦，沒事。」

海秀欲言又止。載夏決定不追究海秀的態度，直接說出他撥這通電話的用意。

「你幫我打聽一件事。前幾個月有一個因為車禍送到急診室的女高中生，名字叫……」

「朴恩惠？」沒等載夏說完，海秀便立刻接話。

「你怎麼知道？病患這麼多，你該不會把他們的名字都背下來了吧？」

「當然不是啊。」這次也是沒等載夏說完，海秀便接著講下去。

「只是我對她印象很深刻。因為她沒把醫藥費繳清就走掉了。」海秀語帶不屑地說。

「總之呢，我會記得她是因為她有拖欠費用。話說回來，你怎麼知道這個名字？她去你那邊掛號喔？我說對了吧？難怪，我就覺得奇怪。」

海秀連珠炮似地說個不停，載夏好不容易才找到機會插嘴。

「哪裡奇怪？」

「她有點恍神。明明沒有受傷，但神智卻不是很清楚。」

「沒有受傷？」

「救護隊員說她只是嚇到昏過去。為了以防萬一我想幫她檢查一下，就問了她父母的聯絡方式，結果她卻說不出來。」

「可以透過學校詢問她家人的聯絡方式吧？」

「當然我也問了，沒想到她是孤兒。」

「孤兒？」

「對，就是孤兒。」

「我問完之後回去找她，沒想到她就消失了。」

「她、她是幾年級的學生？」

「好像出車禍那天是畢業典禮，所以她現在應該是二十歲。」

「你……有沒有覺得那個患者很怪？就像海……不，沒什麼。」

「她出車禍的地方跟海仁是同一個地點。所以我也更想幫她，只是她自作主張離開醫院了。」

至今尚未恢復記憶的海秀，仍然因為不知名的悲傷而不時感到痛苦。載夏心想，如果他也跟海秀一樣沒有恢復記憶，那會怎麼樣呢？記得一切與遺忘一切，哪一種痛苦令人比較難受？在開立「憂鬱症」藥物給海秀時，載夏也在心裡暗暗地想：

「你的痛苦與悲傷都是神給的懲罰，你要用一輩子去贖罪，姜海秀。」

很久以前，他便已經決心要原諒海秀。正如父親所說，憎恨他人是在浪費自己的生命。

那天，載夏殷殷企盼著下班時間到來。他催促著自己的步伐，希望恩惠還沒有離開他家。帶著滿心期待回到家中，他的期待卻如幻影般破滅。恩惠已經離開了。載夏試著去藝術家之街找恩惠，卻沒能見到她。

他默默來到酒吧，今晚不喝酒他恐怕撐不下去。死去的海仁重新活過來，難道真的只是他的空想嗎？他該就這麼忘記海仁嗎？還來不及做最後的道別就離開的女孩，他要怎麼能忘記？載夏一杯接著一杯地喝，希望過了今晚就能忘卻一切的日子，已經持續了三年之久。

＊＊＊

與海秀重逢不知不覺已經十天過去。蓮花感到無比幸福，卻有一個問題始終壓在她的心頭。雖然他是以仙女之女的特權重新回到人世，她卻無法繼續從事夢想中的醫生工作。夢想是人類才擁有的特權。而除了當醫生之外，她也不曾有過其他夢想，因此如今她覺得自己像是在名叫人生的茫茫大海上漂流。

她就這麼日復一日過著無趣的人生。某天，海秀要她趕緊準備出門。

「走吧，我要帶妳去一個地方。」

這天海秀休假，直到明晚都不需要進醫院。

「要去哪裡？」蓮花坐上副駕駛座，忍不住詢問。
「去了就知道了。但到那裡之前，妳都要閉著眼睛。」海秀微笑回答。
「絕對不能睜開眼睛喔，知道嗎？」
蓮花聽從海秀的指示，乖乖閉上了眼。音樂聲在車內響起，海秀跟著哼唱。這些日子以來，海秀已經成了會因為小事而笑，偶爾也會開些無聊玩笑的人，跟三年前憂鬱的模樣可說是截然不同。
沒過多久，車子停了下來。蓮花先是聽到引擎熄火的聲音，隨後是車窗打開的聲音。
「到了，下車吧。」
海秀替她開門並牽起她的手。蓮花在海秀的引導之下，跟在他身後前進。
「到底要去哪裡，這麼神秘？」
蓮花沒有聽見海秀的回答，反倒聽見自動門開啟的聲音。經過三道自動門，海秀停下了腳步。一股熟悉的味道飄來，是酒精味、是床單味，是混雜了許多人體味的氣味……她似乎不必睜眼，憑著氣味就能知道這是哪裡。
「還不能睜開眼睛喔。」
海秀說完，便替蓮花穿上一件衣服。張開雙手穿上那件衣服，熟悉的感覺便包覆住她。蓮花內心感到一陣悸動。

「來，現在可以睜開眼睛了。」

蓮花輕輕睜眼，她所處的空間逐漸在眼前顯現。她環顧四周，正如她剛才所想，此刻她所在的地方是急救室。她穿著醫生袍站在急救室裡，白袍上頭用藍色的線繡著「急診醫學科韓蓮花」幾個字，是她多年前穿的那件白袍。

「……。」

蓮花一陣哽咽，一句話也說不出來，海秀也眼眶泛紅地看著她。

「是妳救了我。如果沒有妳，我現在不會在這裡。」海秀語帶哽咽地說。

「但我卻沒能保護妳。」

回想起過去的事，海秀低下頭試圖平復呼吸。

「我絕對不會再放開妳了，從現在起由我來保護妳。」

海秀看著蓮花，雙眼閃爍著淚光。

「我愛妳，蓮花，跟我結婚吧。」

海秀伸手，手掌心上放著蓮花造型的銀戒指。那與蓮花三年前遺失的戒指一模一樣，內側還刻了「K.H.S」幾個字母。蓮花伸出自己的手，讓海秀替她戴上戒指。她注意到海秀的手上也有一樣的戒指。本以為遺失的戒指，原來一直由海秀保管。蓮花的眼淚瞬間奪眶而出，她相信從此兩人之間將不再有任何阻礙、詛咒與懲罰。

那天晚上，蓮花一個人來到燈塔下，因為她想讓父母親第一個知道她要結婚的消息。她坐在燈塔下方，海面如河水一般平靜無波。她仰望天空，銀河大橋的上空，北斗七星正在閃耀，就像母親正從天上看著她。

「媽，我要結婚了。妳會看顧我們，讓我們能夠好好過生活吧？」

北斗七星閃了一下，像是母親在對她說「不要擔心，媽媽會保護你們」一樣。蓮花感到一股暖流流過心頭。本以為已經遺忘她的海秀竟然記起了她，即使分開了三年，海秀依然愛她。這一切都是奇蹟，都是禮物。蓮花看著北斗七星，夢想著她能像平凡人一樣有著幸福的婚姻生活。

＊＊＊

半個月後，蓮花穿著一身雪白的新娘禮服坐在副駕駛座，而坐在駕駛座開車的海秀則穿著深青色的西裝，打扮得整齊俐落。兩人所乘坐的車輛，正好駛過銀河大橋。

「為什麼偏偏要選今天？等天氣涼一點再辦也可以吧？」

蓮花看著窗外問。車窗外，柏油路所散發出的蒸騰熱氣清晰可見，蔚藍的海面閃爍著光芒，像有寶石藏匿其中。

「我想盡早讓妳成為我的女人。」

海秀露出有些羞澀的微笑。看著海秀面帶微笑的模樣，蓮花想起三年前的今天，尚未恢復記憶的海秀，在不安與絕望籠罩之下開車經過銀河大橋的模樣。如今她只希望，海秀所遭遇的不幸就此結束，未來只有幸福的日子在等著他們。

「妳在想什麼，這麼認真？」海秀握住蓮花的手。

「我覺得一切都像一場夢。」

真的可以這麼幸福嗎？這是她頭一次有這樣的感覺。

「真希望這一刻能持續到永遠。」

海秀露出淺淺的微笑，蓮花也跟著笑了起來。

車子來到西川公園停車場，停好車之後兩人下車，沿著斜坡往下走。太陽高掛在頭頂，曝曬在陽光之下的兩人額際不停冒出汗水。他們來到樹蔭下，試圖躲避陽光。

「天氣這麼熱，真的可以嗎？」

像是要回答蓮花的問題一樣，一陣涼爽的海風吹來，將陸地上悶熱的空氣推開。熱氣短暫散去，他們才有多餘的力氣注意到點綴整片草坪的百日紅。突然，蓮花想起西天花園。她看了看四周，總覺得父母親似乎就在這裡。

「有誰要來嗎？」

蓮花苦笑著搖了搖頭，父母親怎麼可能會出現在這呢？

來到瞭望台，早已等在那的載夏揮了揮手。

「你們是牛郎跟織女喔？怎麼會選在陰曆七月七日這麼熱的時候結婚？」

頂著豔陽的載夏忍不住挖苦，蓮花則注意到站在載夏身旁的女孩。

「打個招呼吧，我帶了一個人來恭喜你們結婚。」

蓮花嚇了一跳。原來跟載夏一起來的女孩不是別人，正是那天在民宿遇見的恩惠。海秀也同樣感到驚訝，他緊盯著恩惠的臉。

「嚇到了吧？」

載夏的一句話帶有很多含意。蓮花很清楚這句話代表什麼意思，也知道海秀為何一言不發。看著恩惠，三人都想起海仁。

「你們還在幹麼？不辦結婚典禮喔？」

尷尬的載夏刻意提高了音量。

四人背對著大海，由載夏充當司儀，展開一場迷你結婚典禮。一群海鷗飛過萬里無雲的天空，背後的風車緩慢地轉動著。時不時吹來的海風，吹乾了四人身上的汗水。結婚典禮進行得非常順利。

「我將生生世世愛著韓蓮花。」

在載夏與恩惠的見證之下，海秀誓言自己的愛會永遠不變。

「恭喜你們，你們兩個要永遠幸福快樂喔。」

載夏獻上真心的祝福。

「謝謝。」

海秀感動地看著載夏，兩人互看了好一會，蓮花能從他們的眼神中看出原諒與感激。

結婚典禮邁入尾聲，海秀為蓮花戴上蓮花造型的銀戒指，並在她耳邊低聲說：

「妳就像天上下凡的仙女。」

蓮花露出微笑。這是她此生最幸福的日子。

現在只剩下最後一個步驟。蓮花使勁將手上的捧花往後拋。就在拋出去的那一刻，她與在遠方看著他們四人的僧人對上了眼。恩惠接到捧花，欣喜地看著載夏，蓮花卻笑不出來。僧人為何再度出現？

＊＊＊

蓮花與海秀結婚前夕，載夏來到藝術家之街遊蕩。海仁的忌日近了，他到初次與海仁相遇的南荷島美術館，也去了海仁工作室所在的民宿前徘徊，卻再也找不到海仁的痕跡。他深深思念海仁。雖然他早就經歷喪父之痛，但即便有過一次經驗，要接受心愛之人的死，他依然不夠成熟。他漫無目的地走著，不知不覺來到一扇木門前。他記得那是許久以前，他曾經跟海仁一起造訪過的餐廳。

他開門入內，隱約的歌聲傳來，沒想到餐廳竟還有在營業。鵝黃色的燈光讓整個空間顯得十分溫馨，載夏坐了下來，等著矮小的餐廳老闆出來接待。

隨後他聽見一陣腳步聲，他轉過頭去，並配合老闆的身高向下看。但出現在他眼前的卻不是餐廳老闆的臉，而是一雙女人的腿。載夏抬頭一看，那是張熟悉的面孔，是恩惠。

「恩惠，妳怎麼會……」

驚訝之餘，他沒能把話說完。恩惠也嚇了一跳，瞪大了眼睛看著載夏。

「我離開你的公寓以後，那天晚上偶然路過這裡，看到徵人公告，然後就開始在這裡工作了。」

恩惠的臉上漾起笑容。一如初次遇見海仁的那晚，載夏感覺自己心跳不已。他能感覺到，愛情在自己心中再度萌芽。

那天，載夏等到恩惠下班，兩人便一起去上次相遇的咖啡廳。第一次相遇時兩人無話可說，但這次恩惠就像一般的二十歲少女，笑著對過去幾天的遭遇侃侃而談。不過幾天的時間，她已經開朗得像另外一個人。

「你是醫生，對吧？」恩惠問。

「妳怎麼知道？」載夏驚訝地問。

「離開公寓之前，我看到你家裡擺的東西才知道的，上面寫你是精神健康醫學科的醫生。」

恩惠稍稍停頓了一下，似乎還有話沒說完。

「請問……遺失的記憶可以找回來嗎？」

載夏內心暗自歡呼，恩惠是需要他幫助的人。

「妳有沒有記得什麼片段？很模糊的小事也沒關係。」

「我腦中偶爾會隱約浮現一些畫面，但我不知道那是遺失的記憶還是夢。」恩惠有些喪氣地說。

「是怎樣的畫面？」

「從很高的地方看銀河大橋。」

「然後呢？」

「我面前坐了一個男人，我跟那個男人有說有笑，好像還在吃東西。」

載夏頓時心頭一驚。如果是能俯瞰銀河大橋的地方，那應該是高塔餐廳。難道她真的是海仁嗎？這樣的巧合真令人渾身發麻。

「除此之外我都想不起來了。我唯一能記得的，就是當時我心跳很快，笑得很開心、很幸福，也很不安。」恩惠羞澀地笑了。

「還……還有什麼嗎？」

「不安？」

「太幸福了所以覺得不安。很擔心那份幸福立刻就會消失、擔心那是一場夢。」

載夏握住恩惠的手，恩惠則露出尷尬的笑容趕緊轉移話題。

「還有那幅畫，我覺得我好像在哪看過那幅畫。」

恩惠指著牆上，那裡掛的是上次她看到出神的畫，也是海仁的作品。

「我明明是第一次看到那幅畫，卻覺得似曾相識。」

載夏將視線移開，不敢正眼看著恩惠。他會不會是太思念海仁，所以才會在恩惠身上看見海仁的影子？他不斷否認自己的感情。

「還有……只要看到那幅畫，我就能感覺到畫家的情感。總之，那是一種很奇妙的感覺。」

恩惠歪著頭，像是在說她也不明白自己為何有這樣的反應。載夏卻只覺得自己的眼淚就要奪眶而出。突然，載夏想起海仁曾經說過，想要回到還在讀書的時候。

＊＊＊

海秀與蓮花結婚不知不覺已兩年過去，兩人在這些日子裡迎接了第一個孩子出生，而孩子也已經滿周歲了。生活就如蓮花所預期，是與他人無異的平凡婚姻生活，只有一個問題始終困擾著她。結婚典禮之後，某種不安始終在她心頭縈繞，載夏卻說她這樣的不安症狀是「因為太過幸福而主動踩剎車的心理機制」，並為她開了一些藥。

一天晚上，蓮花做了個夢。夢中，她與海秀一人戴著一邊耳機看著天空，華麗的煙火在空中綻放。

「我愛妳。」

海秀深情地望著她，這時不知哪飄來一陣濃煙，還伴隨著刺鼻的氣味。

周遭的人群開始逃竄，兩人也慌張地牽著手跑了起來。
「怎麼辦？沒有地方可以躲。」
蓮花感到害怕，海秀一把將她抱進懷裡。
「別擔心，有我在啊。」
海秀看了看四周，便帶著蓮花往護欄邊去。
「我們跳下去吧。」
蓮花相信海秀，便站上了護欄。眼前的高度令人頭暈，蓮花感覺自己雙腿發軟。
「我絕對不會放開妳。」
海秀安撫緊張的蓮花。他們看著彼此點了個頭，接著便深吸了一口氣，縱身一躍。撲通一聲，兩人落入水裡。
蓮花在此時猛然坐起身來，海秀也跟著從睡夢中驚醒。
「怎麼了？做夢了嗎？」
海秀一邊擦去她額頭上的汗水一邊詢問。一旁，兩人的孩子依然睡得香甜。
「我做了一個惡夢。」
蓮花喘著氣說。她有不好的預感，這該不會又是預知夢吧？

「以後不會再發生任何事了。詛咒、懲罰都已經結束了啊。」

海秀抱著她說。蓮花點頭，內心的不安卻沒有輕易平息。

「我們辦結婚儀式時，我看到僧人了。他偷偷注意著我們。」蓮花小心翼翼地說。

「這是什麼意思？僧人為什麼又出現了？」

海秀吃驚地問，蓮花搖搖頭表示不清楚。

「後來他也一直跟著我們，只是他都在遠方觀看，沒有來跟我說什麼。」

「看來得去七星寺走一趟了。」海秀說。

「不用特別去，我已經去過了，但那裡什麼都沒有。」

蓮花嘆了口氣。其實，她之所以會如此不安，是有其他的原因。許久以前，她曾經看見過她與海秀的未來。在她所看見的未來裡，海秀與其他女人過著幸福快樂的生活。既然如此，那為何現在什麼都沒有發生？

隔天下午，海秀催促她準備出門。

「我們出去吹吹風吧。」

兩人帶著孩子來到西川公園。自從在這裡相遇之後，他們便再也沒有在春天來到這裡過。斜坡兩旁稀稀落落地開著紅色鬱金香，迎面而來的陣陣春風讓風車在轉動與靜止之間循環。

他們往瞭望台走去，坐在懸崖邊的椅子上望著海面。稀疏的雲朵飄在空中，海面與蔚藍天空相接之處，能清晰看見海天的分界。公園裡的孩子們，手裡拿著棉花糖嘻笑打鬧。蓮花的視線始終停留在孩子們手裡的棉花糖上，海秀見狀便開口問：

「要我去買嗎？」

蓮花像個孩子一樣露出羞澀的笑容並點了點頭。

「妳在這等我一下。」

海秀去買棉花糖，長椅邊只剩下蓮花與他們的孩子。孩子在瞭望台旁的寬大草坪上跑跳，而蓮花則追在她身後，陪她玩了起來。就在她們玩得樂不可支時，遠方傳來海秀的聲音。

「惠淵，這裡。」

轉頭一看，海秀正拿著棉花糖往這裡走來。下一刻，周圍的一切都靜止了。在草地上玩耍的孩子、飛越頭頂的海鷗、因風而轉動的風車……海秀手上所戴的戒指，以及對那孩子揮手的表情，全都似曾相識。原來五年前，她在這裡所看見的未來就是今天。海秀所呼喚的那個名字，正是他們女兒的名字。

海秀走到她們母女身旁，並將棉花糖交到惠淵手上。惠淵用小小的手戳了戳棉花糖，隨後撥下一小塊塞進嘴裡。兩人看著惠淵露出滿足的微笑。蓮花意識到她當年所看見的未來，原來是她與海秀的重逢之後的事。明白了這一點，她內心那使人煎熬的不安便逐漸消失。

夕陽時分，他們一家三口來到加勒比餐廳，海秀趁機向蓮花提議。

「我們要不要趁這個機會去旅行？去加勒比海怎麼樣？」

＊＊＊

載夏遇見恩惠至今也兩年過去。一天，恩惠突然說她想嘗試當個畫家，便一邊在餐廳打工，一邊追求自己的夢想。雖然她依然不記得過去的事，但偶爾也會想起一些模糊的畫面。每到這個時候，載夏便會再度想起海仁。

週末到來，載夏跟恩惠手牽著手，來到燈塔後面的水岸公園。公園裡滿是情侶和家族遊客。

「我們要去哪？」

只是載夏並沒有帶著恩惠逛公園，而是逕自往公園深處走，沒有多做說明，讓恩惠禁不住感到疑惑。載夏手指著公園深處的遊樂園入口。一看到遊樂園，恩惠整張臉瞬間亮了起來。

進到遊樂園，她首先往海盜船走去。來到海盜船前，便能看見精美的遊戲船正前後擺盪。等前一批人下了船，恩惠興沖沖地搶先上船，搶坐到最後一排的位置，載夏也跟著來到恩惠身旁坐下。只見他神色凝重地嘆了口氣，恩惠卻像個不懂事的少女一樣嘻嘻笑個不停。

稍後，用來保護乘客的安全護桿降下，吵雜的音樂聲響起，海盜船也開始緩慢地前後擺盪。恩惠的頭髮因風而飛散，輕撫過載夏的臉龐，她的香味也跟著飄散在空中。載夏短暫想起海仁，海盜船則毫不留情地加快速度，四周的景色逐漸轉變。剛才他們坐的那一側往上盪起時，眼前還能看見南荷島的大海，如今卻只能看見遊樂園的水泥地面。海盜船擺盪的角度不知不覺已經幾乎與海面垂直，載夏覺得自己的身體像飄在空中。他反射性地閉上眼、低下頭，難道往來於天堂與地獄之間，就是這樣的感受嗎？載夏害怕不已，在往來於天堂與地獄之間的同時，他也在內心向滿天神佛祈求平安。

「上帝、佛祖、天地神明啊，請把我從地獄中拯救出來吧。」

載夏緊握著安全護桿的雙手不斷顫抖，更能感覺到冷汗沿著背脊流下。沒注意到身旁的載夏是如恐懼，恩惠倒是發自內心地享受著海盜船帶來的刺激。幸好，在載夏的心臟停止跳動之前，海盜船終於停了下來。一離開海盜船，載夏立刻癱坐在地。

「你沒事吧？」恩惠也在他身旁坐下。

「當然沒事。我只是因為鞋帶鬆了，想坐下來綁一下鞋帶。」

載夏假裝摸著鞋帶，臉上露出尷尬的笑容。恩惠似乎沒能看出載夏的尷尬，竟興奮地說：

「那我們接著去搭那個吧。」

順著恩惠手指的方向看去，才發現那電子螢幕上寫著「自由落體」。載夏努力假裝沒事，卻雙腿發軟，怎麼也站不起來。他雖然不想去搭自由落體，但為了讓恩惠開心，也只能無奈地鼓起勇氣。

跟恩惠一起坐上自由落體的椅子，告知機器即將啟動的廣播聲響起，安全桿也跟著降下。載夏深深吸了口氣，試圖隱藏自己緊張的情緒。雙腳離地越來越遠，他們開始在天空中旋轉，就像飛龍升天一樣。高塔餐廳與銀河大橋的燈光交替出現，看著那燦爛的光芒，載夏得以短暫脫離遊樂器材帶來的恐懼。

緊接著哐噹一聲，他們停在幾乎能碰到天空的高度。載夏緊閉上眼，握住了恩惠的手，並在心中倒數。

五、四、三、二、一……

風從耳邊呼嘯而過，他的身體也直線下墜。載夏感覺心臟從身體裡蹦了出來，比身體還要更快碰觸到地面。他試著晃了晃腳，發現雙腳還能動。然後再摸了摸心臟，發現還能聽見自己的心跳聲。他還活著。

他鬆了口氣，恩惠卻在這時伸出手指戳了他幾下。他轉過頭，卻發現眼前的是海仁。海仁面帶笑容對他伸手，他不敢置信地甩了甩頭，隨後又眨了眨眼，才發現那只是幻影，他看見的仍然是恩惠。

「我們要不要去那邊休息一下？」

恩惠指著樹下的長椅，載夏欣然答應。他用盡最後的力氣把自己帶到長椅邊，途中恩惠指著某個東西要他看，原來是賣棉花糖的店家。

「剛剛我就想買。」

恩惠對載夏眨了眨眼，隨後露出微笑。那笑容讓載夏瞬間遺忘稍早有如置身地獄的感受，整顆心像棉花糖一樣，被恩惠的微笑所融化。兩人買了棉花糖，坐在能看見銀河大橋的長椅上休息。

「我一直很想來遊樂園……這感覺就像在做夢。」

恩惠像個孩子一樣開心。載夏則暗自祈禱，希望這一刻能永遠不變。

「第一次在咖啡廳見到你的時候，我就有一種感覺，希望能永遠跟你在一起。後來到了矮人餐廳打工，我也覺得你好像會來。」

恩惠真摯地看著載夏的雙眼，而那眼神幾乎與海仁如出一轍。一對上那雙眼，載夏又再次感到心跳加速。他從口袋裡拿出深藏已久的小盒子，遞到恩惠面前。

「妳願意跟我結婚嗎？」

＊＊＊

那年夏天，海秀與蓮花一起登上前往西加勒比海的超大郵輪，真的去旅行了。他們未來十天的生活空間，巨大得像棟在海上移動的高樓大廈。

才上船，迎面而來的便是來自世界各地、不同國家，臉上帶著興奮神情的人們。那些是將要跟他們在同一艘船上共度未來十天的人。蓮花滿心期待地跟海秀一起上到郵輪的八樓。

海秀所訂的房間是有陽台的套房，打開房門入內，依序能看見衣櫃、化妝台與床鋪。

「怎麼樣？」

在床邊放下行李，海秀問。蓮花一邊打開床邊的玻璃門來到陽台一邊答道：

「真的好棒。」

坐到陽台的椅子上，放眼望去是翡翠綠色的美麗海景。

「我們去外面走走，看看有什麼吧。」

讓惠淵坐在嬰兒車上，兩人推著嬰兒車參觀起郵輪。一到十五樓，電梯裡所有的人都出去了。兩人跟著人群一起走出電梯，首先映入眼簾的是滑水道。十五樓是有水療區與遊樂設施的游泳池，兩人看得目瞪口呆。設施規模之大，幾乎讓人忘了他們正在船上。必須要看見護欄外側那一片茫茫大海，他們才真正感覺到自己是在海上航行。離開了游泳池，他們往船頭去，那裡是能夠體驗人工造浪的造浪池。上頭的十六樓，則有籃球場、足球場、迷你高爾夫球場、攀岩區、飛索等休閒運動設施。看來，這會是一趟充滿樂趣的旅行。

不知不覺太陽西下，兩人來到位於五樓的餐廳吃了一頓有模有樣的晚餐，隨後便回到客房休息。郵輪將筆直地航向加勒比海，隨後再前往下一個停靠地。他們會花兩天的時間，從加勒比海開往墨西哥科蘇梅爾島。海秀提議說，等到了科蘇梅爾島，他們可以搭渡輪前往墨西哥本土去參觀圖魯姆遺跡。

隔天，兩人在船上讀書、看電影、欣賞音樂劇演出來打發時間。晚餐在五樓的日式餐廳享用，隨後他們便來到甲板吹風。位於五樓的甲板有一處戶外演出區，此刻那裡正在進行潛水秀與水上芭蕾演出。兩人穿越欣賞演出的人群來到護欄邊，翡翠綠色的加勒比海環繞了整艘郵輪。

「妳看那邊。」

海秀大喊。他所指的方向，有兩隻烏龜正在海面穿梭。見到這幅悠閒的情景，本來有些不安的蓮花也逐漸放下心來。

兩人望著海平面彼端的火紅晚霞，耳邊突然傳來爆炸聲。甲板上的人們全都仰頭看著天空，煙火在空中爆開，火花如繁星般落下。這一切都讓蓮花感覺十分夢幻，就像當時在銀河大橋下欣賞煙火。她內心暗自在想，希望與煙火大會有關的惡夢都消失，未來只剩下美麗的回憶。

「真美。」

蓮花看得出了神，海秀卻在這時輕輕吻了她一下。周圍的時間彷彿瞬間靜止，他們沉浸在兩人的世界裡。但就在這時，蓮花注意到在遠方看著他們的僧人。她嚇得倒退了幾步。

「怎麼了？」

海秀轉頭查看，僧人卻轉眼間便消失了。

「我們回去吧。」

蓮花加緊腳步想回到客房，海秀卻耍起賴來，怎麼也不肯離開。沒過多久，一陣濃煙竄出，他們也聞到刺鼻的氣味。海秀與蓮花慌張地看了彼此一眼，發現人們開始四處逃竄，接著警報聲響起。海秀的表情瞬間扭曲，眼睛不安地看著四周。他想起了過去的回憶。

「失火了，我們得趕快逃。」海秀拉起蓮花的手。

「不會有事的，先冷靜一點，等船上的廣播吧。」

蓮花試著安撫海秀，海秀卻充耳不聞，像無頭蒼蠅一樣四處逃竄。火災發生在六樓，他們可以在八樓的甲板搭乘逃生艇離開。只是，要穿越失火的六樓前往八樓，實在非常困難。濃煙逐漸擴散到整艘郵輪，視線越來越不清晰。海秀逐漸失去理智，隨後突然拔腿往某處跑去。蓮花雙眼跟著海秀的背影移動，並與站在船頭的僧人對上了眼。僧人正緊緊盯著蓮花。

海秀不知從哪找來了救生衣，並趕緊替蓮花與惠淵穿上。

「我們跳海吧，附近有一些遊艇正在靠近，船上的人應該會救我們。」

海秀手指著在漆黑海面上的那幾艘郵輪。蓮花看了看下方的海面，她可不打算跳入這深不見底的海水中。只是她沒有選擇的餘地，畢竟就連那些在八樓集合的人要全數搭逃生艇逃離，都不是件簡單的事。

蓮花閉著眼爬上護欄，她感覺自己渾身顫抖。被海秀抱在懷裡的惠淵絲毫不知道發生什麼事，只是不停眨著眼。蓮花握住海秀伸出的手，害怕的感覺逐漸平息了下來。兩人看了彼此一眼，縱身一躍，撲通一聲跳入海中

正當蓮花覺得自己像是落入深不見底的深淵時，有什麼東西從下面接住了她。有那麼一瞬間，她以為自己在做夢。夢中她見到了玄武。玄武一手抱著她，一手抱著惠淵並游上海面，將她們放在某艘船的甲板上。

恢復意識後睜眼一看，蓮花發現自己躺在急診室的病床上。她立刻開始尋找惠淵的身影，見她神色緊張地四處張望，護理師便用手指了指旁邊的床。惠淵正躺在她旁邊的床上，睡得十分安詳。但奇怪的是，她怎麼也找不到海秀的身影。

「我先生呢？」

護理師面露難色地搖了搖頭，一股不祥的預感自心底油然而生。

這時，護理師才小心翼翼地說：

「妳先生死了。」

她不敢相信，也不想相信。海秀的不安終究將自己逼入絕境。

「騙人，這是騙人的。」

蓮花哭喊。她只覺得自己的世界崩潰了，她再一次成了被人拋棄的醜小鴨。

＊＊＊

海秀來到黃泉江渡口。江邊擠滿了要渡江的人。有些人因無法接受自己的死亡而大發雷霆，有些人暗自垂淚，有些人一派輕鬆地擺出若無其事的樣子。從剛脫離母親襁褓的孩子到駝背的老人，要渡江的人遍布各個年齡層。單看他們的臉孔，便能推測出在陽間時他們過著怎樣的人生。一想到其中也有在他手中去世的患者，海秀便感到有些憂鬱。

「交出你身上的盤纏，就能夠乘船到對岸。」

陰間使者說完，海秀便將身上的盤纏交給渡口的老婆婆，並被分配到一艘破爛的渡船。

「我們現在要去哪？」

「去閻羅國。」

陰間使者在他後頭上了船。

「閻羅國？」

海秀看著他剛才走過的那條路。

「肉體的壽命結束後，人的靈魂便會脫離肉體來到陰間，就像你現在這樣。」

海秀靜靜聽他說。

「來自陽間的靈魂渡過這條河後，便要到閻羅國待上四十九天並接受七次審判。可說是一個回顧人生的過程。」

海秀看著陰間使者所指的方向。

「你可看到那邊的三條路？」

陰間使者指著河對岸隱約可見的三岔路。

「沿著中間那條路走，便會抵達閻羅國。閻羅國後面的那條路，便是通往西天花田的路。」

「西天花田？」

「審判結束後，有些靈魂會到極樂世界，有些會被打入地獄，也有些會進入西天花田。」

「西天花田是什麼樣的地方？」

「前往西天花田的亡者，將會被賦予新的一條生命。」

「是指轉生的意思嗎？」

「是的。決定好要出生在怎樣的家庭、擁有什麼樣的性格之後，便能獲得新的肉體。重新回到人類世界，是對那些連地獄都去不了的人最大的懲罰。」

聽見懲罰兩個字，海秀瞪大了眼，陰間使者卻大聲笑著說：

「當然，這是我的想法啦。畢竟沒有什麼比生命更讓人痛苦的事了。」

船恰好在這時靠岸，海秀才下船，一名女子便上前迎接。

「我會幫助你忘記所有陽間的悲傷、怨恨與痛苦。」

女人捧起河水擦了擦海秀的眼睛，稍早痛苦的心情煙消雲散，如今他感到無比輕鬆。

「好，請跟我來吧。」

陰間使者帶頭走在前面。前方有許多人正列隊準備進入閻羅國，海秀也跟著在隊伍裡等待。

沒過多久便輪到他。

「亡者姜海秀入內。」

海秀與陰間使者一同進入閻羅國。才一踏入閻羅殿，便能見到應是閻羅大王的人坐在一張巨大的椅子上。閻羅大王十分高大，體型也相當魁梧，甚至連眼睛都很巨大，給人十足的壓迫感。

「你就是姜海秀嗎？」

閻羅大王以粗獷低沉的聲音詢問，那聲音與他給人的印象如出一轍。

「是的，我就是姜海秀。」

海秀答完，兩旁所站的臣子便開始騷動了起來，審判因此一度中斷。站在閻羅大王右側的大臣趕緊來到他身旁，悄聲說了幾句話。

稍後，閻羅大王再度開口。

「亡者姜海秀抬起頭來。」

海秀依照指示抬頭。他神色緊張，額頭上的月牙疤痕微微泛紅。

「不……這……怎麼會……」

閻羅大王再度露出吃驚的神色。

＊＊＊

仙女前往人界三千六百五十年，才終於帶著剛滿周歲的孩子返回玉皇宮。然而，她卻不感到開心。她在最後一刻放開了蓮花的手，使得年幼的蓮花必須獨自留在人類世界。

「快上前來。」

仙女跟孩子一同進到玉皇殿，玉皇上帝欣喜地迎接仙女。

「怎麼只有你們二人？我不是說必須生三個孩子，妳才能返回玉皇宮嗎？」

玉皇上帝緊盯著孩子問。

「您不是都知道嗎？」仙女帶著怨恨的神情反問。

「這是什麼意思？」

「這孩子就是第三個孩子。第二個孩子則是因為我不小心鬆手而留在了人界。」

仙女擔心蓮花的安危，瞬間哭了出來。

「那也是那孩子的命運，妳不要太掛念了。」

「那是她的命運？」仙女猛然抬頭看著玉皇上帝。

「她在人界還有未了的事。」玉皇上帝摸著鬍鬚說。

「什麼未了的事？究竟是什麼事情，要讓一個無依無靠的孩子獨留在那？」

「人界裡，人類、動物，甚至就連一滴淡水都有其存在的道理。」

仙女低下頭。玉皇上帝這番話的意思是在告訴她，蓮花從此以後必須與人類共同生活，以人類的身分活下去。玉皇上帝看著仙女問：

「玉戒指在哪裡？」仙女趕緊遮住自己的手指。

「乘著光柱上來的時候弄掉了，跟那個孩子一起掉了。」仙女唯唯諾諾地答道。

「既然如此，妳或許還有機會再見到那孩子。」

「還能再見到她？要怎麼做？我該怎麼做才能再見到蓮花？」

「等那孩子找到玉戒指，並對著北斗七星呼喚妳時，妳便能下到銀河去迎接她。」

仙女傷心得幾乎就要窒息。乘著光柱回到天界時，她清楚看見一個男孩子搶了戒指就跑，這要九歲的蓮花怎麼找得到？況且那個男孩是生是死都還不曉得。

「萬一找不到戒指呢？」

「那孩子有人界二十年的時間。若二十年後的陰曆七月七日午夜，她仍然找不到戒指，那她便會死去。」

玉皇上帝淡淡說出蓮花的命運。仙女止不住淚水，只能低頭哭泣。

「妳要記住，神的旨意是能夠傳達給人的。」

玉皇上帝說完，一把收起了扇子。聽到這句話，仙女的雙眼瞬間亮了起來。她依稀記得許久以前她在玉皇宮時，便曾經到人類的夢裡去傳達神的旨意。既然如此，那她也能到蓮花的夢裡。

「還有一個方法，那便是透過下到人界的先知者，將神的旨意傳達給人類。」

仙女想起了七星寺的僧人。

「有時甚至會由神親口轉告給人。」

只是即便仙女確實看過許多神直接透過內心與人類對話的前例，她也明白鮮少有人能專注傾聽自身內在，並接收到這些旨意。

「跟人類一樣，那孩子也有三位神明與三個人類在守護她。」

神在人生命的旅程中，安排了三名能提供協助的人類，這些人稱之為貴人。

「從現在起，一切都取決於那孩子選擇何種人生。」

仙女感到無奈，除了接受蓮花目前的處境，她實在別無他法。

「那妳最大的孩子去了哪？」玉皇上帝皺起眉頭，話題回到了孩子身上。

「生下第二個孩子的九年前，那孩子還沒出生就離開了。」

仙女顫抖地答道。玉皇上帝瞇起了眼，看著仙女的神色顯得相當不悅。

「那……就是我的第一個孩子。」仙女有些遲疑地說。

「妳說的是誰？」

「正是帶走戒指的那名少年。」仙女低下頭。

「這妳如何曉得？那孩子不是沒出生便離開了嗎？」

「那孩子撿走戒指逃跑的那一刻，我便認出他來了。」

那是個沒來得及出生的孩子，為仙女帶來初嘗的喜悅與悸動。得知自己懷孕的那一天，她與先生哭著抱在一起。日子一天天過去，她腹中所懷的孩子偶爾會踢踢腿，偶爾會在裡頭打滾，偶爾甚至會打嗝。先生經常摸著她的肚子，期待著能真正抱到孩子的那天。

本以為一切是如此平靜順遂，一天，仙女坐在院子裡，卻突然感覺雙腿之間有一股溫熱流出。緊接著是一股劇烈的疼痛，她試著站起身，疼痛卻逐漸加劇，令她動彈不得。仙女眼睜睜地看著鮮紅的血自雙腿間流出，她只能大聲向先生呼救。

「老公、老公！」

距離先生返家還有一個多小時，自海上吹來的風，讓渾身汗濕的她不住發抖。她感覺自己的身體像開了個洞，風呼呼地灌入，在體內四處亂竄，很快令她感到寒冷。她逐漸閉上了眼。
就在這時，外頭船來開門的聲音，緊接著是先生的聲音與腳步聲。
「親愛的！」
先生匆忙進門查看她的情況，卻發現滿地都是鮮血。
「親愛的，這究竟是怎麼回事？」
先生一把抱起她往門外衝。前往醫院期間，仙女聽見先生粗喘的呼吸聲與啜泣的聲音。
「親愛的，妳振作點，我一定會想辦法守住我們的孩子。」
很快地，先生便意識到他無法遵守自己的約定。他窩在仙女所躺的病床旁，徹夜暗自落淚。後來先生才告訴仙女，在那個夜裡，他痛得像是自己的雙手雙腳都被人砍了一樣。
那晚，仙女夢到自己坐在一條江邊，並試著從渡江的人之中尋找著某人。
這個時候，三神來到仙女身旁問：
「妳在等誰？」
「我在等我的孩子。」仙女哽咽地回答。
「孩子？妳說的是誰？是胎中的那個孩子嗎？」仙女點頭。
「我失去了孩子，這一切都是我的錯。」

仙女放聲大哭。三神憐惜地看著她說：

「妳看看那些人。」三神指著正要渡河的那些人。

「其中有些人渡不了河。他們要不是跟這個世界沒有緣分，就是在這世上沒有人記得他們。」

仙女看著那些因為渡不了河，而在岸邊不停跺腳的人。人群之中，甚至還有些是嬰兒。

「那些孩子沒能與父母建立深厚的親子緣分，便離開了人世。其中或許就有妳的孩子。」

三神的一番話，讓仙女的心沉了下來。這時，她注意到一名僧人抱起一名孩子渡了河。

「那就是妳的第一個孩子。」

三神看著僧人懷中的孩子說。那是個有著白皙臉龐、櫻桃小嘴的男孩。

「那真是我的孩子嗎？他是這麼美麗、這麼可愛……」

沒守住孩子的罪惡感，令仙女忍不住哽咽。

「別自責了。孩子的生命這麼短暫，只是因為他跟這個世界沒有緣，那不是誰的錯。」三神摟著仙女的肩說。

「他未來將會成為別人的孩子。」僧人把懷中的孩子交給了三神。

「請務必將我的孩子賜給好人家，讓他能無憂無慮地長大。」

三神親了親孩子的額頭，孩子的額際浮現出新月的痕跡。

「人類的生命總是充滿痛苦，只是神會在旁以朋友的身分守護著他們。所以妳別太擔心了，我會當妳孩子的朋友，陪伴他直到他能獨當一面。」

玉皇上帝摸著鬍鬚說：

「若這兩個孩子有緣，他們將會再見面。」

仙女驚訝地看著玉皇上帝。

「他們都曾經是妳的孩子，也在同一天搭上了那艘船。已有兩次的偶然實現，還剩下最後一次。」

這番話又讓仙女的心中燃起希望，認為蓮花有機會逃過死劫。

「那麼，妳所愛的那個人為何沒跟妳一起來？」

「我的丈夫不是人，而是螭。他之所以與我成婚，似乎是因為需要我的玉戒指才能飛升。」

仙女擦了擦眼淚，回想起過往的日子。第三個孩子即將出生前夕，她才得知自己深愛的先生是來自龍宮的螭。先生跟某個男人在院子裡談話時，仙女偶然偷聽到了內容。得知先生的真實身分，仙女無力地癱坐在地。她無法相信，她所愛的人竟然是螭，而並非真正的人類。更令她難以置信的，是原來她相信先生深愛著她，沒想到先生實際上只是為了取走玉戒指而跟她生活在一起。那天晚上，仙女悄悄哭了許久，最後她下定決心，等第三個孩子出世，她便要若無其事地帶著孩子離開人界。

「這樣一來，螭就無法成龍了，因為他的真實身分被妳發現。」玉皇上帝摸著鬍鬚陷入沉思。

三千六百五十年後，幾夜沒能好好入睡的玉皇上帝，滿面愁容地坐在玉皇殿裡。人界的梅雨一年比一年嚴重，如今更有許多地方深受洪災之苦。就在玉皇上帝苦惱該如何解決此事時，有人開門走了進來。

「您召我嗎？」

原來是居住在龍宮的府院君，玄武。

「我聽說你正在受罰。跟人類一塊生活如何？可感到值得？」玉皇上帝露出慈祥的笑容。

「人類的生命非常痛苦，但我最害怕的還是有了人類的情感。」

玄武直率的回答，令玉皇上帝放聲大笑。那豪邁的笑聲之大，令整座玉皇宮都在震動。

「既然是懲罰，那痛苦也是自然。話說回來，我聽聞人界正下著大雨，深受洪災所苦。」

提起這件事，玉皇上帝便又皺起了眉頭。

「是的，正如您所知。」

玄武的表情也黯淡了下來，並在心中暗自怪罪掌管雨水的龍宮。

「雨勢何以至此，府院君可有什麼頭緒？」玉皇上帝摸著扇子問道。

「龍宮裡有條未能飛升成龍的螭。」玄武小心翼翼地開口。

「我曾聽說此事。」

是最小的仙女曾經深愛的螭，也是最後留在龍宮的螭。

「他很久以前失去了家人，回到龍宮之後，便無法克制悲傷，日日以淚洗面。便是他的眼淚化作雨水降在人界。」

聽了玄武這番話，玉皇上帝若有所思，好一陣子不發一語。沒有錯過這個機會，玄武再度開口。

「那愚蠢的傢伙愛上了仙女，因此在能夠成龍的最後一刻鬆開了仙女的手。」

玉皇上帝乾咳了幾聲，板起臉孔問：

「那麼，那螭是因為思念家人日日哭泣嗎？」

「正是。」玄武毫不猶豫地回答。

「你認為螭是真心愛著仙女？」

螭竟帶有人類的情感，玉皇上帝實在不敢置信。

「跟人類生活在一起久了，他似乎也有了人類的感情。」

玉皇上帝這才終於理解，為何玄武會說「害怕成為人類」。在旁看著螭開始擁有人類的情感，玄武因而感到害怕。而更讓玉皇上帝震撼的事情，是螭竟是真心愛著自己最小的女兒。

玄武看了看玉皇上帝的臉色，繼續補充說：

「他說就算不能飛升成龍也無所謂。他最後的夢想，就是能夠再次見到仙女與他的孩子。」

玄武這一番話，使玉皇上帝的心深深受到動搖。只見他用力甩開手中的扇子，說：

「既然如此，那我給螭最後一個飛升成龍的機會。只要他留在人類世界的女兒能找到遺失的如意珠，並把如意珠帶去給他，那他便能飛升成龍，如願見到家人。若府院君促成了此事，府院君就能回到龍宮。但你務必記住，只有在仙女離開人界的那一日，也就是陰曆七月七日，往天界的路才會開啟，絕不能錯過那一日。」

獲得玉皇上帝重新賜予的機會，跪在地上的玄武重重磕了個頭。

「然而這並不容易。仙女也日日以淚洗面、思念孩子，甚至還拜託七星神將那孩子帶回來。」

「那……那孩子的命運……」玄武臉上閃過一絲不安的神色。
「那孩子的命運，取決於她的選擇。」玉皇上帝對玄武露出淡淡的笑容。
「但……人類的命運不是由您決定的嗎？」玄武皺著眉說。
「人類自出生那一刻便有了命，此後依照上天賜予的運而活。然而即使擁有相同命運，人人都有不同的人生，那正是因為人類對自身命運的想法與意志不同。」

＊＊＊

海秀離開三十九年過去，蓮花一如玉皇上帝所說，三十九年來從未老去。她的女兒惠淵已經組織家庭，過著幸福快樂的人生。載夏與恩惠也結婚，生了兩個小孩，正在安享晚年。而她因為始終沒有老去的外貌，如今只能遠遠看著載夏，無法再與他見面。有時她會埋怨神，覺得這簡直是在懲罰她。她失去了心愛的人，載夏雖是唯一能談心的對象，她卻不能以這副模樣出現在他面前。如今感覺自己獨留在世上，蓮花認為這就是一種詛咒、是一種懲罰。沒有人記得她，也沒有人會來拜訪她。

沒有歸屬的蓮花四處漂泊。每到一個地方，她短則停留一個月，長則停留一年，隨後便啟程前往下個地方，也因此沒有人注意到她從未老去的事實。

這次要去的地方是某座島上的村子。那座島在國土的邊陲，搭乘客船得花上一個多小時才能抵達。即便偏遠，但仍是座不小的島嶼，島上該有的東西都有。登島時她注意到，碼頭附近有間大超市，還有能供病人住院治療的醫院。

她決定在能眺望大海的空屋住一個月。那是能感受涼爽海風、聽見浪潮聲的地方。放下行李，她躺在院子裡的涼床上，眼前是一片湛藍。湛藍的天空、湛藍的大海……她心想，或許能在這座島上待久一點。

放下行李後在涼床上躺了好一會，盡情欣賞天空之後，蓮花突然感到一陣飢餓，便起身前往廚房。櫥櫃裡只有泡麵。無奈之下，她只能開瓦斯煮水，準備煮泡麵來吃。等水開的時候，她看著窗外。日暮時分，海水與天空都被夕陽染紅。她想起過去跟海秀在瞭望台上看過的風景。雖然當時海秀正因詛咒與懲罰而深陷痛苦，但現在回想起來，那仍是幸福的過往。

她看著窗外，沉浸在幸福中，沒有注意到自己的衣角勾到了鍋子，一個動作便將瓦斯爐上的鍋子扯到了地上。滾燙的水噴到她的腳上，皮膚瞬間泛紅、起了水泡。她趕緊到浴室去把腳泡在冷水裡，卻已經脫皮了，得趕快去醫院接受治療。

蓮花一拐一拐地來到醫院。由於這是座人口不多的島，因此急診室裡人也不多。一名男醫生見她走進來便上前迎接。

「您哪裡不舒服嗎？」

醫生看著蓮花問。

「我的腳被熱水燙到。」

聽完她的回答，醫生的目光便往她的腳看去。醫生領著她來到治療室，蓮花坐在患者椅上伸出了腳。

「應該會有點痛，但我會盡量放輕一點。」

醫生帶著微笑溫柔地說。在無影燈的照明之下，醫生白皙的臉孔亮得刺眼。高個子、白皙的臉孔與紅潤的嘴唇……這醫生的模樣與海秀莫名相似，蓮花禁不住看了他的名牌一眼。

「崔天成」

蓮花搖了搖頭。三十九年前便已經死去的海秀，不可能會在這座島上。沒想到都過了這麼久，她依然如此思念海秀。蓮花心想，這次離開之前，她必須將對海秀的思念留在這裡。

治療很快完成，蓮花正打算離開急診室，稍早那位替她治療的醫生叫住了她。

「小姐，不好意思。」

蓮花停下腳步轉身，那位醫生帶著燦爛的笑容問：

「我們是不是曾經在哪見過？」

後記

玉皇殿的門開啟，一個男人走了進來，跪在玉皇上帝跟前。

「玉皇上帝，這些日子您可一切安好？」

男人向玉皇上帝請安，並磕了個頭。

「府院君，快上前來，這邊坐。」

來拜訪玉皇上帝的不是別人，正是龍宮的府院君——玄武。玄武站起身來，來到玉皇上帝跟前的椅子坐下。

「恭喜你，完成了你的任務。」玉皇上帝慈祥地笑著說。

「我怎敢違逆玉皇上帝的命令？只是依照您的吩咐去做。」

玄武拿起面前的茶杯喝了口茶。

「螭已經飛升，你立即返回龍宮吧。」

玉皇上帝露出滿意的神情。

「那名受詛咒之人會如何呢？」

「我至今仍留他一命的理由只有一個，就是他必須成為醫生拯救人的生命。他害死了多少人，就必須拯救多少人。另外也給他降下了懲罰，他會眼睜睜地看著自己心愛的三個人死去。這就是他的命運。」

玄武靜靜聽著玉皇上帝說話。

「他已經失去了父親跟妹妹，現在只剩下最後一人。等他救了三〇四人的命，再受完最後的懲罰，閻羅國便會審判他。」

玄武驚訝地抬起頭來。最後的懲罰？也就是說海秀心愛的三個人，最後一個人便是他自己嗎？

「他來到此處了嗎？他死了？」玄武流著淚問。

「哎呀，你跟人類生活久了，如今也成人類了呢。」

韓流精選 2

銀河的詛咒

은하수의 저주

銀河的詛咒 / 金貞昑作 ; 陳品芳譯. -- 初版. -- 臺北市 : 春天出版國際文化有限公司, 2025.01
面 ; 公分. -- (韓流精選 ; 2)
譯自 : 은하수의 저주
ISBN 978-957-741-986-6(平裝)

862.57 113017168

ISBN 978-957-741-986-6
Printed in Taiwan

作者 金貞昑
譯者 陳品芳
總編輯 莊宜勳
主編 鍾靈

出版者 春天出版國際文化有限公司
地址 台北市大安區忠孝東路4段303號4樓之1
電話 02-7733-4070
傳真 02-7733-4069
E－mail bookspring@bookspring.com.tw
網址 http://www.bookspring.com.tw
部落格 http://blog.pixnet.net/bookspring
郵政帳號 19705538
戶名 春天出版國際文化有限公司
法律顧問 蕭顯忠律師事務所
出版日期 二〇二五年一月初版

定價 499元

總經銷 楨德圖書事業有限公司
地址 新北市新店區中興路二段196號8樓
電話 02-8919-3186
傳真 02-8914-5524
香港總代理 一代匯集
地址 九龍旺角塘尾道64號 龍駒企業大廈10 B&D室
電話 852-2783-8102
傳真 852-2396-0050